Michael Cunningham

夜幕 降临

[美]迈克尔·坎宁安 著　王一凡 译

By Nightfall

人民文学出版社

目 录

美，不过是恐怖的开始。

——莱内·马利亚·里尔克

一场派对

"错误"要来住一段时间。

"你生'错错'的气吗?"瑞贝卡问。

"哪儿能呢?"皮特回答。

百老汇大街上的某个地方,一匹拉观光马车的高深莫测的老马被汽车撞倒,使路上的交通一直堵到了港口管理局,也让皮特和瑞贝卡迟到了。

"也许该改口叫他伊森了,"瑞贝卡说,"我打赌,除了我们,已经没人叫他错错了。"

"错错"是"错误"的昵称。

出租车外,一群鸽子呼啦啦地飞过一块闪着蓝光的索尼广告牌。一位胡子拉碴的老者穿着一件脏兮兮的长羽绒服,昂首阔步(不像一本正经、大腹便便的巴克·穆里根①吗?)地推着一辆购物车,车里装满了塞

---

① 詹姆斯·乔伊斯的长篇小说《尤利西斯》中的人物。

3

着杂物的各种垃圾袋，走得比路上的任何一辆车都快。

出租车里，弥漫着一股浓烈的空气清新剂的味道，让人头昏脑涨的，如隐隐的花香，但其实不过是某种被称为"芳香剂"的化学品罢了。

"他告诉过你他要来住多久吗？"皮特问。

"没有呀。"

她的目光柔和下来。对"错错"的过度关心是她无法改变的习惯。

皮特不再追问。谁愿意一路吵着去参加派对呢？

他胃里一阵搅动，脑海中却一直回响着一首歌。"我要随风远航，驶向那未知的海洋……"这歌儿是怎么冒出来的？自从大学毕业，他就再没听过 Styx 乐队的歌了。

"应该和他定个期限。"他说。

她叹了一口气，把手轻轻放在他的膝盖上，看着窗外的第八大道——此刻他们的车几乎寸步难移。瑞贝卡是个外表与众不同的女人——她常被夸为"美丽"，却从未被赞为"可爱"。每当皮特生气的时候，她就用这些小动作来安抚他，她自己似乎都没有注意到。

一群天使浮现在我的脑海里。

皮特转过头，看着自己一边的窗外。旁边车道上的汽车都在缓缓向前挪动。一辆蓝色半旧的汽车慢慢溜到他们旁边，大概是丰田之类的，坐满了年轻人；都是二十来岁吵吵嚷嚷的小伙子，扯着喉咙大声唱歌，他们靠近时，皮特感觉连他坐的出租车都震了起来。车上挤了六个人，不，是七个，都在震耳欲聋地唱歌，或者说在喊叫；健壮的小伙子们打扮得花哨时髦，出来欢度周末夜了，他们的头发用啫喱弄成一撮一撮的，身上这里那里戴满了银钉或银链子，一路上打打闹闹，叽叽喳喳。他们那条车道稍微畅通了一些，就在他们的车超过去时，皮特看见，或者说他觉得他看见了，坐在后排座位上大声嚷嚷的四个人中的一个，其实是

4

个老人。他应该是戴了一顶黑色的长头套，薄唇凹腮的，正和那几个小伙子一起叫喊推搡着呢。他搂着挤在他旁边的一个男孩子的脑袋，对着他的耳朵大声叫嚷着什么（那闪着耀眼白光的是他的牙罩吗?），然后就随着车流开走了。过了一会儿，他们制造的混乱声波也随之一起消失了。现在，停在皮特旁边的是一辆巨大的棕色送货车，车身上用磨光的金漆画着 FTD 花店的标志，一个双足生翼的天神。是送花的。有人要收到鲜花了。

皮特转向瑞贝卡。一个穿着奇装异服的老头儿混在一群小青年中间，这事如果是他们一起看到的，也就罢了，但还不值得特地告诉她，是不是? 再说了，他们的争吵本不就是一触即发的吗? 在漫长的婚姻中，你学会了辨别各种不同的气氛和阴晴不定的天气。

瑞贝卡察觉到他的注意力又回到了出租车里。她茫然地看着他，好像看到他有点意外似的。

如果他先她而去，她能在房间里感受到他那超越肉身的存在吗?

"别担心，"他说，"我们不会把他扔到大街上去的。"

她抿紧嘴唇，一脸严肃。"不，说真的，我们应该给他定个期限。"她说，"他要什么就给什么，总归不是一件好事。"

这是怎么回事? 她怎么突然间对他责备起自己不成器的弟弟来了?

"你觉得多长时间比较合适呢?"他问道，令他惊讶的是，她似乎并没有注意到他声音中的愠怒。一起生活了这么久，他们为何还对彼此了解甚少呢?

她一言不发，思考了片刻，然后像是忘掉了什么事情一样，突然往前俯过身，问司机："你怎么知道是一匹马出了事故?"

虽然有些不满，但皮特还是惊讶于女人的本事，她们是怎么做到对男人直接提出问题，却又不会引起对方反感的呢?

"调度台打电话来说的。"司机一边说，一边指了指自己的耳机。司机的棕色脖子又短又粗，稳稳地支撑住他那颗光头。当然啰，他肯定有他自己的人生故事，他的故事和他车后座上这一对穿着入时的中年夫妇没有任何关系。前排座位靠背的服务牌上写着他的名字，瑞那·萨林。印度人？还是伊朗人？他也许原本在自己的国家是个医生。或许是个工人，也或许是个贼？反正无从知晓。

瑞贝卡点点头，靠回自己的座位。"我在想别的办法。"她说。

"什么办法？"

"他不能永远依靠别人。你也知道的，我们都还很担心那件事。"

"可那是你这个做大姐姐的能帮得上忙的吗？"

她闭上眼睛，有点生气了，此时，为什么偏偏在此时。他这么说原本只是为了表达一丝同情嘛。

"我是出于，"皮特说，"好意呀。如果他不想改变自己的生活，你可能也帮不上忙。我的意思是，毒瘾就像个无底洞啊。"

她还是闭着双眼。"他已经一整年没吸过了。我们什么时候能别再叫他瘾君子了吗？"

"不知道有没有那一天。"

他是在故作清高吗？他是从鬼才知道的什么地方弄来个十二步戒毒法，就开始大吹大擂了吗？

问题在于，真理往往是平淡无奇的陈词滥调。

她说："也许他真的想安定下来了。"

也许吧。错错通过电子邮件告诉他们，他决定要在艺术方面做点事儿。艺术方面的事儿，听起来对这个领域他并不怎么热心。没关系，只要他能有一丁点建设性的打算，大家（某个人）就很开心了。

皮特说："那我们就尽力帮他安定下来吧。"

瑞贝卡充满爱意地捏了捏他的膝盖。他向来善解人意。

后面有人在拼命按喇叭。他以为这会有用？

"也许我们应该去换地铁。"她说。

"我们迟到的理由够充分了。"

"那我们就应该继续这么等下去吗？"

"当然不是。我保证，在麦克喝得醉到要骚扰你之前，我会把你救走的。"

"那就太好了。"

最后，他们终于到了第八大道和中央公园南路交叉的街角，交通事故的现场还没有清理完毕。在闪烁的警灯和临时竖起来的警示柱后面，有两个警察正指挥着车辆开进哥伦布圆广场，在他们身后，是一辆被撞坏的白色奔驰车，斜插在五十九号大街上，在警灯的照耀下，车身反射出一片粉红色的亮光。在一块黑色的油布下面，一定是那匹马的尸体了。马屁股在沉重的油布下面凸出来。至于其他的部分，就无从辨认了。

"天呐！"瑞贝卡轻声说。

皮特明白：任何意外，任何会让她、让他们俩想到这个世界上存在着会造成伤害的事情，都会让他们为碧儿担心。她会不会没有告知就到纽约来了？会不会刚巧坐在那辆马车上？虽然以她的个性，绝对不会做这样的事情。

为人父母，似乎就意味着一辈子都得为儿女担心。即便你的女儿已经二十了，即便她活泼愉快，生机勃勃，而且，还住在二百四十英里之外的波士顿，过着普普通通的生活。尤其这样，更让人担忧。

他说："你从来不会想到这些马会被车撞倒。你几乎从来没把它们当成动物。"

"有一整套……规定。就是关于如何对待这些马匹的。"

当然有的。瑞那·萨林也开夜班出租车。夜晚，贫困潦倒的男男女女脚缠破布在街道上流浪。拉车的马匹日子肯定也不好过，踩在水泥路上的马蹄可能都已开裂。其实各人自扫门前雪又有什么错呢？

"不过，这对那些爱马人士来说，倒是件好事。"他说。

他为什么听上去这么玩世不恭？他是想显得严肃些，并不是想显得冷漠，可连他自己也被自己的话吓到了。有时候，他觉得还无法完全掌控好自己的语言——都到了四十四岁的年纪，还依旧是个结结巴巴的皮特。

不，他只有四十三岁。为什么他总把自己算大一岁？

不，等等，上个月他就满四十四岁了。

"所以说，这头可怜的牲口也许没有白死。"瑞贝卡说着，用指尖爱抚地划过皮特的下巴。

哪场婚姻没有留下生活的积习，夫妇间独有的肢体语言，以及那牙痛般敏感的意会呢？当然，不幸福的婚姻除外。可再不幸的夫妻，不是也会有那么一小段快乐的时光吗？但为何人们又说，现今的离婚率正急剧攀升呢？婚姻究竟有多悲惨，才能让人决然与伴侣分手，情愿去承受一段彻底孤单的生活呢？

"够乱的。"司机说。

"是啊。"

但是，当然啰，最让皮特着迷的还是那被撞坏的汽车和马匹的尸体。这难道不正代表了悲喜交加的纽约吗？简直一团糟，如库尔贝画笔下的巴黎，污秽邋遢、臭气熏天，且危险重重。充斥着凡间的恶臭。

若有遗憾，那也是马的尸体被遮盖了起来。他很想看看：看裸露在外的黄牙，耷拉在嘴边的舌头，还有流在人行道上已经变黑的血迹。因

8

为人都有残忍嗜血的一面，但也是因为……他想亲眼看到证据。他觉得，它的死不仅让他和瑞贝卡出行不便，而且从某种微不足道的程度上说他们也算是这起事故的一部分；他们卷入了这起马的死亡事故，他们想要记住它。我们不是总想亲眼看一看尸体吗？当他和丹清洗马修的尸体时（天呐，那几乎都是二十五年前的事了），他不是也曾感觉到一种异样的刺激？那种刺激，他从来没有跟丹或其他任何人提起过。怎么好意思说呢？

出租车溜进哥伦比亚广场，开始加速。在一根大理石柱子上，竖着克里斯托弗·哥伦布（历史后来证明他所带来的是一场大屠杀，不是吗？）的雕像，雕像上反射出照着死马的警灯那微弱的粉色光线。

我以为他们是天使，但出乎我意料，我们……（歌词）……向天上飞去……

派对的意义在于参与。而参与的报酬就是，他们俩可以在派对结束后共进晚餐，然后一起回家。

每次聚会的细节都有所不同。今晚的女主人是艾琳娜·帕托娃（她丈夫总不在家，或许最好不要问他在忙些什么），她聪明却吵嚷，还有点目中无人的庸俗（皮特和瑞贝卡在悄悄地议论着——她究竟懂不懂珠宝、唇膏和酒杯？她是在装模作样吗？她怎能如此有钱、聪明，却又如此无知？）；她家里挂着阿茨希瓦格精致的小幅画作、马登漂亮的大幅画作，以及戈伯的水槽雕塑——有一次，一个客人没有认出那是个雕塑，把烟灰缸里的烟灰都倒在了里面；客人里有杰克·约翰逊，他正襟危坐在一张双人沙发上，旁边坐着琳达·尼尔森，而琳达总是能对着杰克北极寒冰般的脸聊得热火朝天；上完第一杯酒（加冰伏特加，据说是艾琳娜从莫斯科运来的某个知名品牌，但说真的，皮特他们能品出其中的区别

9

吗?),紧接着是第二杯,但第三杯没有跟进;整个宴会人声鼎沸、觥筹交错、富丽堂皇,无论皮特对眼前的场景多么熟悉,他还是会感到有点心醉神迷;然后,他匆匆地瞄了一眼瑞贝卡(她很好,正在同蒙娜和艾米聊天,谢天谢地,他的妻子在这方面还是能够应付自如的);然后是无可回避的同贝蒂·赖斯的交谈(真不好意思,我错过了开幕式,听说英克斯夫妻的演出精彩极了,我这周会去看的……)、同道格·派特的交谈(午餐,从下周一开始整整一个礼拜,一言为定……),还有同另一个琳达·尼尔森的交谈(是的,当然,我愿意给你的学生们做演讲,给我的画廊打电话,我们再定一个日期……);然后,他会去一下洗手间,在一幅刚刚挂上去的凯莉画作下面撒个尿(艾琳娜不可能懂艺术——如果她懂,还把这样的画挂在厕所里,那她真应该去换副眼镜了);然后,大家最终还是决定来第三杯伏特加;然后,还要和艾琳娜打情骂俏几句(嗨,爱死这伏特加了;宝贝,你知道你无论什么时候来找我,我都会开心死的)(他知道他这一套"如果有机会,我都愿意"之类的话大家早已耳熟能详了,说不定还在背后嘲笑过他);然后,要应付瘦得皮包骨头、歇斯底里的麦克·福斯,此时,他正和埃米特站在一幅巴斯奎特的画作旁边,似乎已经喝得酩酊大醉,开始把目标锁定在瑞贝卡身上了(皮特很同情麦克,完全是情不自禁,因为他也曾有过同样的经历——虽说都已过去了三十年,他还是不敢相信乔安娜·赫斯特当时没有爱过他,一点也没有);他瞄了一眼请来帮忙的服务小生,长相出奇地英俊,正在厨房里偷偷打手机(打给男女朋友,或是在寻找一夜情——至少,这些服务生小子也有自己的秘密);然后,他回到了客厅——喔唷——麦克已经成功堵到了瑞贝卡,正喋喋不休地对她讲话,而她则一边点头,一边寻找皮特的身影,期待他能救她;然后,皮特快速地确认了一下,没有漏掉任何一个人;最后,是和艾琳娜的寒暄话别,她很遗憾错过了文森特画展（给我打电话，我还有好多东西想给你看呢）；贝蒂·赖斯的再见热情得奇怪（有什么不对劲）；然后，是满足瑞贝卡的要求（对不起，我得把她带走了，希望很快再见）；然后，麦克露出一个尴尬的笑容，再见，再见，谢谢你，下周见，对啊，一定，电话联系，好的，再见……

另一辆出租车，返回市区。皮特有时会想，也许在他生命终结的那一刻，无论它什么时候到来，他都会清楚地记得坐在出租车里的这些情景，就像记得他的凡间经历一样。因为，无论车里的气味有多难闻（这辆车里没有空气清新剂，车厢里只有一股淡淡的苦味和汽油的臭味），也无论司机车技多么笨拙（这个司机是位一脚踩油门一脚刹车的家伙），都能让人产生一种在封闭空间里悬浮的感觉；仿佛是在安然无扰地穿越这座虚幻都市的大街小巷。

他们正沿着七十九号大街穿过中央公园，这是夜间行车路线中景色最优美的路段之一，整个公园沉浸在一片墨绿的梦境之中，矮矮的路灯射出黄中透绿的光线，勾勒出草坪和人行道的轮廓。当然，大街上，有很多绝望的人在游荡，有些是难民，有些是罪犯；我们置身于这些看似无法调和的矛盾冲突中，置身于这片交织着美丽与恐怖的不绝喧嚣中，千辛万苦地谋生。

瑞贝卡说："你没把我从神经质的麦克那儿救出来。"

"嘿，我一看到你和他在一起，就把你拉走了。"

她决绝地坐着，双手抱肩，尽管车里毫无冷意。

她说："我知道。"

但他还是让她失望了，不是吗？

他说："贝蒂好像有点不对劲。"

"贝蒂·赖斯吗？"

聚会上还有多少个叫贝蒂的呢？他浪费了多少生命去回答她这些零碎的小问题；若不是因为该死的文明礼貌，他又有多少次因为瑞贝卡心不在焉而差点火冒三丈？

"嗯——"

"你觉得她怎么了？"

"我不知道。她道别时的样子有点奇怪。我觉得有事。我明天给她打个电话吧。"

"贝蒂到年纪了。"

"是因为更年期吗？"

"或许还有别的。"

女人所表现出来的这种小小直觉，总是让他觉得很神奇。她们是看着艾略特和詹姆斯的小说长大的，不是吗？实际上，我们和书里的伊莎贝尔·阿奇、多萝西娅·布鲁克是同一类人。

车到达第五大道，右转。从第五大道开始，公园重显夜的静谧与恐怖，黑黢黢的树丛中，仿佛有什么东西在等待、集聚着。住在高楼大厦里的富翁们是否也会感觉到呢？当他们的司机晚上开车送他们回家时，他们会不会瞥向街对面的公园，看到潜藏于树丛中那漫长而饥渴的凝视，想象着自己远离那个荒凉的世界，想象着自己是安全的，艰难地想象着，至少暂时是安全的呢？

"错错什么时候来？"他问。

"他说下周吧。你知道他的。"

"嗯。"

皮特确实很了解他。他是那种聪明但没定性的年轻人，在一番思考之后，想在艺术领域有点作为，但他大概不会、也没办法把艺术视为一份实际的工作；他似乎觉得，年轻、聪慧和意愿就足以让他轻而易举地从事一份职业，到了一定的时间，一切都会自然而然地走上完美的正轨。

这可怜的孩子是被家里的女人们给毁了，不是吗？在如此极端的宠爱下，谁能幸免呢？

瑞贝卡朝他转过身，仍旧双手抱胸。"是不是有时觉得很荒唐？"她问。

"什么？"

"那些聚会和晚餐，还有那糟糕的人群。"

"不是所有的人都糟糕吧？"

"我知道。我只是不想再问问题了。一半的人甚至都不知道我是干什么的。"

"不是那样的。"

好吧，或许有点对。瑞贝卡编辑的文艺杂志《蓝光》，对这些人来说只是小菜一碟，我是指它不像《艺术论坛》《美国艺术》那样闻名。当然，杂志里有艺术，但也有诗歌和小说，以及——最为恐怖的——偶尔也会登些大幅的时装彩页。

她说道："如果你不愿错错与我们待在一起，我可以为他另谋住处。"

噢，还是关于错错，难道不是吗？这个小弟弟，是她生命里的至爱。

"不，完全没问题。我有好久没见到他了，是吗？五年？六年？"

"没错。你没去加利福尼亚处理那事呀？"

突然，一阵始料未及、尴尬的沉默。他没去加州，她生气了吗？他当时因为她的埋怨而心生不满了吗？不记得了。但发生在加州的总归不是什么好事。是什么事呢？

她靠过来，吻了他，甜蜜地吻在他的唇上。

"嘿。"他低喃道。

她把脸埋在他脖子里。他伸出一只手搂住她。

"有时候，生活真让人筋疲力尽，不是吗？"她说。

休战了。不，还没。瑞贝卡能够记住皮特的每一丝怠慢，之后的数月里，只要两人发生激烈的争吵，她都会把他的错处抖出来数落一番。今晚他有没有犯错呢，以至于六月、七月里都会继续听到她的抱怨？

"嗯，"他说，"你知道，我觉得有一点可以肯定，艾琳娜对自己的头发、玻璃艺术品之类的，真是过于在意了。"

"我早就跟你说过的。"

"你从没啊。"

"你只是不记得了。"

出租车在六十五号大街上停了下来，等红绿灯。

你瞧，这就是他们：一对打扮入时的中年夫妇，坐在一辆出租车的后座上（司机名叫阿布尔·希伯特，年轻且有点神经质，话不多，似乎在生谁的气）。他们已经结婚二十一年（近二十二年），至今仍相处和睦，可也常常斗嘴，性生活并不频繁，但也不像他认识的有些老夫老妻一样，全然没有了房事，是啊，人到了一定的年纪，可能会渴望获得更大的成就，更强烈辉煌的满足感，但实际上你现有的一切也不差，一点都不。皮特·哈瑞斯，曾经是个桀骜不驯的孩子、叛逆的青年，各种奖项二等奖的得主，终于到了这样一个平凡的人生阶段，有朋友，有牵绊，有爱。此刻，在归家的途中，妻子温暖的气息正轻抚着他的脖子。

来远航，来远航，来和我一起远航，嘟嘟得嘟……

又是那首歌。

绿灯亮了。司机开始加速。

性的意义在于……

没有意义。

只是过了这么多年后，它已变得复杂。有些晚上，你觉得有点……嗯，你并不是很想做爱，但你不想成为那种女儿一成年就貌合神离的夫妻。老是为女儿担心，只有好意的友情，虽说时而也会起些小冲突。尤其是在星期六的晚上，参加过艾琳娜·帕托娃的聚会，喝过她私藏的伏特加，感觉有点微醺，再加上晚饭后又喝掉一整瓶红酒，难道不应该亲热一番吗？

他四十四岁。才四十四岁。而她甚至还没满四十一岁。

胃部抽搐可不能增添性欲。这是怎么了？是溃疡的早期症状？

她躺在床上，身着内裤、恒适牌 V 领 T 恤和棉袜（除了在炎夏，她的脚一般都是冰凉的）。他穿着白色三角裤。他们看了十分钟的 CNN 新闻（巴基斯坦的汽车爆炸案造成三十七人丧生；肯尼亚一教堂着火，教堂里的人数尚未确定；阿拉巴马州一男性把自己的四个小孩扔下了八十英尺高的桥；没有关于那匹马的报道，不过就算是上新闻，也应该是上本地新闻），然后他们换了台，看了一会电影《迷魂记》，男主角詹姆斯·斯图尔特正把女主角金·诺瓦克（所扮演的玛德琳）带到教堂，说服她相信自己并不是一个死去妓女的转世。

"不能老这么盯着电视看呀。"瑞贝卡说。

"现在什么时候了？"

"过十二点了。"

"好多年没看这部电影了。"

"那匹马还在那里呢。"

"什么？"

"那匹马。"

话音刚落，詹姆斯·斯图尔特和金·诺瓦克就坐上了一辆敞篷马车，拉车的马由塑料还是其他什么材料做成，和真马一般大小。

"我还以为你说的是先前那匹马。"皮特说。

"哦。不是啊。真搞笑，怎么今天老说马？该怎么说来着？"

"巧合呗。你怎么知道那匹马还在那里？"

"我去过的。那座教堂。读大学的时候。和电影里一模一样。"

"不过，当然啰，现在可能早没有了。"

"我们别再看了吧。"

"怎么？"

"我累了。"

"反正明天是星期天。"

"你知道后面的结局。"

"什么结局？"

"电影的结局啊。"

"我当然知道电影的结局。我还知道安娜·卡列尼娜最后会被一辆火车撞死呢。"

"你想看就看吧。"

"你不想看，我就不看了。"

"我太累了。明天会精神不好的。你看吧。"

"电视开着你睡不好。"

"我试试。"

"不看了。算了。"

他们还是看了一会，一直看到詹姆斯·斯图尔特看见——或者说觉得自己看见了——金·诺瓦克从塔上摔下来。然后，他们关掉了电视，又把灯关了。

"我们应该租碟片来看。"瑞贝卡说。

"是啊。好主意。我都有点忘了，这部电影挺好看的。"

"甚至比《后窗》还好看。"

"你这么觉得?"

"我也不知道,这两部片子我都好久没看了。"

他们都犹豫了。她会不会和他一样也想直接睡觉呢?可能吧。总得有一个人主动先吻,而另一个总是被动接受。谢谢你啊,普鲁斯特。他看得出来,她也想跳过做爱。她为什么最近对他很冷淡?好吧,他腰上是多长了几斤肉。没错,屁股也没以前那么翘了。但如果不是因为这些呢,如果其实是因为她不再爱他了呢?这应该算悲剧,还是算解脱呢?如果她放手让他自由,又会怎样呢?

无法想象。他会跟谁聊天,跟谁一起购物,一起看电视呢?

今晚,皮特将是那个主动先吻的人。一旦开始,她也会乐意的。不是吗?

他吻了她。她也高兴地回吻。不管怎样,看上去还蛮乐意的。

现在,他无法描述吻她的感觉,她口唇的味道——那种味道就在他嘴里,再熟悉不过了。他抚摸着她的头发,抓起一把,轻轻地揉扯着。新婚头几年里,他对她的方式要比现在强硬,后来他才明白,她已经不再喜欢,或者,从来就没有喜欢过。在他们结婚没多久的时候,总是经常做爱,总会有些多余的动作,如久别重逢的情侣急于重温那温柔的浪漫,但即便是在那时,皮特也清楚,他对她的欲望并不是自己情感生活的全部;他和另外三个女人也曾有过更为激烈(但可能没这么美妙)的性经历——一个当时疯狂地迷恋着他的室友,一个狂热地沉迷于野兽派艺术,还有一个纯粹就是无法理喻。和瑞贝卡做爱,一开始就感觉很对路,因为她是瑞贝卡。她思维活跃,聪明又温柔,与他心有灵犀,随着他们越来越了解对方,他只能说,就因为她是一种独特的存在。

她的手温柔地抚摸着他的脊背,一路向下,停在他的屁股上。他松开她的头发，把她的肩膀搂在臂弯里，他知道，她喜欢这样——被紧紧拥抱的感觉（他曾经幻想她是不是这样想过：他们的床消失不见，只剩他将她悬空紧抱）。在她的帮助下，他用闲着的那只手，撩起了她的 T恤。她的乳房娇小圆润（上次是什么时候他把一个香槟酒杯罩在上面，来证实其尺寸的？——是在特鲁罗的那间避暑小屋，还是在马林那家提供早餐的小旅店呢？）她的乳头好像变硬了一点，颜色加深了一点——现在和他小手指的指尖正好一般大，颜色宛如橡皮擦。它们以前是不是要稍微小一些，更加粉嫩一些呢？也许吧。和其他很多男人不同，他并不迷恋年轻女子，但她不相信这一点。

我们总是为一些错误的感觉烦心，不是吗？

他把嘴唇贴在她左边的乳头上，用舌头轻轻舔着。她发出微弱的呻吟。这样的亲吻和她的反应，都已经变得程序化了，她的轻喘低语，全身传来的轻微抽动，仿佛是还不敢相信这一切，这一切，竟然又发生了。他勃起了。有时候他自己也不知道，什么时候他是自己兴奋了起来，什么时候是因为她的兴奋而兴奋了起来，但他也觉得无所谓。她抓住他的脊背，已经摸不到他的屁股了，她喜欢他的屁股，这让他很开心。他的舌尖爱抚着她已经变硬的乳头，手指轻轻抚弄着另一个。今天晚上，主要是为了让她享受。这么多年来，经常都是这样——在某一个晚上（上一次他们不是在晚上、不是在床上做爱是什么时候的事了？），就看是谁先吻的谁，这样从一开始就决定了接下来到底是为了谁。那么，这一次就是为了她。这正是性爱的撩人之处。

她腹部有一圈赘肉，腰部也堆积着脂肪。算了吧。皮特，你自己也不是什么色情片里的靓男呀。

他沿着她的小腹一路吻下去，手仍旧摆弄着她的乳头，乳头在手指的抚摸下变得更硬了。她发出了微弱的惊讶之声。她明白；他们都明白；

他们都知道；这就是神奇之处。他的手停止了摆弄，开始在她乳房上划圈。他咬住她内裤的松紧带，把舌头伸入进去，舔着她的阴毛，力道不重，但也不轻。她的腰往上拱起，手插进他的头发。

现在，是进入高潮的时候了，他们褪去了衣服。婚姻生活的一个好处就是——这一切都不必是完美无缺的。缓慢的脱衣过程不再是必要的。你可以随时暂停，脱掉该脱的，然后继续。他把内裤从昂扬的阴茎上褪下，扔到一旁。因为今天是瑞贝卡的夜晚，所以还没等她脱掉袜子，他就俯冲而下，她笑了。他回到自己一开始的姿势，唇舌舔舐着她的阴毛，一只手在她右边的乳头画着圈。他们就像是切换了镜头——突然之间，两人都赤身裸体了（除了那双袜子，那双有点旧的白袜子，袜底已经有点发黄，她应该买新的了）。他沿着那丛 V 字形的阴毛一路往下吻，头被她用大腿紧紧夹着，他是个舔阴高手呢，动作如老鹰一样精准，对她的兴奋点了如指掌，她一时间无法抑制自己，随后就来了高潮，简直好得没话说。然后，她的大腿松开了，稳稳搭在他肩膀上，低声喊叫"哦——哦——哦——哦——哦……"他闻到了属于她的味道，有点像鲜虾仁的味道；这是他最爱的她身体的部位，也是觉得其最不可思议之处，或许内心也有点害怕。她可能对他的阴茎也有同样的感觉呢，但他们从来没有讨论过，也许他们应该谈一谈，但现在谈太晚了，不是吗？他让她越来越兴奋，大拇指和食指轻捏着她的乳头，舌头重重地舔着她的阴蒂，别停，别停，他知道（他就是知道），持久力是关键，无论怎样，舌、唇和手都不能停，那样才能随时得知她的反应；只有那样（谁知道还能怎样呢？），那样才能让她彻底沉迷——没有别的方法，现在还去讨论别的已经太迟了，也没有什么意义，这一切都不会停止的。她喊着"哦——哦——哦——哦——哦……"声音大起来，不再是低声的呻吟，她快要到了，这一招总是有用的（她有没有伪装过高潮？最好不要知道），就以这种方式让她满足吧，他们今晚都太过疲惫，真枪实战的话精力不足。然后，轮到她为他服务了，她也是这方面的高手。他们都会满意的，两个人都会，然后，他们就可以睡觉了，然后，就是星期天了。

他们有两只猫，一只叫露西，一只叫柏林。

什么？

在做梦吗？这是哪里？卧室。他自己的卧室。瑞贝卡躺在他旁边，均匀地呼吸。

现在是三点十分。他知道这意味着什么。

他偷偷溜下床，怕吵醒她。这个时间醒来真要命。至少五点以前，他都别想再睡着了。

他轻轻地关上卧室门，走到厨房给自己倒了一杯伏特加（不，他品不出自家冰箱里的伏特加和艾琳娜花大价钱买来的乌拉尔某个深山里的走私品有什么不同）。他裸着身子，手拿一个果汁杯喝着伏特加，站在自己的家里。然后走进浴室，吞下片蓝色药丸，走进客厅。他们把阁楼的一部分叫客厅，其实就是两间卧室和一间浴室之间隔出来的一个大房间而已。

这里真不错，大家都这么说。还说他们很幸运，在房价疯涨前将其买了下来。

他又勃起了，暂时还不会平息。嘿，哈瑞斯先生，你被这房产影响成这样有多长时间了？

克里斯·莱荷瑞克的坐卧两用沙发，埃姆斯的咖啡桌，十九世纪质朴风格的摇椅，还有由人造卫星激发灵感设计而成的五十年代的吊灯，这吊灯（他们希望）让房间的其他设施看起来不再那么严肃，不再那么妄自尊大。书籍、烛台、地毯。

还有艺术。

目前，房间里还存着两幅画和一张照片。一幅捆着的波克·文森特的漂亮作品（他办的展览上，仅售出一半作品，现在的人都是怎么了?)。一幅拉赫蒂的风景画，精致地描绘出龌龊的加尔各答（那些卖了的，谁能想到呢?)。还有一副霍华德的烟熏画，准备明年秋天在画廊展出，希望能让画廊也多一些价位不那么高的作品，尤其是在目前的情况下，这很有必要。"钱都不见了，上帝，钱都到哪儿去了?"这是披头士乐队哪首歌的歌词呢?

他走到窗边，拉起百叶窗。凌晨三点多，没人在梅塞区游荡，只有两边卵石小道上泛白的橘色街灯，看起来好像还下了一点雨。这扇窗，和纽约市的大多数窗一样，并不能让人看到多少风景：这只是斯普林区和布鲁姆区之间梅塞大街的一部分，对面默立着一幢棕色砖墙的大楼（有些晚上，四楼会亮着一盏灯，他想象那里住着个激动难眠的人，半是期盼半是担忧那个人会走到窗边，看到他）；人行道旁扔着一堆黑色垃圾袋，楼下小精品店的橱窗里，挂着两条闪闪发亮的连衣裙，一条绿色，一条深红色，这家店里的东西贵得没人买得起，大概很快就会停业了，梅塞区还是个小街里巷，消费水平达不到那个程度。和纽约大多数的窗口一样，皮特家的窗口也是一幅活动的图画。白天，你可以看到三十五英尺之下的过往人流，匆匆地走在各自的生命旅途中；晚上，街道又成了一幅它自身的高清图画。再看久一点，会觉得眼前的一切像是一幅诺曼的画作，那幅《绘制工作室》——一幕幕奇怪的神奇剧开始上演，渐渐地，你看见一只猫、一只飞蛾，或是一只老鼠飞快地从本应是空无一人的房间里蹿出来；你越来越感觉到，那些房间也许从来就没有真正空过，占据房间的不仅有这些鬼鬼祟祟的小动物，也有属于房间本身的一种灵魂，里面一堆堆的文件和半空的咖啡杯虽然并非活物，但也并非是完全没有意识的，所有的一切都会保留着——你也许会觉得有点诡异——或许，即便人类突然消失，房间也会一直保持着大家离开时的样子吧。如果他自己也死了，又或者，如果他现在穿上衣服，走出家门，再也不回来了，那么，这房间也会保留他的一些痕迹，一些肉体和灵魂的混合物吧。

会吗？至少一段时间里会吧？

难怪，维多利亚时代的人会把自己已故爱人的头发做成花环。

如果皮特死了，某个陌生人走进这间房子，他会怎么想？房产经纪人也许会想，房主的确是个精明的投资者；艺术家，大多数艺术家会这么想，房主的艺术品味可真差；大多数普通人会这么想，这幅画是怎么回事，怎么包了起来，还用绳子捆好，为什么不打开？

失眠症患者比任何人都清楚，如幽灵般游荡在一间屋子里是怎样的一种感觉。

抱紧我，黑暗之神。哪来这么一句？是一首很老的摇滚乐歌词，还是一种感觉？

问题是……

没有问题。他作为社会上那 0.00001/% 的成功人士，怎么敢说自己也会有烦恼呢？就像是谁对约瑟夫·麦卡锡说的，"先生，你就没有羞耻之心吗？"你不必是狂热的右翼主义分子，也可以享受到这个问题的风趣呢。

然而这是你的人生，很可能是你唯一的人生。然而，你却在半夜三点，喝着伏特加，等着安眠药发生作用。时钟滴答着穿过你的脑海，你的灵魂已经开始在这些房间里游荡了。

问题是……

他能够感觉到有什么在世界的边缘翻腾。某种稍纵即逝的关注，某种散布着生动光线的暗金色光环，如深海中的鱼儿。那是一种宇宙、苏丹财富和混沌难测的神灵的混合体。尽管他不信教，却很喜欢文艺复兴之前的那些宗教偶像，镀金的圣人画像和珠光宝气的肖像画，更不必提贝利尼笔下洁白的圣母和米开朗基罗画中惹火的天使了。在那个远古年代，皮特也许会成为一个艺术的仆从，也许会是一名穷尽一生仅为一幅经世巨作的僧侣，就比方说，是一幅叫做《逃亡埃及》的画，在画面中，在点缀着耀眼金星的深蓝色夜空下，有两个矮小的人带着一个婴儿走在路上，他们的神态举止就这么永远被定格在了一瞬间。有时候，他能感觉到——就像今晚——在那个充满罪人的中世纪里，少有的圣人在这幅笔法飘逸的画作中，永恒地行进着。他对艺术史很有些研究，也许应该成为一个……什么？博物馆底层的保管员，一辈子去擦拭、保管那些华彩绚丽的画，不断提醒自己（并最终提醒这个世界），我们曾经拥有一个浮华明艳的历史——有镀金的帕台农神殿，有修拉的炫目色彩，但他那廉价的画作最终也消褪为一片古典的晕黄。

　　但是，皮特不想一辈子住在博物馆的底层。他想成为一个开名车的艺术经纪人（就像别人对他的称呼一样），一个适应时代的人，尽管他并不能完全活在当下。他无法抑制自己对某个遗失世界的悲哀，他说不上来到底是哪个世界，但一定不是这个世界，不是这个街边堆满了黑色垃圾袋，精品服装小店开张又倒闭的世界。这有点俗、有点矫情，他不会跟别人说的，但有时他强烈地感觉到——比如此刻——那个世界代表了自己最为本质的一面：在所有的证据都指向相反方向时，他却坚信，某种惨烈的、令人目盲的美就要陨落了，仿佛是神灵的怒火，卷走了这一切，让我们孤立无助、流离失所，让我们思考到底要怎样才能重新开始。

青铜时代

　　卧室里充盈着一种纽约特有的灰色半透明的光线,不知从何而来;似传自于楼下街道,也好似从天空中洒落至此,无影无踪却又坚实沉稳地融入了进来。皮特和瑞贝卡坐在床上,一边喝咖啡,一边看《时代》杂志。

　　他们没有躺在一起。瑞贝卡沉浸在书评之中。瞧呀,她从一个坚强智慧的女孩成长为一个精明中带点冷酷的女人,厌烦于在各个方面给皮特以信心;成长为一个严肃但缺乏热情的评论家。她从一本正经的少女变形为一个成熟的女人,具有了冷静(或者说冷酷)的判断力。

　　皮特的黑莓手机突然响起一阵短笛般的清脆铃声。他和瑞贝卡互看了一眼——谁会在星期天的早上打来电话?

　　"喂?"

　　"皮特吗?我是贝蒂。现在打电话会不会太早啊?"

"没事，我们已经起床了。"

他看了瑞贝卡一眼，用嘴形无声地说出"贝蒂"。

"你还好吗？"他问。

"还行。你今天中午有空一起吃个饭吗？"

他又看了瑞贝卡一眼。星期天本应是他们的二人世界。

"嗯，可以啊，"他说，"有空的。"

"我去市里找你好了。"

"行啊。没问题。什么时候，一点左右？"

"一点可以。"

"你想去哪里？"

"随便吧。"

"我也随便。"

"市区里不是有很多不错的餐厅吗，你不能想一个出来吗？"她问。

"但今天是星期天，有许多地方可能都人满为患的。普鲁恩可能就进不去，还有小猫头鹰餐厅。不过，我们可以去看看。"

"都是我不好。不应该这么晚才约星期天吃午饭的。"

"到底发生了什么事？"

"我还是当面告诉你吧。"

"要不我去上城找你。"

"那怎么好意思呢？"

"我反正也一直想去你们那边的大都会博物馆看赫斯特的画展。"

"我也想去看，不过，在休息天打搅你已经够不好了，还让你大老远跑到我这里来，怎么好意思？"

"没关系，我有助人为乐的精神。"

"派亚德餐厅估计人很多。我或许可以在乔乔餐厅定个位子。不过，你也知道，这边的餐厅可能没那么好。"

"没关系。"

"要不就去'乔乔'？那里的东西很好吃，再说，大都会旁边也没什么特别近的餐馆……"

"那就'乔乔'吧。"

"嘿，皮特·哈瑞斯，你真是个绅士。"

"你说得没错。"

"那我就打电话订位子了。如果一点钟没空位，我再给你回电话。"

"好。没问题。"

挂了电话，他拉起床单的一角去擦他黑莓手机表面的一小点污迹。

"是贝蒂。"他说。

星期天去跟别人吃饭算不算是对瑞贝卡的一种背叛？如果他能知道贝蒂的……状况到底有多严重，也许会好些。

"她说了是什么事吗？"瑞贝卡问。

"她想一起吃午饭。"

"但她什么都没有说？"

"没说。"

两人都犹豫了。当然，不会是什么好事的。贝蒂已经六十五岁了。大概十几年前，她的母亲就因为乳腺癌过世了。

瑞贝卡说："你知道的，如果让我说，我可不希望是她患了癌症，但这改变不了任何事实。"

"说得是啊。"

这个时候，他对她很是敬佩。乌云般的犹疑心情一扫而光。他看着她：下巴轮廓硬朗有力，脸部线条显得理智并带着点古典美（她的侧影简直可以印到硬币上去）——你想想，世世代代有多少白皙粉嫩的爱尔兰美女嫁给了冷漠无情的富家子弟啊? 她黝黑的头发上又添了几丝白发。

他说:"不知道她为什么会打给我?"

"你是她的朋友呗。"

"但我们也不是那种很好的朋友。"

"也许她只是想尝试一下。你知道,试着对不是很亲密的朋友倾吐一下心声什么的。"

"那就不知道了。搞不好……她是想向我表白爱意。"

"你觉得这样的电话会往家里打吗?"

"这个问题没有意义吧,她打的是我的手机呀。"

"你真这么想?"

"当然不是了。"

"艾琳娜爱上你了。"

"那我倒希望她 TMD 能从我这里买点画。"

"你要去贝蒂那边吗?"

"是。乔乔餐厅。"

"嗯。"

"之后我们可能去大都会博物馆,看看赫斯特的画展。我很想知道那边的画展是个怎样的状况。"

"贝蒂。她多大了,六十五岁?"

"差不多。你上次体检是什么时候?"

"我不会得乳腺癌的。"

"别这么说。"

"不管你说还是不说,事实终究会是事实。"

"我知道。但还是别说了。"

"如果我死了,我允许你再娶别人。不过得先为我伤心一段时间。"

"你还说。"

"就说，怎么样？"

他们都笑了。

他说："马修留下了非常详细的说明。我们知道了葬礼上应该放什么音乐，摆什么花，给他穿哪套西装。"

"他不信任你父母和他十九岁的弟弟。你能怪他吗？"

"他连丹都不相信。"

"不，我觉得他信任丹。他只是想自己做决定。为什么不呢？"

皮特点点头。丹？韦斯曼。二十一岁的大男孩，来自扬克斯，兼职做服务员，要攒钱去欧洲玩几个月，打算回来后继续读完纽约大学的课程。他相信，至少在一段时间里肯定相信过，这世界对他无比慷慨。他在当时最红火的一间新开张的咖啡馆打工，收入颇丰。他和马修·哈瑞斯，他新交的极有趣的男朋友，期待着一起在柏林和阿姆斯特丹街头漫步。圣母给他留下了五十七美元的现钞，外加一张四十三美元的支票。

瑞贝卡说："我觉得我想要舒伯特。"

"嗯？"

"在葬礼上。在火化仪式上。舒伯特的音乐。拜托，葬礼完了大家都喝得大醉才好。一点点舒伯特，一点忧伤，然后大家一起喝几杯，聊聊我的趣事。"

"舒伯特的哪一首？"

"我也不知道。"

"如果是我的葬礼，我想放克特兰的音乐。会不会太自命不凡了？"

"舒伯特更自命不凡呢。你觉得放舒伯特是不是有点过了？"

"这是葬礼呀。我们想放什么就放什么。"

"也许贝蒂没什么事。"她说。

"也许吧。谁知道呢？"

"你还不去洗澡？"

她是不是希望他快点走？

他说："你真不介意吗？"

"不，没事。如果不是重要的事，贝蒂也不会在最后一刻打电话来约你的。"

好吧，当然。但是星期天真的是属于他们俩的，一周里唯一属于他们的一天，无论有多么高尚的原由，在放他走之前，她难道不应该表现得更纠结一点吗？

他瞅了一眼床边的钟，钟面上淡绿色的数字很漂亮。"再过二十分钟去洗澡。"他说。

好吧。再和你的妻子在床上躺二十分钟，看看周末的报纸：也就是一小盏茶的工夫。宇宙黑洞在扩大；一块比康涅狄格州还大的北极冰川刚刚融化消失了；某个生活在达尔富尔的人曾经拼命想要活下去，曾经相信自己就是幸存者之一，却被一把大刀开膛破腹，死去的一瞬间，他看到了自己的五脏六腑，那血红的颜色比他想象中的还要深一些。徜徉在这些新闻中，皮特大概还能享受二十分钟简单、舒适的家居生活。

但是，贝蒂·赖斯的电话却给这个房间传染了一种异样的气氛。可以管它叫致命的紧迫感吧。

谁会想到不起眼的丹·韦斯曼也会有英雄的一面呢？他眼神敏锐、脸颊清瘦、英俊迷人，有点像羚羊；还有恰到好处的热情；显然是马修过去常约会的那种男孩……谁会想到他能学会那么多医护知识，他的博学甚至压倒了那些态度最恶劣的护士，也愿意陪着马修守在家里，并让他加入了据说已过期的医保，在医院陪伴马修度过最后的时光，还有……是的，还有很多……哦，不，直到马修离去，丹才提过自己也出现了一些早期症状。谁能料想得到，马修和这个看似大大咧咧的男孩子居然成了 TMD 现代版的特里斯坦和伊索尔德①呢？

若你遭遇这一切，也许会惊慌失措的——哥哥在二十二岁时就夭折了（如果没死，他现在都四十七岁了），和他一起死的还有他的前男友和他曾有过的每一个朋友（这样的大屠杀要是发生在别的国家，也许会让野蛮的匈奴王都放下屠刀呢）；孩子们拿起父亲随手乱放的手枪射杀他们的老师；顺便问一句，你认为接下去会建一幢楼房，还是一条地铁或一座桥呢？

"《都市报》是不是在你那里？"他问瑞贝卡。

她把报纸递给他，然后又回过头去看书评。

"马丁·普伊尔的展览三周后就要结束了。"她说，"如果我忘了，记得提醒我。"

"嗯。"

他还有二十分钟。现在，只有十九分钟了。他幸运得不可思议；幸运得都让人担心了。你还有什么麻烦呢，哥儿们？就当这些事是不太对胃口的开胃小菜得了。你应该歌唱，应该欢笑，应该感谢你能想到的所有神灵，因为还没有人把汽车轮胎套到你肩膀上然后把它点燃，至少今天没有。

瑞贝卡说："你走之前是不是该给碧儿打个电话？"

什么样的父亲会拖延着不给自己的女儿打电话呢？

又没人拿着大砍刀要杀你。但是……

"我回来以后再给她打吧。"他说。

"好吧。"

———————————————

① 理查德·瓦格纳的歌剧《特里斯坦与伊索尔德》里的主人公。

坦率地承认了吧：瑞贝卡和他一样高兴，终于能有几个钟头独自在家待着了。这就是长期婚姻生活带来的后果，对不对？有时你其实很想一个人待在家里。

这是四月的一个下午，温暖的空气中弥漫着明亮的灰色光线。皮特走了几个街区，到了斯普林街的地铁站。他穿着一双破旧的绒面靴子、深蓝色的牛仔裤和没有熨烫的浅蓝色衬衫，外面套着青灰色皮夹克。他不想让人一看上去就觉得是精心打扮过的，但实际上，你还是要去上城一家不错的餐厅和朋友会面——既不想——可怜的家伙——不想显得过于"新潮"（这个年纪扮新潮实在可悲），也不想显得过于隆重，像要去会见贵妇似的。这些年来，皮特已经越发懂得如何穿出自己的味道了。不过，他有时总感觉自己穿得不够得体。当然，老是在意自己的穿着打扮有点奇怪，但又不可能不去关心。

可是，周遭的世界总是试图不断提醒你：圣徒啊，没人关心你穿什么样的靴子。这里是春日里的斯普林街——这还算不上真正的春天，不是吗？纽约的春天总是姗姗来迟，即便是番红花都开了，都还能挤出最后的几片飘雪来呢——天空一片苍茫，让你觉得仿佛是上帝像捏雪球一样用手捏出了这样的天空，并将这雪球不断地抛出去，一边还说着，要有时间，要有光，要有万物。这就是纽约，它大概是这变幻尘世中最骚动不安的一座该死的城市。它很有中世纪的味道，真的，你能看见各式各样的古城墙与金字塔，神殿与尖塔，还完全有可能在这里看到身套麻袋的驼背人摇摇晃晃地走在拎着价值两万美元的手提包的女人旁边。而与此同时，它又像是一座巨大的十九世纪新兴都市，熙熙攘攘、热热闹闹，热切地期盼着未来，可它的未来是缺乏橡胶垫或气垫之类的保护措施的；地下有电车隆隆驶过，街边有石灰岩的男女雕像——不是神像——面色凝重地看着下面的道路，如从天堂俯视着凡间，而那天堂的繁荣则是由辛勤的劳动换来的，汽车喇叭嘀嘀鸣响着，某个穿着多克斯时尚品牌的行人一边走，一边对着手机说："他们本该这样嘛。"

皮特走下楼梯，听见了迎面而来的地铁呼啸声。

他到达时，贝蒂已经坐在那里了。皮特随着一位女服务员穿过乔乔餐厅里伪维多利亚风格的深红色装饰，走到贝蒂面前。贝蒂点点头，露出一个嘲讽的笑容（她是一个很严肃的人，是那种只有快被淹死时才会朝别人挥手的人）。皮特觉得，这种笑很有点讽刺的味道，因为他们的这次会面，是贝蒂要求的，当然啰，这里的东西味道不错，但餐桌是那种铺着带穗桌布的弯腿桌，天呐，简直像是舞台上的布景，实在怪异。贝蒂和她的丈夫杰克，一直住在约克街和八十五号大街交叉处的一幢房子里，这座有六个房间的屋子建于二战前，由他们继承而来。杰克拿教授津贴，而贝蒂是个有着中等收入的艺术经纪人，对任何嘲讽她未能住在市中心玛莎街的复式公寓楼里、周围都是高档餐厅的人，她都不屑一顾。

皮特走到餐桌前，她开口说："我简直不敢相信，居然把你拖到这里来了。"

是的，她确实对他有点生气，是因为……他同意来这里吗？是因为这里生意兴隆吗（相对而言）？

"没关系。"他说，一时间想不出什么更好的回答。

"你真是个善人。但你算不上是个好人，大家总是把这两者弄混了。"

他坐在她对面。贝蒂·赖斯：力量的化身。银色的短发，朴素的黑框眼镜，古埃及女王奈费尔提蒂一样的脸型。她生来如此。她是布鲁克林犹太左翼分子的女儿，可能和布莱恩·伊诺约会过，生平喝的第一罐健怡可乐还是劳森伯格亲自递给她的。当皮特和贝蒂在一起的时候，他感觉自己就像是个不够聪慧的高中运动员在追一个聪明又坚强的女孩子。他出生在密尔沃基，难道是自己愿意的吗？

她朝服务员使了个眼色，说："咖啡。"不在乎自己的声音大得有点过头了，也不在乎邻桌一个六十岁左右的金发老太太朝她看了一眼。

皮特说："不会是想聊艾琳娜·佩特洛娃的玻璃艺术品吧？"

她举起一只瘦削的手。手上戴着三枚银戒指，有一枚隐约像是爪子似的刑具。

"亲爱的，你的嘴真甜，可我还是开门见山跟你直说了吧。我得了乳腺癌。"

他是不是以为之前的预料能够免去这一可能？

"贝蒂——"

"别，别，已经手术切除了。"

"谢天谢地。"

"我其实是想告诉你，我打算关掉我的画廊。马上就关。"

"哦。"

贝蒂朝他露出一个安抚的微笑，甚至还带有一些母性的温柔，他想起来，她也有两个儿子，都已成年，而且都还不错。

贝蒂说："这一次是切除了，如果下次再复发，也许还能切除。我离死还早着呢。但有那么一瞬间。我第一次听到病情的时候，你也知道，我母亲——"

"我知道。"

她朝他投来一束冷静而严肃的目光。不要这么好像很在行似的，行吗？

她说："我与其说是害怕，不如说是生气。过去这四十年，画廊就是我全部的生活，老实说，最后十年里，我其实已经开始厌倦了。再说了……现在市场上的行情又不好，大家都破产了。我当时的第一个念头就是，如果我没有病死，那么我和杰克一定要重新开始生活。"

"那么——"

"我们打算去西班牙生活。孩子们都很好，我们准备去那里找一幢白色的小房子，种点西红柿什么的。"

"别开玩笑了。"

她大笑起来，笑声低沉、沙哑。她大概是最后一批还活着的美国烟民。

"我知道，"她说，"我知道。我们说不定会无聊死的。要是那样，我们就把那幢该死的白色小房子卖了，再去做点别的。我就是不想再做这个了。反正杰克也讨厌哥伦比亚。"

"那，祝你们一路顺风。"

女服务员端来了皮特的咖啡，问他们要不要现在就看菜单，他们说不要。她说她过会儿再来问。她笑容甜蜜、身体结实，说话带着乔治亚州的口音，应该也是父母的掌上明珠，大概刚来纽约不久，想发展一番歌唱表演事业，或是其他什么，极为亲切和气，想努力表现得像一个好服务员，再说，这个时候还能在乔乔餐厅吃得起饭的顾客总归算是手头宽绰的人了。

贝蒂说："我也想再爱上艺术。"

"我想我明白。"

"谁不是呢？但钱的问题——"

"我知道。可现在，突然之间，都没有了。我是说，钱。"

"还有那么一点。"

"好呀。我是说，我希望如此……"

"好像，我们都从勉强维生直接变为小有成就了，但与此同时我们也成为了琐碎的小人。"

真是简洁明了，道出了内心的痛苦。我们都是这样吗？该死的死亡天使，滚远点。我是不会被挫折打败的。

她说："我没说你，皮特。"

他刚刚脸上一定流露出什么表情了吧？

"不是吗？"

"我真是愚蠢，不是吗？我才是琐碎的小人。你是那为数不多的正人君子。而其他人，都是些琐碎的小人，你也知道。无论是在贝德—斯图依（地名）偷偷卖掉自己室友东西的小青年，还是他妈的莫比尔石油公司的老板。"

"好吧，嗯，我懂你的意思。"

"你难道没有一点厌倦吗？"

"有时会这么觉得。"他说。

"你还很年轻。"

"四十岁不能算年轻了。"

嗯，你削掉了几岁，不是吗？

"我还没有告诉别人。"她说，"我是说，关于关掉画廊这件事。我给你打电话是因为我觉得你可能会想把格罗夫接手过去。或许，还有别人也想要的。不过，你很喜欢格罗夫，对吗？"

鲁伯特·格罗夫。皮特不那么喜欢他，但他年轻，而且是时代的宠儿。贝蒂在两年前去耶鲁大学演讲时签下了他。一旦她宣布关闭自己的画廊，一定会有不少人抢着要他。

"我确实喜欢他。"皮特说。

他觉得格罗夫挺不错，而且说真的，他很赚钱。

"我觉得你最适合他。"贝蒂说，"我担心那些艺术巨头把他抢走后会毁了他。"

"你夸张了。"

"别装傻了。"

"真抱歉。"

"他们会给他很大的压力，盯着他画那些能卖高价的大作，给他过分的荣誉，那样等到他三十岁的时候，他很可能就差不多到头了。"

"或者说，可以在惠特尼给他办个回顾展了。"

"他们中有些孩子能够应付年纪轻轻就成名。但他不行。他还在成长的过程中。他需要有人来推他一把，但要朝着正确的方向。"

"你觉得我是那个人。"

"我的意思是，我觉得你还不算个混蛋。"

那我自己就不知道了，贝蒂。我可能没有他们某些人有名，没有他们有钱，如果这就意味着我不是个混蛋，那好吧。

"我但愿我不是个混蛋。"他说，"你为什么会觉得格罗夫愿意来跟我呢？"

"我会和他先谈。然后你再去找他谈。"

"他是个什么样的人？"

"很和善，但有点呆。算不上很精明。"

服务员又回来了，问他们现在是否考虑点菜。他们抱歉说先看看，过两分钟再说，最后还是点了。面对这样一个可爱、真诚、远离家乡，认为自己已成功扮演了一名纽约服务员角色的女孩子，谁能忍心拒绝呢？

一小时之后，皮特和贝蒂一起走进了大都会博物馆的大厅，这里就像是个进入文明世界的宏伟的、令人陶醉的入口。它让每一个踏足进来的人都有一种满足感——它的气派宏伟磅礴，空气中飘散着一种无处不在的肃穆庄严，就像一个充满魅力的女皇，里面摆满了数百年间从五大洲劫掠来的各种宝物。这个大厅，满怀耐心地等待着。像是一个永恒的母亲，坐在最前面的则是她的信徒们，也就是一群坐在中央服务台后面的女人，她们年纪都不小了，看上去和蔼可亲，时刻准备着为游客提供各种各样的信息，服务台用巨大的鲜花（现阶段是樱花）花束装饰着，花瓣和绿叶就悬挂在她们头顶上。

皮特付了门票钱（午饭是贝蒂请的客）。他们俩都戴上了小金属圈（这东西应该是有名字的吧，会叫什么呢?），他夹在外套上，而她则夹在黑色毛衣的圆领上，有那么一刻，他们俩都在看着她那斑斑点点的突起锁骨，她的脖子上密布着细小的皱纹，像一块皱巴巴的布。贝蒂知道皮特在看自己，便回头看了他一眼，他只能把那眼神形容为是一种憔悴的挑逗——有些风韵犹存的感觉，不是直勾勾的性感，而是夹杂了性感和一丝责备的味道，当年海伦面对特洛伊的将士时，一定就是这样的眼神吧。贝蒂·赖斯，尽管年华老去，尽管疾病缠身，仍然还是带着女王般的风范。

贝蒂爬楼梯爬得很慢，大概是因为抽烟过度的缘故，皮特跟着贝蒂的步伐慢慢走着。她才在博物馆前面抽了一支万宝路，当皮特用质疑的眼神看着她时，她回应说："相信我，癌症的威胁并不能让我戒烟。"

楼梯上方，提埃波罗画中的马里乌斯依旧取得了胜利，而那个男孩依旧敲着他的手鼓。

在去往现代艺术展厅的路上，皮特在十九世纪欧洲展厅门口的一尊罗丹雕像前停下来。贝蒂已经往前走了几步路，又转过身，走了回来。

"还在这里。"她说。他们是来看赫斯特的，为什么皮特要停下来?这个雕像他不是已经看过上千遍了吗?

皮特说："你知道吗……"

"什么?"

"有时候,有些东西就是会突然出现在你面前。"

"今天,是罗丹突然出现了?"

"是。我也不知道为什么。"

贝蒂站在皮特身边,脸上露出一种雌鳄鱼般的冷静表情。在她儿子还小的时候,在他们被什么新鲜事物吸引,而她只是觉得无聊时,她大概就是以这副表情看着他们的吧——这种姿势仿佛是在说,她必须在这儿陪着你,但并不乐意。这大概是她两个儿子现在都还不错的部分原因吧。

她说道:"不得不承认,它确实很美。"

"对啊。"

这里永远都陈列着这尊雕像,《奥古斯特·涅特》,又名《被征服者》,又名《青铜时代》:用青铜雕成的一个半男人半男孩的完美形象,与真人一般大小,纤细的身材、柔软的肢体,手中仿佛拿着一支看不见的标枪。罗丹在创作这尊裸体男人的雕塑时,还是个无名小辈,他的这件作品既没有古希腊式的巨人体魄,也没有法国人热衷的寓言风格;那时还是个小人物的罗丹,随着时间的推移被最终尊崇为艺术大师——英雄主义正在渐渐消亡,真实的人性却会永远存续下去。现在,罗丹已经逝世很久了,是的,当然,他已经成了历史的一部分,但新兴的艺术家们并不尊敬他,没人专门来看他的雕塑,你在学校里会学到他的作品,但你在去看戴米恩·赫斯特画展的路上,却对他的雕塑和习作熟视无睹。

无论如何,这是他妈的青铜,它们会永远保存下去(克尼格的那尊铜雕《和平之球》不是还躲过了 9·11 劫难吗?)。也许有一天,从外星来的考古学家会从地底下把这尊铜像挖出来,借由它了解我们的情况,那有什么不好呢?到那个时候,奥古斯特·涅特已经死了数千年,他的名字可能都已经无人知晓，但他的形象却被保存下来，赤裸着身体，身材并不完美，但年轻、健康，美好的人生在前面等着他。

"好了吗?"贝蒂问。

"好了。"

他们静静地、故意放慢了脚步走过卡里埃和皮埃·德·夏凡纳的画，走过杰罗姆的名画《皮格马利翁亲吻伽拉忒娅》。他们在走廊的尽头转弯，走过卖书和小礼品的柜台，又转了个弯。

就在那里，摆放着一条浅蓝色的鲨鱼标本，泡在福尔马林中，显得既可爱又奇怪；它完美的身形透出一种致命的杀气，还有它巨大又粗糙的胃囊，像个大桶盖，它完蛋了——还有别的什么动物像它这样，分明是由一个庞大的身躯推动着一张嘴呢?

皮特觉得很震撼；他感到自己浑身的鸡皮疙瘩都起来了。当然，这也是一个问题。谁不会被一条泡在福尔马林药水缸中的四五米长的死鲨鱼所触动呢?

皮特的肚子不舒服。吃过饭后，恶心感又加剧了。大概应该去医院看看。

"嗯。"贝蒂说。

"嗯。"

皮特觉得，这大概是和装着这鲨鱼的大缸有关吧——白色不锈钢的水缸，虽然笨重（二十二吨），但也洁净，还有那泡着鲨鱼的浅蓝色溶液。这条鲨鱼保存得非常完整，但却是那么死气沉沉，眼睛里没有一丝光泽，皮肤灰白皱巴。不过……

"把它摆在这里，真是壮观。"贝蒂说。

"确实壮观。"

肉体的永生，通过这种形式，留在了活人的脑海中。是的，这确实很壮观。

三个女孩子和一个男孩子，都是十四五岁左右，紧张地围在鲨鱼缸旁边，充满了敬畏的神情，大概是在想该说点什么笑话呢。一个小男孩牵着他爸爸的手说道："这是不是好可怕啊？"——是个问句。鲨鱼的尾巴边上，站着一对中年夫妇，搂在一起，小声商量着什么，听起来像是西班牙语，语气很严肃，仿佛是被派来完成什么很艰难但对于社会的进步却又绝对必要的任务。

贝蒂说："这条是母的。"

"你觉得他们应该找条公的吗？"

"斯蒂夫·科恩是绝对不可能花上八百万美元，就为了让人们看着这鬼玩意儿慢慢腐烂的。"

"对啊。绝对不可能。"

"在这里看到它，真有点受不了。"贝蒂说，"我是说，这东西摆在这儿，而那儿是赫斯特的前途，更别提赫斯特本人了，还有科恩的八百万美元，大都会博物馆真有种敢把这玩意儿摆在这里展览近二十年……"

一帮高中生围拢在鲨鱼的肚子周围，有人害怕得发抖，有人饶有兴趣，有人不屑一顾，他们用高中生特有的语汇小声说着（皮特听到一些只言片语："——你真是个手提包——"（手提包，不可能，他一定是听错了）"——从来没有——""——泰斯坦和爱斯姆和普瑞——"）一个女生把一只手放在了玻璃缸上，很快又缩回去。另外两个女孩子尖叫着跑开了，仿佛她们这个朋友按响了警报似的。

贝蒂走到玻璃缸前，微微弯下腰去看鲨鱼切开的胃。那个用手摸了玻璃缸的女孩子还在，旁边站了一个男生。她用手指轻轻地碰着男生牛仔裤的边线。显然，是一对小恋人。女孩樱桃小口的脸上露出坚毅的表情，有种很虔诚的感觉——虽然她穿着印着爱心的 T 恤衫和绿色皮夹克，但可以做个严谨的教徒。她很漂亮，大概也很聪明，就这样站在男朋友身边，凝视着一条大鲨鱼（而她的男朋友，肯定是个同性恋，这谁都看得出来，但他自己知不知道呢？她又知不知道呢？），就在那一瞬间，皮特喜欢上了她，或者说，喜欢上了她长大成人后会变成的模样（也许是十年之后，她会穿着闪亮的紧身短裙，在某个地方的酒会上谈笑风生），然后，那个男孩子对她悄悄说了句什么，他们就离开了，皮特再也见不到她了。

碧儿对他似乎总是怒气冲冲的，不过，她才二十岁呀。她在波士顿的生活并不如意；她是个瘦小、苍白、内向的孩子，没有男朋友，她虽然决心要让自己的生活过得有意义，但却对任何事都没有什么明显的热情，她坚信艺术是荒谬的，换句话说，就是皮特是很荒谬的，她觉得，这么多年来，是皮特骗了她，骗她对他爱得那么多，而对瑞贝卡的爱又是那么少，她最近才明白过来，这就是她一直觉得孤独沮丧，对男人感觉失望，和女人很难保持良好关系的根源所在。

"这很壮观。"贝蒂继续说着这条鲨鱼。"你会觉得，哦，这就是一个标本，只是一条死鲨鱼，每家自然史博物馆里都会有这样的东西，可你现在是站在一个画廊里呀，而且，算了吧……"

贝蒂到底上了年纪，已经开始发福了。她穿着一双黑色的匡威运动鞋。她大胆地朝鲨鱼的血盆大口靠过去，她有点激动，但并不夸张——不，她也许是有点夸张，但绝不是张扬的人，她没有亚哈①那种悲观的狂热劲头，但她却和他一样，有时也会有一些疯狂的想法（想想那些她代理过的画家就知道了）。可现在，在这个星期天的下午，在大都会博物馆里，她不过是个正盯着死鲨鱼的嘴瞧的老太太而已。

———————————

① 《圣经》里的以色列国王。

皮特走过去，站在她旁边。"这个样子很有气势。"他说。

皮特和贝蒂的身影隐隐地反射在玻璃上，玻璃后面，是鲨鱼张大的嘴巴——一排排大锯子般的恐怖牙齿，牙齿后面，是泡白了的一个大洞，浸满了蓝色的药水，又暗又浓，流往鲨鱼肚子里的黑暗处。

贝蒂没有告诉皮特实情。或者说，没有完全说出实情。医生没能将癌细胞完全切除，她不会康复了。皮特出于一种直觉，感觉到了这一点，这种直觉就像是鲨鱼天生的警觉一样，就像是脑子里有一小段自动清除的磁带一样，他不知道自己是在乔乔餐厅还是在后来才意识到，贝蒂就要死了，她不会活很长时间了。所以，她才会现在就关闭画廊。所以，杰克才会离开哥伦比亚。

皮特伸出手，握住她的手。他多少有点情不自禁，在握住了她的手之后，才不由地想到，这是否太荒谬呢？是否太矫情呢？她会训斥他吗？她的手指柔软得不可思议，但已经是一只老太太皱巴巴的手了。她轻轻、迅速地捏了一下他的手。他们手握手，握了几秒钟，然后松开了。如果说，从皮特的角度看来，这个动作多少有点多此一举，有点虚情假意，有点矫揉造作，但此刻站在鲨鱼面前的贝蒂，似乎并不介意。

皮特走进顶楼公寓。四点一刻。他走进厨房，把一个药店的购物袋放在柜子上，里面是他顺路买来的头疼药和剔牙线（在纽约想出门不买东西怎么就那么难呢？），他脱掉外套，把它挂好。与外头的喧嚣相比，家里安静得出奇，就在这时，他听到浴室传来淋浴的声音。瑞贝卡在家。太好了。有时候，他回家发现瑞贝卡不在，会很享受一下短暂的自由时光，但不是今天，不是此刻。他也说不清自己的感觉。他希望这种感觉就像是为贝蒂感到悲伤一样简单。但这比悲伤更空虚。这是一种深层的孤独，夹杂着一股暗流涌动的神经过敏般的恐惧，谁知道这是什么，但无论怎样，他想见到自己的妻子，他想抱着她，一起看看傻乎乎的电视节目，就让外面的世界慢慢地步入黑夜好了，就让夜幕降临吧。

皮特穿过卧室，走到浴室门口。透过雾气朦胧的玻璃门，他看到了她粉红色的隐约身影。之前，他嗅到了空气中死亡的味道，看到了药水中鲨鱼的模样，而现在，瑞贝卡正在洗澡，雾气模糊了化妆镜，浴室里飘着一股香皂的味道，还有一种淡淡的气息，皮特只能用干净二字来形容它。

皮特打开浴室门。

瑞贝卡又变年轻了。她站在莲蓬头下面，背对着皮特，她的头发很短，经常游泳使她的后背又直又结实；她在雾气中若隐若现，有那么一瞬间，皮特的脑海中闪过各种各样的画面：一下是他握着贝蒂的手，一下是罗丹那尊站立了数百年、等待着人们埋它入土的雕像，一下又是在淋浴的瑞贝卡，流水好像冲走了过去的二十年，她重又变回一个豆蔻少女。

她转过身，大吃一惊。

不是瑞贝卡。是错错。

好吧。皮特看见了他方正有力的胸肌，V字形的屁股，一小撮浓密的阴毛，粉棕色突起的阴茎。

"嗨。"他热情地跟皮特打了个招呼。显然，被皮特看到他赤身裸体的样子，并没有让他感觉有丝毫的不自在。

"嗨，"皮特应声道，"对不起。"

他退回一步，关上浴室门。错错一直都很厚脸皮，不对，应该说是缺乏羞耻心，就像好色的牧羊神，绝不会因为赤身裸体或生理机能而感到尴尬，他几乎会使每个人都感觉自己像个维多利亚时代的老阿姨。浴室门关上以后，皮特只能看见一个模糊的红影了，虽然他知道里面的人是错错（伊森），但他发现自己竟然还愣在门口，他想起了年轻时的瑞贝卡（她在海边冲浪的样子，她脱下白色棉布裙的样子，她站在苏黎世那家小旅馆阳台上的样子），突然，他意识到，自己在门口站的时间太长了——错错，你可别往歪处想哦——他转身离开了。就在转身的那一刻，他从雾蒙蒙的玻璃门上，瞥到了自己模糊的身影，如匆匆的鬼影。

她的弟弟

　　瑞贝卡的家庭，以它特有的方式，就像个独立的小王国。皮特和她结婚，就像是娶了个来自遥远小国的女孩一样，他必须去接受那个国家的风俗和传说，必须去了解它的特殊历史。泰勒的家庭王国并不富裕，但很包容，喜欢家乡菜和家乡的手工艺品，没什么时间观念，火车常常误点，他们住在某个山区的斜坡上，不便的交通不仅阻隔了外来的入侵者和移民，也把各种思想观念和新发明挡在了外面。错错就像是那里的一个受伤的守护圣人，每一年，他们都会把他脸色苍白、玻璃眼珠的雕塑抬出来，沿着这个小王国的街道游行一番，然后供奉在中心广场。

　　不过，在错错出生之前……他们全家都住在那幢陈旧的、开有天窗的大房子里，现在依旧住在那里，在里奇蒙德夏季三十多度的高温潮湿气候下，房子已经开始慢慢朽坏了。一家之主赛瑞斯（语言学教授，个子瘦小，安静而自信，有一个西塞罗式的脑袋），妻子贝弗莉（儿科医生，活泼乐观，爱讽刺人，对家务事毫无兴趣）。然后就是三个可爱的女儿：萝斯玛丽、朱莉安、瑞贝卡，她们都相差五岁。萝斯长得美丽动人，严谨内向，虽然和蔼可亲，但也绝不是随随便便，经常有比她大的男孩子开着车来等她。朱莉没有萝斯漂亮，但性格更随和，像个假小子，总是大大咧咧、幽默风趣，曾经是个体操冠军，从不掩饰性感。最后是瑞贝卡，由于两个漂亮姐姐的缘故，她一生下来就备受瞩目；她个子娇小、皮肤白皙，调皮可爱，不是最漂亮却是最聪明的；从初中开始，就有了一个弹吉他、和她一样清高的男朋友；她学校年鉴里的那张照片（皮特觉得）最能概括她的少女时代，在那张照片里，她穿着一条闪闪发亮的小裙子，戴着返校节公主的皇冠，手捧返校节公主的玫瑰，灿烂地笑着（谁知道她为什么笑呢，也许是觉得自己这样站在舞台上挺傻的吧），两旁站的是亚军和季军，她们也朝镜头开心地笑着，但她们的美仿佛没什么感染力，也没什么特色，就像是那种身体结实、"适合结婚"的女孩子，对这样的女孩子，简·奥斯汀是不会特别感兴趣的。

接下来，在瑞贝卡即将高中毕业的时候，朱莉正在伯纳德大学读大二，萝斯已经开始考虑离婚的问题，错错出生了。

贝弗莉多年前就已经做了结扎手术。当时她四十五岁；赛瑞斯已经五十出头了。贝弗莉说，"这孩子一定是很想来到这个世界。"大家都觉得这话说得一点也没错。贝弗莉自己是个儿童专家，是儿科医生，所以她对孩子并没有什么不切实际的幻想。

皮特见到错错，是瑞贝卡第一次带他回里奇蒙德的时候。要见她的家人，他是很紧张的，一想到她家人也许会认为他们俩不合适，他就觉得有点尴尬——瑞贝卡是研究生，而他只是本科生，他们是在研讨班上认识的，虽然他等到学期结束才开始约她，但还是有点怪吧？瑞贝卡的父亲是个教授，虽然瑞贝卡一再安慰他，说她父亲不会反对他们的事，但他真的能够放心吗？

"别废话了。"飞机开始降落的时候，她对他说，"别担心。快别担心了。"

她有着那种年轻姑娘迷人的自信；她有弗吉尼亚女郎的欢快个性。别担心。快别担心了。她简直可以做个战地护士。

他答应她不再担心。

然后，他们下了飞机，首先见到的是朱莉，朱莉开着家里的一辆旧沃尔沃车，在机场外等着他们，她活泼友善，有种牛仔女郎的感觉。

然后，就到了她们家。

瑞贝卡曾给皮特看过家里的照片，所以，皮特对这幢堂皇的老宅早已略有所知——这里有盘根错节的藤蔓，阴凉宽敞的门廊——但他不知道老宅周围的环境，整个街区里全是历史遗迹，既可爱又庄严的老宅鳞次栉比，有些房子的维护程度要比其他的好一些，但都没有重新装潢或翻修过——这个街区显然有着自己的风格；里奇蒙德大概是座与众不同的城市。

"我的天。"当他们的车停到屋前时，皮特突然说了一句。

"怎么了？"朱莉问。

"我们可以说这里生活真美好。"

朱莉飞快地朝瑞贝卡看了一眼。嗯，好吧，这大概是个很聪明、很聪明的男生吧。

实际上，他并不是要显得爱嘲讽，或是显得特别聪明。根本不是。他只是一个陷入了爱河的男人。

在瑞贝卡家待了一周之后，他已经记不清自己对这里赞美过多少回了。他看过赛瑞斯的书房——书房！——坐在里面那张舒舒服服的扶手椅上，觉得自己可以一直坐在那里看书，再也不想起来了。他品尝了贝弗莉亲手烤的馅饼，虽然失败了，但她的苦心还是得到了大家的赞赏

（后来，大家把这个馅饼叫做"那个该死的难吃的饼"）。楼上的窗户是三个姑娘曾经在晚上偷偷溜出去的通道。家里还有三只孤傲的老猫，一天到晚打瞌睡。装饰架上摆满了书籍和陈旧的棋盘、从佛罗里达州带来的贝壳，还有装在相框里的生活照，空气中飘着一股淡淡的味道，仿佛是薰衣草、霉斑和烟囱里烟味的混合，门廊里有架柳条秋千，有人把一本简装的《丹尼尔的半生缘》忘在上面，早已被风吹雨淋弄得皱巴巴的。

还有错错，他当时快四岁了。

没人喜欢早熟这个词。听上去总有种不祥的感觉。但是，四岁的错错却能把这个词念出来。他记得住自己听到过的每个词，而且，只要是听过一次，他就能把它用到句子中，虽然常常用错。

他是个严肃、好问的孩子，时不时会变得异常兴奋，但没人能猜到究竟是什么引起了他的兴趣。他长得不错，很不错，白净的高额头、水汪汪的眼睛、匀称且精巧的嘴——当时，大家都觉得他长大以后一定会是个英俊的白马王子，或者，也有可能吧，像巴伐利亚的路德维格大公之类的人物，饱满的额头上可以看到暴露的青筋，敏感的眼神永远在那里闪烁。

谢天谢地，他在这些诡异的天赋之外，还是有着孩童的热情和特点。他喜欢摇滚乐，还疯狂地喜欢蓝色。他还崇拜亚伯拉罕·林肯，错错知道他是美国总统，但他还觉得，他一定拥有超人的力量，能够从荒芜的土地里变出枝繁叶茂的大树。

那天晚上，躺在床上（大概是泰勒夫妇的床，他们这么猜），皮特对瑞贝卡说："这真是太可爱了。"

"什么？"

"这一切。每个人，每样东西，都是那么可爱。"

"不就是几个像疯子一样的家人和一幢摇摇欲坠的老屋嘛。"她真这么想。并不是故作谦虚。

他说："你根本不知道……"

"什么？"

"大多数家庭都是那么正常。"

"那你是觉得我们家不正常啰？"

"不对。不能用'正常'这个字眼来形容。应该说是平淡、规范。"

"我觉得没有一个家庭是平淡的。我的意思是说，总有人比家里的其他成员更古怪。"

密尔沃基市，瑞贝卡。秩序、严谨、洁癖，这样的环境造就了这样的灵魂。体面的人努力过着体面的生活，没什么讨人厌的地方，他们有着各自的工作，维护着各自的财产，疼爱着自己的孩子（大部分时候）；他们会全家人一起去度假，走亲访友，也会在节假日把家里装饰一番，收藏些小玩意，积多了再去换别的东西；他们都是好人（大多数人，在大多数时候），但如果你是我，如果你是年轻时的皮特·哈瑞斯，你会感觉到这种中规中矩的生活在腐蚀着你，使你甘于平庸，所有这些微不足道的满足感，没有干大事业的雄心，也没有冒险精神；没有英雄豪情，也没有新奇创意，更没有对至少从理论上来说你无法拥有的事物的那种极度渴望。如果你是顶着板刷头、满脸青春痘的小皮特·哈瑞斯，你会觉得，你总是想要逃离这种安全的生活，逃离它那麻木不仁的实际，逃离它那清教徒式的平淡无趣；因为这里的人们似乎有着一种永恒的信念，他们相信激情与冒险不仅是有害的，而且——更为糟糕——是无趣的。

难怪马修高中毕业后的第二天就从那里逃走了，跑到了纽约，与不计其数的男人上床。

别，别这样想，这种想法太毒了，这种想法不对，害死你哥哥的并不是密尔沃基这个地方。

瑞贝卡说:"如果你在这里长大,大概就不会觉得有多么浪漫了。"

"既然我不是在这里长大的,我就要尽情感受这里的浪漫。错错在吃晚饭前,跟我讲了亚伯拉罕·林肯的故事。"

"他跟谁都要说林肯的故事。"

"不过他似乎把超人和强尼·艾普西德的故事也加了进来。"

"我知道。他总是这样自己乱编。我们几个姐姐常年都不在,而妈妈又有点,怎么说呢,力不从心。她虽然爱死了这个小儿子,但她从生下第一个女儿开始,就显出来不是当妈的料。在我小时候,都是萝斯和朱莉给我念故事书,帮我写作业之类的。"

"朱莉不喜欢我,是不是?"

"为什么这么说?"

"我也不知道。就是一种感觉。"

"她只是有点保守。真是好笑。她其实是最疯的一个。"

"是吗?"

"是啊,现在可能没那么疯了。不过她读高中的时候……"

"很疯。"

"对啊。"

"怎么个疯法?"

"我也不知道。就是爱玩。和不同的男生上床,就这样。"

"说点具体的故事嘛。"

"说这个是不是让你兴奋了?"

"有点。"

"这可是我的姐姐。"

"就说一个故事好了。"

"男人真下流。"

"你难道不也一样?"

"好吧,查理。只说一个噢。"

"你叫我查理?"

"我也不知道干嘛要叫你查理。"

"一个就一个,快说。"

她仰面躺着,双手抱在脑后,她很瘦,像个小男孩。他们睡的这间房是泰勒家的杂物间,但除了赛瑞斯和贝弗莉的房间之外,只有这间房里还有一张双人床。这里曾经是客房,但很少招待客人,却一直被用来放杂物,即便偶尔来了客,也总能住下,只要跟客人道个歉就行了。在房间的另外一头,弗吉尼亚的朦胧月光照进来,皮特看见一台罩着布头的缝纫机、三副滑雪板、一堆写着"圣诞"的硬纸箱,还有泰勒家收藏的各类杂物,好像是等着谁有时间来把它们修理一下:一个掉了抽屉拉手、粉色几乎已褪尽的书桌,一堆陈旧的棉被,一尊本来是立在草坪上的、已然残破的圣弗朗西斯石膏像,一只金枪鱼模型(这玩意儿到底是从哪儿来的,他们又为什么要把它留在家里?),在一个高高的架子上,还有一个地球仪,像是没有了光的月球,但只要有人去买来它里面需要安装的特殊灯泡,它就能重新亮起来。还有许多东西,数量相当可观,静静地躺在微明的窗子后面的一片漆黑中,像是在炼狱中等待救赎的一群灵魂。

有些人——不,应该是很多人——都会觉得这间房子让人有点压抑,实际上,他们会觉得泰勒家的整幢屋子和他们全家人的生活都让人有点不自在。但皮特却被这里迷住了。在这里,没有人一天到晚忙着把家里收拾得井井有条(大家都在忙着怎么教学生,怎么看病人,怎么读书学习);他们情愿在草坪上办办聚会,在晚上一起做做游戏,而不是拿着一把牙刷去洗刷脏瓷砖(不过说实话,泰勒家也确实应该稍稍注意一下家

51

里的卫生状况了）。这里的生活环境和他的童年迥然不同，他那每个晚上都过得沉闷无聊的童年，六点半准时吃完晚餐，然后，至少还要再待四个小时，才能上床睡觉。

现在，瑞贝卡就躺在他身边。瑞贝卡住在这幢房子里，就像美人鱼住在一艘沉没的宝船里，是那么的理所当然。

"好吧。"她说，"我想想……我在读高二的时候，有一天晚上……"

"那朱莉就是读大四。"

"对。有一天晚上，爸爸和妈妈出去了，我也和乔出去了……"

"乔是你男朋友吧。"

"嗯。我和他吵了一架……"

"你们俩上床了？"

她装作很生气的样子说："我们当时可要好了。"

"那么就是上床了喽。"

"是。从高一后的那年夏天就开始了。"

"在你和男朋友上床之前，会和小姐妹们讨论这种事吗？"

"当然会。你是想听这事吗？"

"嗯，不是。还是说朱莉吧。"

"好吧。朱莉以为家里就剩下她一个。我也不记得当时我和乔到底是在吵什么了，但吵得很厉害，我就气冲冲地走掉了，我真觉得我们肯定会分手了，当时我还只有十六岁，却已经觉得把最美好的青春浪费在了这个笨蛋身上。等我回到家，就听到一个声音。"

"什么声音？"

"像是一种砰砰砰的声音。从花园的小屋里传来的。像是有人在跺脚。"

"真的吗？"

"我又不是傻瓜，我知道做爱时的声音是什么样的，如果我觉得那声音是朱莉和某个男生在花园小屋里做爱，我就不会去打扰她了。"

"但怎么会有人在里面跺脚呢？"

"我也不确定那到底是什么声音。我压根就不知道朱莉在家。我觉得，如果我当时不是和乔刚刚吵完架，那声音也许会使我害怕的。但当时我真是怒气冲天。我想，好吧，即使你是从什么神经病院逃出来的疯子，拿了把斧头坐在我家里跺脚，我也不怕你，我要给你点颜色看看。"

"你就去看了。"

"是的。"

"发现了什么？"

"朱莉和波·巴克斯特在一起，当时他们俩是一对，在场的还有波最要好的朋友，汤姆·瑞维斯。"

"他们在干吗？"

"在做爱。"

"三个人一起？"

"更像是朱莉在和那两个男生做。"

"说点细节嘛。"

"你是不是在自慰呀？"

"也许。"

"我不应该说这个的。"

"这部分才性感嘛。"

"我感觉我在出卖她。"

"这故事改变了我的看法，我喜欢上她了。"

"如果你敢对我姐姐放肆……"

"哎呀，天呐，怎么可能？赶紧告诉我你走进小屋时看到了什么。"

"我不应该说这件事的。"

"好嘛好嘛。快点说那个砰砰砰的声音是什么。"

"啊？哦，是波在踩地板。"

"为什么？"

"我也不知道，他就是在踩脚。"

"别吞吞吐吐的。"

"好吧。他当时正在……干她。是从后面。而且，我也不知道，我猜，他兴奋的时候喜欢踩脚吧。"

"另外一个男生在哪里？"

"你猜。"

"朱莉肯定是在给他口交，是不是？"

"我不会告诉你的。"

"你当时是怎么反应？"

"我走了。"

"你要不要想象一下，如果你留下来会发生什么？"

"你就是给我再多钱，我也不愿这么想象。"

"你有没有觉得不自在？"

"确实很不自在。"

"因为你看见你姐姐在和人群交。"

"不仅仅因为这个。"

"那还因为什么？"

"一切都显得那么……丑陋。刚才，乔对我那么恶劣，现在，又看到我姐姐简直是在伺候这两个白痴……"

"你怎么知道不是他们在伺候你姐姐？"

"之后，姐姐和我还谈过这件事。"

"然后呢?"

"她说那是她自己的主意。"

"你信她的话吗?"

"我想去信。我是说,她已经大四了,考完了全国统考,正准备去上伯纳德。在我看来,她简直就是……女神。"

"所以呢?"

"我还是不相信她的话。她是我认识的最好强的人。真的,我知道那应该是怎么回事。波·巴克斯特虽然又老又笨,但他知道,我姐姐喝过几杯酒之后,一定不会示弱。我也知道,事后,朱莉一定会骗自己说都是自己的主意。她必须跟自己说,她才是掌握了控制权的人。但这反而使一切更加糟糕。"

"你是个好女孩。"

"我才不是。"

"比朱莉好。"

"不见得。"

"你自己不觉得吗?"

"两天之后,我就和波发生关系了。不对。应该说,两天之后,我强迫比尔和我发生了关系。"

"别开玩笑了。"

"在一次聚会上,他来找我道歉,他没表现得很尴尬,反而有点洋洋得意的感觉。"

"那你呢?"

"我让他跟我走。"

"你带他去哪里了?"

"去花园了。人们常常在那幢大房子开派对,那里还有一个大花园。"

"然后呢?"

"我让他来上我。就在那里,在湿漉漉的草坪上。"

"不会吧?"

"我受够了。我受够了我的混蛋男友,我受够了我那个什么都要赢的放荡姐姐,我受够了充当家里天真无邪的小妹妹的角色,看到有人在花园小屋里做个爱都要抓狂。那天晚上,我仍然觉得我和男朋友永远都不可能再在一起了,再加上我喝了差不多一整瓶便宜的伏特加,我只想骑在这个羞辱了我姐姐的大笨蛋身上。我一点也不喜欢他,但就在那一刻,我只想和他发生关系,这辈子都从来没有那么想做一件事过。"

"哇。"

"你喜欢听这样的故事,嗯?"

"嗯,后来发生了什么?"

"他害怕了。我觉得他是害怕了。他只会说,嗯,喂,瑞贝卡,我不知道……所以我用两只手轻轻推了一下他的胸口,让他躺下。"

"他躺下了吗?"

"当然躺下了。他大概从来还没见过这么疯狂的女生吧。"

"接着说。"

"我把他的裤子拉下来,把他的衬衫拉上去。我不需要他脱光衣服。我摸到他的阴茎,我告诉他应该怎么去用指尖弄我的阴蒂。好像是直到那个时候,他才知道阴蒂是什么。"

"你这都是编的吧。"

"你说得对。我是编的。"

"不,不是编的。"

"说不定就是编的。"

"真是编的?"

"你很在意啊?"

"当然在意了。"

"不管是真是假,这个故事还挺性感的,对不对?"

"大概是吧。"

"男人真是下流。"

"你说得对。我们就是很下流。"

"好了,今晚的故事就说到这里。过来,查理。"

"怎么老叫我查理?"

"我真的不知道。你过来嘛。"

"过来哪里?"

"这里。就是这里。"

"这里吗?"

"嗯。"

六个月之后,他们结婚了。

二十年之后,他坐在餐厅的饭桌边上,看着对面刚从浴室出来、穿着短裤的错错。他没穿上衣。看起来和罗丹的那尊青铜像很像——修长的身材,不经意间流露出来的青春气息,以及对此的过分冷淡;让人觉得,美应该就是一种自然的人性,而非什么稀奇古怪的东西。错错的乳头是深粉色的(泰勒家里好像有点地中海什么地方的血统),大概是一枚两毛五分的硬币大小。在他方正有力的两块胸肌之间,有一大团黑色的胸毛。

他这样到底是故意诱惑呢,还是平常就是如此不修边幅?他应该不会觉得皮特会对他产生兴趣吧,即便他真那么觉得,也不可能会来勾引自己的姐夫,会吗?(瑞贝卡是不是曾经说过,她觉得错错什么都干得出来?）当然了，也有些年轻小伙，总有一种无论对谁都要去勾引一番的冲动。

皮特说："日本怎么样？"

"很美。也让人没有着落。"错错还带着一些弗吉尼亚州的口音，而瑞贝卡早已经没有了这样的口音。

错错洗完澡后，已经不再那么像瑞贝卡了。他虽然是泰勒家的一员，但长相上也有着自己的特点：五官如老鹰般棱角分明，鼻子高耸，眼睛又大又深邃（总在那里微微地转动着，使他脸上有了一种惊奇、探寻的表情）；有点古埃及人的感觉，但赛瑞斯和贝弗莉明显没有那种特征，两人的基因一结合，倒是显出了很执著的遗传性。泰勒家的血统，三个女儿和一个儿子，就像同一主题下的不同变奏，他们的侧脸简直如同印在几千年前陶土罐上的人脸。

皮特正在盯着错错看，是不是？

"整个国家都让人没有着落吗？"他问。

"我不是说日本。我是说我。我在那里就是个游客。我无法融入进去。"

他有着泰勒家族的那种气场，他们都有（可能只有赛瑞斯除外），他们自己大概都没有意识到。他们有能力……掌控全场。让在场的其他人都忍不住要问，那是谁？

错错去日本好像是为了什么事，对不对？是去看什么古迹吧？

瑞贝卡怎么还没回来？

"日本是个非常陌生的国家。"皮特说。

"这里也一样。"

给青年人的直言不讳加一分。

"你是不是去那里看什么圣碑的？"皮特说。

错错笑了。看来，他并不是一个那么自以为是的人。

"是一个花园，"他答道，"在日本北部山区的一个神庙里。一些牧师在六百年前放了五块大石头在那里。我坐在那里看那些石头，看了将近一个月。"

"真的吗?"

错错，别班门弄斧哟。我年轻时也曾是个信口开河的浪漫主义者。看了一个月？鬼才信呢。

"然后，我就领悟到了我想要领悟的东西。那就是，万物皆空。"

现在，话题又转到了东方文明的优越性上了。

"万物皆空吗?"

"一座那样的花园就是人生经历的一部分，是冥想生活的一部分。所以，你看到它后就不能一走了之了，我也不知道怎么说好。你自己去看看就明白了。"

"你想要一种冥想的生活吗?"

"我正在冥想着这一点呢。"

这大概就是南方人的特点了，是不是——惊人的自省力，同时又带着幽默和谦虚。这就是人们所谓的南方魅力，是不是?

皮特以为错错会讲个故事，但似乎他并没有什么故事要说。一片沉默，逗留不去。皮特和错错就那样坐着，盯着桌子。这种沉默还在不依不饶地继续着，就像是男女约会时那种尴尬的插曲一样，很显然，约会进展得不顺利；没什么进一步深入的希望了。如果这种尴尬不能迅速得到化解，那大概就意味着，皮特和错错——这个错错，虽然据说他已经戒毒了一年多，但到底还是那个惹是生非、游戏人生的孩子——以后的相处可能不会太融洽，也就意味着，错错搬来和姐姐住，而他这个姐夫只能尽量忍受了。

皮特坐在椅子上，转了转身，漫无目的地看着厨房。好吧。他们不会成为朋友的。但他们必须学着和平相处，是不是？如果他们相处不来，瑞贝卡夹在中间就很难做了。他能感觉到那种沉默已经从一种试图构建亲密关系的失败转变成了一种较量。接下来，谁先开口——谁能想出该说些什么，来打破这沉默？——但谁这样做，就意味着谁将占据下风，成了一个必须不断想出话题来缓和局面的失败者。

皮特看着错错。错错无助地微笑着。

皮特说："很多年前，我去过京都。"

真的，这样就够了。只要一点点的暗示，表示有人还是愿意继续下去的。

"京都的花园都特别美。"错错说，"我对其中一座神庙简直着了迷，就因为它的位置很偏远。你知道吗，就好像是，正因为它位置偏，周围又没有方便的旅馆，所以我才越发觉得它很神圣。"

这种紧张气氛的缓和让他在那一刻喜欢上了错错，像是发了昏，就像男人们在战争中会喜欢上自己的战友一样吧。

"它其实并不神圣？"皮特问。

"一开始，我认为它是很神圣的。它真的漂亮得不可思议。它坐落在高高的山上，一年中有大半年都是积雪环绕。"

"你住在哪里？"

"山下的镇里有一座小平房。我每天早上爬上山，一直待到天黑。庙里的和尚让我坐在那里。他们人都很好。我就像是他们的傻孩子一样。"

"你每天都去山上，然后坐在花园里？"

"不是坐在花园里。那里其实光秃秃的，就是一片砾石铺成的园子。你只能坐在旁边，看着它。"

错错说这话时，明显带有弗吉尼亚州含糊而温柔的口音。

"坐了整整一个月。"皮特说。

"一开始，我以为会有什么神奇的事发生。其实，我们脑子里都有一个声音，我们对它太习惯，所以才听不到了。这是一种很安静的信号，有正确的，有错误的，还有无所谓对错的。我盯着那五块大石头和一片沙石地看了一周左右，那种声音开始消失了。"

"随后又发现了什么呢?"

"发现了无聊。"

皮特完全没有料到会是这个答案，他忍不住从鼻子里发出一声奇怪的嗤笑。

错错说:"还有其他一些东西。我并不是要随便这么说。但是我……这听起来挺乏味的吧?"

"没有啊，你接着说。"

"嗯。我意识到，我并不想每天穿着道袍，坐在某个半山腰上，盯着石头从早看到晚。但我也……我只是不想说，好吧，这就是我精神世界的一个阶段，现在我可以申请去法学院念书了。"

这就是错错让人搞不懂的地方:他小时候的聪明劲儿哪儿去了? 他小的时候，大家都以为他长大后会成为一个神经外科大夫，或是一个伟大的作家。而现在，他却在考虑(或者更准确地说，是不愿意考虑)什么法学院。难道是天赋过于聪颖反而成了他的累赘?

皮特说:"如果我问你，你觉得你自己想干什么，你会觉得很尴尬，觉得我不应该问吗?"

错错皱起眉头，但打趣地说:"我觉得我想成为阎王爷。"

"想做那工作可不容易啊。"

"只是心血来潮而已。我需要休整一下了。这么多年来，大家一直都在跟我说这个，我终于开始相信他们的话了。我不可能再跑到日本某个神庙去参拜了。我也不可能只为了看看沿途的风景，就开着车跑去洛杉矶了。"

"瑞贝卡觉得你想在，嗯，艺术方面做点事，是不是？"

错错尴尬得脸红了。"嗯，目前，这似乎是我最喜欢做的事了。我也不知道我到底有没有这方面的本事。"

这是种姿态，对不对，这种孩子气的羞愧感。干嘛对自己没有信心呢？错错，你为什么不愿意把自己的天赋调动起来呢？

"你知道你具体想要做什么吗？"皮特说，"我是说，在艺术的领域里。"

这话听起来有点家长的味道了，是不是？

错错说："说实话吗？"

"当然。"

"我觉得，我想重新回学校念书，说不定当个艺术馆馆长。"

"这个大概和你成为阎王爷的几率差不多。"

"但这工作总得有人来干呀，对不对？"

"当然了。只是这就有点像是下定决心要成为电影明星一样。"

"那还不是照样有很多人成了电影明星。"

好吧，他就是这样——在这副充满不确定因素的皮囊之下，终归还是一个骄傲自大的人。但话说回来，一个聪明又英俊的男孩子，为什么不能有雄心壮志呢？

"确实。"皮特说。

"而且，再说，我有点……谢谢你让我住在这里。"

这张泰勒家族的脸还是不那么像埃及人的感觉，是不是？在爱尔兰人的白皙肌肤下有太多的血色，而下巴也太方正了，如克里奥尔人。像埃尔·格列柯画里的人吗？也不像，他们没有那么憔悴，也没有那么严肃。

"你来住我们也很高兴。"

"我不会住很久的。我保证。"

"没关系,想住多久就住多久。"皮特说。他这话并非完全真心实意。但他又能怎么说呢?错错是这该死的一家子的心病。萝斯在加利福尼亚州销售房产,朱莉辞掉了自己的工作,专心在家相夫教子。这样的生活都还不错。虽然她们的生活并不是一场悲剧,但谁也没想到她们都会过得如此平庸。而现在,坐在这里、散发着洗发水香味、依赖着皮特照顾的,是他们家最小的儿子,是最热情也最受溺爱的一个;是泰勒全家最大的希望和最深的担忧。这个孩子还是有可能会成就一番大事业的,但也有可能继续沉沦——继续吸毒,继续沉沦在混乱的思绪里,沉沦在悲伤和世事无常的感觉中,这样的感觉似乎时刻准备着要把全世界最有前途的孩子也拽入深渊。

当时,他是那么拼命地想要降临人间。

"你太好了。"错错说。这话充满了南方人那种规规矩矩的客套……

"瑞贝卡会带你去看普伊尔的展览。在现代艺术馆。"

"我想去看。"

他看着皮特,目光有些邪乎,虽然这样的目光并没有使他看上去傻气,但毕竟有些偏执的感觉。

"你知道他的作品吗?"皮特问。

"我知道。"

"展览很好看的。"

然后,瑞贝卡就回来了。皮特听到她钥匙在锁孔里转动的声音,微微吃了一惊,好像是被她抓到自己在做什么坏事一样。

"大家好。"她走进来,她买了错错早上喝咖啡需要加的牛奶,还有两瓶昂贵的红酒，应该是打算今晚喝的。她还带来了一股生气勃勃的活力——她总是带着这种悠闲从容的气质。今天，她穿着休闲的牛仔裤和浅蓝色的毛衣，头发刚好到脖子的长度，已经有了些白头发，但气质却还是像以前那个美丽的小姑娘。

难道这是泰勒家的诅咒，让他们家的每个人都早早到达巅峰，而当他们从那幢老旧大宅中走出来的时候，就开始慢慢走向下坡路？

他们互相亲热地问候一番之后，开了一瓶红酒。（瑞贝卡应该给一个瘾君子酒喝吗，这合适吗？）他们端着酒杯，走到客厅里坐了下来。

"我打算让朱莉下个周末过来。"瑞贝卡说。

"她不会来的。"错错回答。

"她离开小孩一个晚上没什么的。他们都不是小孩子了。"

"我就是觉得。她不会来的。"

"我去跟她说。"

"我不想让你去跟她说。"

"她要把他们逼疯了。那几个小孩。她关心的并不是孩子，而是自己是不是这个世界上最伟大的妈妈。"

"拜托，千万别逼着朱莉来纽约。我会去看她的。"

"不会，你不会去的。"

"总有一天，我会去的。"

错错盘腿坐在沙发上，把酒杯放在自己大腿上，像捧着一个要饭的碗。不可否认，他就是另外一个瑞贝卡，不仅仅是长得像，简直就是她的化身。他有着她那种家中幼女的活泼气质，还有从不怀疑自己能力的自信——看我呀，我是天之骄子。他歪头的姿势、手指、笑容都和她一模一样。他个子并不高——大概也就是一米七五——但身材健美，肌肉结实。皮特很容易能够想象得出他虔诚地静坐在某个神秘花园旁边的样子。他实际上长得有点像文艺复兴时期肖像画里的塞巴斯蒂安，有种宗教狂热的感觉。满头深棕色的卷发，白里透红、肌肉结实的手臂和腿。

皮特听到瑞贝卡叫他的名字。

"什么事？"

瑞贝卡说："我们上次是什么时候去看的朱莉和鲍勃？"

"我也不记得了。大概是八九个月之前吧。"

"有那么久了吗？"

"对啊。至少八九个月了。"

"反正，去华盛顿总是让人提不起劲儿来。"她对错错说，"还要整个周末都和他们一起困在那幢鬼屋里。"

"我也觉得他们那房子确实有点可怕。"他回答。

"是吗？看来有这种感觉的不止我一个。"

皮特又开始走神了。他们在聊家常，在聊泰勒家的话题，皮特怎么能跟他们合拍呢。他看着瑞贝卡朝错错靠过去，好像是她觉得冷，而他能够发热一样。这三个姐姐都觉得错错是她们最亲密的家人，是她们的精灵，能够在他面前说说另外两个的坏话。

错错确实有一种脱离现实的感觉。他有点精怪；他就像是自己脑海中的一个幻想，又像是关于自己的一个梦，把它展示给了别人看。这有一部分原因至少应该归于他童年时期的经历，他从小在那幢大房子里长大，陪他的人只有爸爸赛瑞斯和妈妈贝弗莉，妈妈随着年龄增大，已经越来越无心操持家事，而爸爸也在错错满十岁的那个月进入了六十岁大关，他在书房里待的时间越来越长，以此来逃避妻子，因为，他发现妻子的怪癖随着年龄的增加而变得更为阴暗了。姐姐们虽然有空就回家，但毕竟已经开始了各自的生活。瑞贝卡正在哥伦比亚读大学，朱莉正在医学院，而萝斯也和她远在圣地亚哥的第一任丈夫开始了漫长的战争。

错错出生在这样一个家庭里，而且出生得实在太迟了；整个童年时期都在一个阴暗沉闷（节约用电是贝弗莉的怪癖之一，连灯都不怎么舍得开），满是破败不堪的老古董的家里度过，他是什么样的感受呢？错错十六岁的时候，皮特跟着瑞贝卡回了趟家，在窗台上的灰尘堆里写下了自己的名字。他还在客厅一角的一棵无花果树后面发现了一只死了很久的老鼠，随即悄悄地把它扔进了垃圾桶，似乎是希望借此来保护泰勒一家人。

错错。真让人难以理解，他从小优异的成绩并没有让他进入耶鲁大学，他的毒瘾也没有让他进入其他任何一所大学。

不过，至少从外表上来看，他恢复得还是相当不错的。当他还是个小孩的时候，他的长相有一点点奇怪，但年龄越大，脸上的轮廓也就越来越分明，越来越帅，像是某个神仙教母给受困的王子披上了一件魔法披风，从此保护他不受任何伤害。据说，他还没满十一岁时，就有女孩子主动往家里打电话找他了。

瑞贝卡正在说着，"……走进了那个大房间，她是这么说的，脸上一副一本正经的表情。"

错错苦笑了笑。他似乎并不觉得朱莉的小资情调，对豪华典雅之物的盲目崇拜有什么可笑之处。

"我猜，她住在那里感觉到很安全。"错错说。

瑞贝卡可不买账。"有什么安全？"她说。

错错带着疑问的表情看了看她，仿佛在等她恢复常态。他的脸色因为不自在而阴沉下来（瑞贝卡说起朱莉时眼里简直泛着泪光，但很难说到底是因为什么），棕黑色的眼睛也闪着光亮。

皮特说："可能她觉得整个世界都不太安全吧，我猜。"

"为什么会有人想要逃避整个世界？"瑞贝卡问。

瑞贝卡，你为什么总是想要挑起争论呢？

"你随便拿份报纸，打开电视看看 CNN 的新闻。"

"那住在郊区的一幢小别墅里就能保护她的安全了吗。"

"我明白，"皮特说，"我们都明白。"

瑞贝卡打住话头，克制着自己。她似乎有点生气了——她自己大概都不知道为什么。是错错让她生气，是他提醒了她一些事，让她觉得自己好像是犯下了什么罪。

皮特偷偷看了错错一眼。他又感觉到了那种隐秘的相似之处。我们——我们男人——总是觉得害怕，总是容易犯错，还容易紧张；如果我们有时表现得吹毛求疵或是颐指气使，那是因为我们总是怀疑自己犯了什么女人从来不会犯的严重错误。我们的为人是不是失败的，我们的欲望和陋习是不是可笑的，当我们最终站在了天堂的入口，那个把守大门、肤色黝黑的女巨人会不会嘲笑我们，不仅仅是因为我们不够纯真，还因为我们对那些真正重要的事情一无所知。

"哦，我也不知道。"瑞贝卡叹了一口气，"我只不过是讨厌她摆出那个样子。"

"很多人都是那样。"皮特说，"很多人最后都希望住在漂亮的大房子里，生儿育女。"

"但朱莉不是普通人。"

好吧。这又是婚姻生活中的一个两难时刻。要么违心赞同，要么冒险反驳。

"大多数人都觉得自己不是普通人。"皮特说。

"但我姐姐是不一样的。"

"随你吧。"皮特说。他知道这个时候应该摆出什么样的表情。

至少你的姐姐和弟弟都还好好活着，对不对？只要我那胖乎乎的老阿哥马修还活着，我不也情愿坐在这里气呼呼地抱怨他的笨蛋男友和他们领养来却不好好管教的那个讨人厌的韩国孤儿嘛？

这不公平。当然，这不公平，把死去的哥哥拿出来说，好让瑞贝卡闭嘴，这招真是有点不公平。但今天错错刚来，本来就不应该争吵的。

问题是：瑞贝卡是不是故意挑起争论的？因为她知道皮特对错错的到来并不乐意。他们可以等会儿再商量这件事。还有一个问题，应不应该给一个曾经的瘾君子喝酒。还是他们只是想喝得迷迷糊糊的，好睡上一个好觉。

瑞贝卡说："我忘了问，那是座寺庙还是神社呢？"

错错眨了两次眼，客厅的灯光正好对着他。"呃，是神社。"他回答。

就在他的脸上，清清楚楚地写着：我不想当个道士，我也不想当个律师，但最最重要的是，我不想最后变得跟面前的这两个人一样。

吃过晚饭，错错去碧儿以前的房间睡觉（房间多少还保持着碧儿离开时的样子，如果她哪天回来了，万一她哪天回来了）。皮特和瑞贝卡回到自己的卧室，给碧儿打了电话。不，是瑞贝卡给碧儿打了电话，觉得她应该会愿意和皮特说上几句，哪怕是寥寥几句。

皮特坐在床上瑞贝卡的身边，等着碧儿在波士顿那头拿起话筒。我多么希望她不在家，希望我们只需要给她留个言就好了，原谅我这么想吧。

"你好，宝贝。"瑞贝卡说。

"嗯嗯。是啊，我们都很好。伊森来了。对，就是错错呀。我知道。你很多年都没见过他了。你在干吗？"

"好的。当然了。我觉得你要是干的时间再长点，他们会给你安排好点的夜班的，你觉得呢？"

"嗯。嗯。你呀，别慌，你知道只要你愿意开口，老妈我这里还是有些钱的……"

显然，电话那头的碧儿笑了。瑞贝卡也笑了。

碧儿，我该死的人生里的最爱。你是怎么就变成了一个悲伤又孤单的女孩子，还跑到波士顿一家酒店的酒吧，穿着红色的制服，给观光客和来参加会议的客人们端上马提尼酒的？你妈的子宫里怀上了你是不是就是我们犯下的第一个错误？是不是比阿特丽斯①这个名字起得太夸张了呢？你为什么要退学去做那样的一份工作？如果是我害的，我真心诚意觉得抱歉。我的心都碎了。我爱你。我爱你。我完全不知道自己是怎么把这一切搞砸的，也不知道是什么时候开始搞砸的。如果我能更明智一些，也许我就会知道了。

瑞贝卡用严肃的口吻说："克莱尔怎么样了？"

克莱尔是碧儿的室友，满胳膊的纹身，没有明确的职业。

"啊，真是太遗憾了。"瑞贝卡说，"我猜，四月真是个最残忍的月份。我让你爸爸来听电话了啊，好不好？"

她把话筒递给他。他除了接过来还能怎么样呢？

"嗨，碧儿。"他说。

"嗨。"

她最近对他都是这样。她对他的态度已经从公开的厌恶转为平淡的客套，就像是服务员在对一个有所求的顾客说话。但这样更糟。

"最近好吗？"

"也没什么事，真的。今晚也没出去。"

他觉得胸口像是被刺了一下。他曾经那么了解这个姑娘，当她还是

---

① 《神曲》中引领诗人游历天堂与地狱的女神。

个懵懂无知的小丫头时，他就了解了她身上的每一个闪光点。他曾经见过她在下雪的时候，在和邻居家臭烘烘的小狗玩的时候，在穿上了一双红色橡胶凉鞋的时候，那种兴奋莫名的表情。他曾经无数次在她受伤、失望、难过时安慰过她，爱抚过她。而现在，他们之间却是这么尴尬，连话都说不上几句，这只能说明人生就是这么奇怪、这么神秘、这么可怕，他小小的心已然无法承受。

"嗯，我们也没出去。不过当然了，我们已经算是老人了。"

沉默。好吧。

"我们爱你。"皮特无助地说。

"谢谢。拜拜。"

她挂了电话。皮特还把话筒拿在手里。

瑞贝卡说："这个年纪的孩子都这样。真的。"

"嗯。"

"她不想亲近你。你别觉得她这是特别针对你的。"

"我很担心她。说真的，非常担心。"

"我知道。我也有点担心。"

"我们应该怎么办？"

"我觉得，还是由她去吧。至少现在，还是顺其自然吧。每个周末都给她打打电话就好。"

瑞贝卡把皮特手里的话筒轻轻拿走，放回到床头柜上。

她说："我们这里好像成了问题儿童收容所了，是不是啊？"

哦。

他突然冒出一个念头——瑞贝卡更喜欢错错。错错是个让人捉摸不透的孩子，聪明伶俐，知错就改，而且（承认了吧）英俊潇洒。瑞贝卡和皮特为碧儿尽心尽力，但她毕竟是过早地降临到了人世（是的，他们曾商议过人流，瑞贝卡是否会为了他强迫她生孩子而耿耿于怀呢?)，自从碧儿发现自己的降生不受欢迎后，她就开始变得郁郁寡欢了，变得时常会发些小孩子的脾气，而长成少女后，她更是变得脾气火爆，喜怒无常，对穷人的生活和美国的罪恶表现出傲慢的嘲讽，这使得对他人极富同情的皮特和瑞贝卡难以理解，最后他们一致认为碧儿的那些想法都是来自偏执的妄想，什么政府在拿艾滋病人做实验啦，什么她自己也许有一天会被关进一所秘密监狱，因为她要揭穿一向被人们忽略了的阴谋啦。

怎么会这样的？她怎么会从一个曾在他怀里牙牙学语的小孩，变成一个满脸严肃、冷酷无情的姑娘，拿着大砍刀小手枪，跑到他面前来兴师问罪。因为他对她们这种人的需求熟视无睹，因为他吃她们的脂膏吃得脑满肠肥，因为他趾高气昂地戴着副眼镜，因为他忘记去洗衣店取回她的裙子。

皮特转过身看着瑞贝卡，他想说点什么，但还是忍住了。何必说出来呢？他只是吻了吻她，然后就睡觉了，他知道她还要看一会儿书，一想到妻子——他这个完美、和蔼、越来越冷漠的妻子——就躺在自己身边，开着小小的床头灯，翻着书页，他就像个小孩一样，有一种莫名的幸福感。

艺术史

星期一，十点还差一点。优塔已经在画廊了——她总是最早到的。"早上好，皮特。"她用夸张的德国口音在皮特身后和他打招呼。她已经在美国生活了十五年多了，但德国口音却是越来越重。她是一个与美国社会格格不入的外国移民团体的成员，而且这个团体还有不断扩大的趋势。她一方面鄙视自己的祖国（亲爱的，说起那里我想到的第一个词就是"压抑"），而另一方面，随着时间一年一年过去，却变得越来越像个德国人（而不是美国人）。

皮特穿过画廊的展厅——再见了，文森特。工作人员正在把画打包整理。即便是在这行工作了十五年之后，即便是在举办了一次又一次的画展之后，在到了把画都取下来的时候，他还是会觉得有一点点失落，甚至是一丝丝的挫败感。这和画的销售状况无关（虽然这次的文森特画展确实没有他预想的卖得好）。这是一种感觉（其他经纪人大概也会承认这一点，他们有些人在喝过几杯酒之后应该还是会说实话的），让你觉得，通过一次又一次的画展，你是不是推动了某个方面，使之往前迈进了那么一点点。美学方面？艺术史？呃，好像都不是。但无论如何。那么……难道是一种坚持不懈的努力，寻找着感性与理智、美学与严谨之间的一种平衡，从而才在这个物质的世界撬开一条缝隙，让永恒真理的阳光照射了进来？

好吧。它们不过就是一些物品，挂在墙上。用作出售。它们都很美，美得各有特色——工作人员会用牛皮纸把这些布面油画和雕塑包起来，用绳子绑好，再在表面抹上一层石蜡，有点像裹着尸布的基督，这些作品的作者是一个叫波克·文森特的年轻人，他很善良，但也没有什么远大目标，从罗德岛设计学院毕业才三年，和比自己大很多的女友一起住在莱茵贝克，他能在有限的范围内谈起包装与束缚以及它们和圣灵之间的关系；也能说说我们所期待的艺术为什么总是比我们所创造的艺术更加高深。他坚持认为，在包装之下是各种各样的形象和物件，是艺术家们狂热尝试的结果，但他不会将它们展示或是描绘出来，并且，包装纸被蜡封得严严实实，一点都不会露出里面的内容。

不管怎样，这些画今天都要被拿下来了。到了星期四，会换上全新的作品。

优塔端着一个咖啡杯，从她的办公室出来。棕红色的头发，宽边的艾伦米克力眼镜。几年前，曾经有那么一段时间，他们之间有一种很微妙的感觉，当时，瑞贝卡正在疯狂地迷恋着一个洛杉矶的摄影师。这是皮特婚姻生活中唯一一次出了点小状况，如果这真能称得上是状况的话——而瑞贝卡似乎也希望他能出点状况。优塔显然是乐意的，她似乎很想和皮特激情（这可不是个好词）一把，在那么长时间的一起工作、一起出差，从星期一到星期六在这个有那么一点色情色彩的空间里，几乎但并非完全紧挨着一起工作之后，来一次最终的爆发。毫无疑问，她曾经也是个性感、坚强、热情的女人；如果你暗示她是想通过男女关系来获取更多的话，她一定会觉得受到了侮辱（那么，你认为女人是因为想得到点什么才跟你上床的吗?）。然而，也许是皮特觉得自己已经看清楚了：她是一个聪明绝顶、愤世嫉俗的德国人，一个甜美、萎靡、玩世不恭的姑娘，然而；她也爱抽烟、爱喝咖啡、爱开玩笑；有点苦涩，有点幽默，有点虚无的德国人特征。因为她是德国人，彻头彻尾的德国人，所以她才离开了那里，而且发誓再也不会回去了。

哦，你们这些充满想象的移民呐，你们想在这里找到什么，你们又想成为怎样的人呢？

几个月之后，瑞贝卡对那个摄影师的迷恋渐渐消退，据皮特所知，他们最亲密的举动也就是在好莱坞山庄的夜光喷泉边吻了一次。而皮特也继续和优塔一起工作，就和以前一样，有时候，他觉得他们之间是那么亲密，就快要发生关系了，但始终并没有突破那最后的一关，渐渐地，那种紧张的感觉就松弛了下来，而他们之间的那种可能性也就永远不复存在了。他们开始成了老朋友一样的伙伴。

"卡罗尔·波特打来电话了。"她说。

"这么早?"

"亲爱的，卡罗尔·波特每天很早就要起来喂她那该死的鸡的。"

对了。皮特想起来，卡罗尔·波特一直住在康涅狄格州的一个农庄里，她家里是做厨具生意的，她继承了一大笔遗产，农庄装修得颇有法国皇家园林的风格：香草的花园，还养着和纯种狗一样贵的外国鸡。但你必须承认——她还是很爱劳动的。她会亲自打扫鸡笼的粪便，亲自收集鸡蛋。去年，皮特去她那里吃饭，她还给他看了一个刚下的鸡蛋，蛋是那种令人心碎的淡蓝绿色，还沾着几片鸡毛，一头还有一点点棕红色的血迹。这就是鸡蛋在洗干净之前的样子，卡罗尔曾这么说。然后，皮特说（或者，应该只是想了想），如果我的哪个签约画家能画出这样的鸡蛋来，那我就发财了。

他脑子里想起了各种各样的事。

刚下的鸡蛋，全都脏兮兮的，还带着血迹。

贝蒂站在鲨鱼的大嘴边。

错错每天坐在日本的神庙里。

这就像是生活的三联画，对不对？出生，死亡，以及从生到死之间所有的一切。

"卡罗尔让你给她回电话。"优塔说。

"她有没有说是什么事？"

"我们应该知道是什么事吧。"

"是吗？"

卡罗尔·波特对那个沙撒·克里姆的雕塑并不满意。他们都说，那个雕塑太前卫了一点，但皮特原本希望……

"还有别的麻烦事吗？"他问。

"我喜欢'麻烦事'这个字眼。"

"它的发音多爽脆啊。"

"也就是平常的那些事。"她说。

"周末过得怎么样？"

"烦。其实还好，我只是想说这个词罢了。你呢？"

"贝蒂·赖斯得了乳腺癌。她星期天告诉我的。"

"有多严重？"

"我也不知道。挺严重的吧，我觉得。她要把自己的画廊关了，她想把鲁伯特·格罗夫转手给我们。"

"太好了。"

"真的好吗?"

"有什么不好呢?"

"你觉得他的作品怎么样?"

"我挺喜欢的。"

"我倒是不太确定。"

"那就不要他呗。"

"他的作品现在卖得不错。有传言说,纽顿也看上他了。"

"那我们就一定得要他。"

"拜托。"

"皮特,亲爱的,你知道我要说什么。"

"我还是想听你亲口说。"

她叹了一口气。她眼睛之间的距离很宽,鼻子又瘦又小,很像是克里姆特画里的人物。

她说:"找一个你不喜欢、但作品卖得很好的画家能够让你签下你喜欢、但作品卖得不好的画家。这个道理难道真要我说了你才明白吗?"

"我觉得确实需要有人来提醒我。"

"不过我们可能也签不了他。那些大艺术馆可能会把他抢走。"

"不过,我可能会和他谈谈,也可能不谈。"

"我们这是做生意,不能凭心情,皮特。"

"我知道。"

"别用那种眼神看着我,好像我是个恶魔一样。"

"对不起。我知道你不是恶魔。"

"小朋友,问题是,你总是觉得你自己是对的,其他所有的人都是错的。"

"这样不是有点英雄主义的感觉么?"

"才不是,"她说,"一点也不是。"

她听出了他不想再继续争论的意思,转过身,回到了自己办公室。

他也走进办公室,拿起星期六他自己放在桌上的一份文件,把它放在文件柜的最上面。他不知道自己这样做是为什么,应该算是周一早上一种重新开始的姿态吧,对这个他离开了三十二个小时的地方(无论这地方有多少沉闷的灵魂在发出低吟)宣告他的归来。

他给自己倒了一杯咖啡,走回展厅。最近,他总是喜欢端着一杯饮料或是什么,在这些熟悉的房间里一个人走走。如果是让培根来画他,会把他画成这样吗?这个想法有点可怕。九五年的那场拍卖会上,他应该把培根的那幅画拍下来的,当时觉得它很贵,但现在的价格已经翻了五倍多了。又是一个令人不安的想法。画就和股票一样,总是涨了又跌,跌了再涨。

这就是那些画了。文森特的画。就要被搬走了。

很快,这里就要变空了,只剩下空白的墙壁和水泥地板。你创造了一片纯洁的空白,让各种各样的作品在这里寄居。皮特很喜欢艺术馆里被清空的这短暂时间。这样的空间是那么朴素、那么完美,它所孕育的艺术超过了任何人可以创作出来的作品,无论那些艺术家有多么出色;它就像是交响乐响起来之前的那种宁静,幕布拉开前那种灯光熄灭的感觉。这就是文森特的价值所在,是一种在创造和想象之间达到平衡的艺术,是一种这家画廊一直期待的艺术。这也是错错那个月待在日本所做的事,不是吗?坐在寂静荒芜中,努力想象着一种比人类创造力更伟大的东西。那个可怜的孩子并没有想明白。但谁又能想得明白呢?

哎。文森特的画卖得也不是很好,不是吗?

那么,接下来将会有一段时间空白,然后是下一个画展。维多利亚·黄的画展，她正处于事业的上升阶段，虽然还不出名，但已经开始吸引了不少关注，个中缘由皮特也不是特别明白——这种事情是很神秘的，总有那么一个小圈子，里面都是些很有影响力的人物，当他们达成了某种共识以后，有些作品就突然出了名（其实维多利亚的作品就是一系列让人捉摸不定的影像记录，都是在费城街道上拍的，然后，她利用这些影像，制作了各种相关的商品——如运动中的人体模型、午餐盒、T恤衫等等——印着随意挑选的路人头像，都是模糊的、很普通的，这些人都是在毫不知情的情况下从摄像头前匆匆走过的）。这很疯狂，这种随意的改变。这种趋势并不是刻意算计好的，并不是什么各国艺术经纪人暗中谋划的结果（有时候皮特倒希望如此），但它们也不全是和艺术相关。它们是对文化、对政治、对整个该死的环境中无数细微变化的敏感反应；你无法预计，也无法理解，但你可以感觉到它们的到来，就像是动物在地震来临前几个小时就能感觉到的一样。他已经连续五年为维多利亚举办画展了，他向别人推荐她，突然间，他有一种很确定的感觉，她很快就会得到大家的关注，至于原因，他也说不上来。惠特尼艺术馆的鲁斯想看她的画。古根海姆艺术馆的伊芙也想看。《艺术论坛》下个月还要做她的专访。

他对维多利亚的这次画展已经有了自己的一些计划，但维多利亚当然也会有自己的想法。虽说她还没有把自己的作品送来，她说明天早上一定会把作品送到的承诺也不知道会不会兑现，但她不是那种难相处的画家，皮特为此谢天谢地。这将会是本季的最后一次画展，他已经累了——他是真的对这种必须左右讨好的生活感到绝望了——所以，他对维多利亚·黄那明确但又有种说不清楚的慵懒气质很是感激。她是个慢性子，如果展览方案已经策划好了，她绝对不会随便改变主意，要求皮特重新布置。如果她的画卖得不好，她的自责并不会比责怪皮特来的少。

再说，她似乎真的要红了。

至于波克·文森特，遗憾地说，大概是红不了了。现在流行的不是他的风格——那种可爱温柔的神秘感似乎并不受追捧，而波克的风格又非常局限。优塔刚才怎么说来着？你总是觉得你自己是对的，其他所有的人都是错的。如果说皮特·哈瑞斯并不是这样，那波克·文森特肯定是这种人。他还在念书时就是个怪胎（即使按照罗德岛设计学院的标准来说），皮特见到他的时候，他就像是个半人半动物的神，似乎天生就很脆弱，又透露着一种绝望的热烈感觉。罗德岛设计学院当初招录他的时候，算是赌了一把。皮特签下他的时候，也是赌了一把。

不断增加的关注度和赞誉往往能在很大程度上改变一个画家的风格，关于这一点，皮特总是觉得惊讶，这种改变是真正的改变，不仅改变了画家作画的风格，也改变了人们对他以往作品的评价。以前，大家觉得他的有些作品还算得上是"有点意思"或者"有发展前途"，但很少有人真正去关注，然后，也不知道出于什么原因，在突然间（并不是经常发生，但也会偶尔出现）大家就改变了看法，觉得这个画家以前是被忽略了、被误读了，他的作品其实是超越了他所处的时代。而让皮特更震惊的是，那些作品本身似乎也真的开始变化了，这多少有点像一个长得还可以的女孩子，突然之间就被大家当作美女了。既聪明又古怪的维多利亚·黄下个月就要登上《艺术论坛》，说不定她的画还要被收藏在惠特尼艺术馆和古根海姆艺术馆；就像瑞妮·齐薇格——这个圆脸斜眼的性格女演员，姑且算她配得起这个称号吧——一夜之间就红了，穿着银色晚礼服就登上了《时尚》杂志的封面。这当然是一种宣传的技巧——大家忽然都觉得，应该用一种全新的认真态度来看待这个颇有意思的小画家或是这个长相古怪的女孩子了——但皮特总觉得，这其中还有一种更深层次的改变。成为万众瞩目的焦点（是的，当然也包括一夜暴富的转变）似乎总能改变这些艺术家或演员或政客。它不仅仅是一种心理预期的改变，更是一种由心理预期改变而带来的本质上的真正改变。瑞妮·齐薇格一下就成了美女，而对那些从来没有听说过她的人来说，也确实觉得她是美女。维多利亚·黄的影像作品和雕塑也不仅仅是好玩有趣了，而是变得意义非凡。

对不起了，波克·文森特。

这些新兴的年轻画家们如果支撑不下去会怎么样呢？如果他们在二十六岁的时候就已经是过去时了，他们又何去何从呢？

好吧。就说波克，如果皮特和他解约了，他会去哪里呢？他的作品根本卖不动，皮特已经没办法再继续为他举办画展了。他是很喜欢他的画，非常喜欢，但还没有到崇拜的地步，还不值得他不惜一切代价地去支持他。

但维多利亚·黄的画其实也没到那个程度，不过皮特从来不会对任何人承认这一点。

拜托，上帝，派一个能让我崇拜的画家来吧。

终于，又要开始工作了。

卡罗尔·波特？不着急给她回电话。先从泰勒和他的工作人员着手吧。

对了，他们中午就要过来了，最迟十二点半会到，他们要把文森特的画装箱，别担心了，哥儿们，我们一定会准时到的。泰勒最近脾气似乎不太好，皮特是为了帮雷克斯·高德曼一个忙，才请泰勒的，但他从一开始就觉得这是个错误，就不应该请这些喜欢怨天尤人的年轻画家来工作，他们自己的作品总是无人问津时，他们就会变得满腹牢骚，不相信现在的画廊里挂的居然都是这样的垃圾，还没等你反应过来，他们就已经"不小心"把什么东西打烂了。但是，你还是想帮帮这些年轻的画家，再说，泰勒也是雷克斯的徒弟（好像还不止这么简单?），皮特有一种感觉——这应该是他交给泰勒的最后一份工作了，所以，这次是真的要和泰勒还有波克说拜拜了，我是真的很抱歉，年轻人，但真的没法继续下去了，我好像是你们的父亲一样，为了让你们自立，不得不硬起心肠把你们赶出家门。

卡罗尔·波特? 还是等一下再给她电话。

给维多利亚打了电话，留了言，她是那种从来不会接电话的人。维克，你好，我是皮特，就是打来电话看看你怎么样，有什么要我帮忙的只管说，我已经等不及想看看你的新作品了。（拜托，维多利亚，你说你的画都已经画完了，可千万别是谎话呀。拜托，维多利亚，我知道你现在要红了，别把我扔下另找一个经纪人，虽然我们俩都心知肚明，你现在正有这样的打算呢。）

给惠特尼艺术馆的鲁斯打了电话，又给古根海姆艺术馆的伊芙打了电话，给他们的助手留了言，确认了和鲁斯在星期四十一点的会面，和伊芙在下午两点的会面。还有当代艺术馆的纽顿和大都会博物馆的马拉，也给他们的助手都留了言，如果他们能赏脸的话。

然后就是给那些收藏家打电话。从字母 A 开头的阿克里克一直到字母 Z 开头的泽尔曼。没有人接电话，皮特倒是觉得松了口气。因为留言要简单多了：你好，我是皮特·哈瑞斯，就是提醒您，维多利亚·黄的个展将在星期四开幕，画展规模将会很大，如果您想来看看，但又赶不上开幕式，可以给我打电话安排其他时间，再见。

好吧。还是给卡罗尔·波特打电话吧。

"这里是波特的家。"

"你好，斯文卡。我是皮特·哈瑞斯。"

"嘿，你好，稍等一下。我去看看卡罗尔有没有空。"

过了整整一分钟。

"你好，皮特。"

"你好，卡罗尔。"

"不好意思，我在花园里挖地。这个展览季就要结束了，你是不是很高兴啊？"

"唉，你也知道的。又高兴，又伤感。你们家的鸡最近怎样？"

"有三只感染了严重的真菌。养鸡还真没我原来想的那么容易呢。"

"我反正是不太懂这方面的事。"

"老实说，鸡都挺笨的，而且非常小气。"

"我们认识的很多人不也是这样吗。"

哈哈哈。

"皮特，我猜你也知道我为什么给你打电话了吧？"

"嗯。"

"我觉得我是胆小了点。但我就是没法忍受。"

"那雕塑确实有点异类。"

"我希望你别觉我也是个异类才好。"

哈哈哈。

"你还想不想多看一段时间再说？"

"不用了。真的很对不起。我现在连走都不愿走到那片园子里去了。我压根就不想看到它。"

"好吧。看来是真的很不喜欢。"

"你认识福斯顿思两口子吗？就是比尔和奥格斯塔？"

"嗯，认识。"

"前几天晚上，他们到我家里来，那雕塑让他们俩的小狗都发了狂。"

哈哈哈哈哈。

"嗨，如果你们邻居家的狗能忍受的话……"

"真的很对不起。"

"没事。我们知道你可能不会喜欢。"

"你知道我真喜欢的是什么吗?"

"是什么?"

"就是希望你能到我家里来，帮我想想把这雕塑搬走以后，应该再放点什么。"

"这我倒是能帮上忙。"

"可别勉强。"

"没勉强。"

"怎么说呢? 唉，一样东西放在艺术馆和放在家里是完全不一样的感觉。"

"那确实。"

"我有种感觉，如果你能和我一起站在我们家的这个园子里，你一定能想到哪个艺术家的作品最合适，我自己是肯定想不到的。"

"那看来只有我去试试看了。"

"你太好了。"

"什么时间合适?"

"嗯。这是个问题。"

"什么问题?"

"家里最近有很多人要来，真是又麻烦又无聊。下周三，从北京来的姓陈的两口子就要来了，你认识他们吗?"

当然认识。陈直和陈红，都是房地产业的亿万富翁，他们买各种艺术品就跟小孩买漫画书一样，比美国最有钱的富翁还要出手阔绰。唉，他们是中国人，是未来的希望（当然，也有可能会毁掉未来）。

"我知道他们。"

"老婆很可爱。老公，说实话，倒是有点无聊。我还要去找瑞克斯两口子来帮忙。安·瑞克斯竟然会说中文，你知道吗？"

"不知道。"

"不管怎么说。总而言之，我想要在他们来之前把克里姆的这个雕塑弄走。"

"你觉得姓陈的那两口子会带条小狗来吗？"

哈。

好吧，这个冷笑话并不好笑。皮特，你要记住：你的身份是朋友和雇员的混合体。你可以有点小自由，但不能太自负。

"我想要在那之前换件新的东西。如果有可能的话。"

"万事皆有可能。问题是，我这周还要办一个新展览。"

"是吗？"

"嗯，维多利亚·黄的画展。你收到邀请函没有？"

"哦，当然收到了。那这周你肯定是没时间吗？"

"让我再想想。星期三下午晚一点我可能会有空。"

"如果来得太晚，天就黑了。花园里大概到五点左右就暗下来了。"

"我五点之前能到。"

"真的吗？"

"嗯。"

"你简直太好了。"

"这是我的荣幸。我会让优塔帮我看看火车时刻，应该比自己开车要快。"

"谢谢你。"

"不用客气。"

"你定好坐哪趟火车了就打电话告诉我。我让格斯去车站接你。"

"好。"

"我太爱你了。"

"我也爱你。拜拜。"

"拜拜。"

皮特挂断电话，休息了一会儿。当然，比卡罗尔·波特要求更高的人多的是，比如国王、王后、教皇、商界巨子们。但即便卡罗尔这样挑剔，他还是挺喜欢她，他喜欢她的一个原因正是她这种贵族的身份感。如果没有这些希望立即满足自己要求的有钱人，谁还能让这自由散漫的世界充满活力呢？从理论上说，你希望在人生长河的两岸，每个人都能按照自己的意愿平静地生活。但实际上，你却担心这样的自己可能会无聊到死。正是卡罗尔·波特这样的人让你觉得新奇，她会养价格不菲的鸡，还能在研究生院里教园艺的课程；她只有四个佣人（在夏天客人多的时候，会请一些临时的帮手）；有一个英俊潇洒、但稍微有点不靠谱的老公；有一个在哈佛大学读书的漂亮女儿，还有一个常年在海滩找乐的败家儿子；卡罗尔自己是那么漂亮、那么谦逊、那么有本事，即使被逼急了，也绝不会露出一丝愤怒，只是用比愤怒更残忍的冷漠来应对；她喜欢看小说、看电影、看话剧，是的，是的，老天保佑她，还会买各种艺术品，都是严肃的艺术品，而且，她还真对这些艺术品颇有些了解。

这些人的干劲啊。他们对自己喜欢事情的关心程度啊。

好了。泰勒又有一个活儿了。赶紧去卡罗尔家，让那尊克里姆的雕塑即刻消失。

然后，又应该找个什么去替换呢？

嗯。鲁伯特·格罗夫的雕塑可能不错，行不行呢？

当然应该行。他好像马上就清楚地看到了一幅画面：一口格罗夫的大缸，摆在卡罗尔家南边草坪的边上，闪闪发亮，那里是卡罗尔户外地盘中她最少打理、但英国风味最浓的部分，长满了薰衣草和蜀葵，池塘里覆满了苔藓。那里是摆放格罗夫作品最理想的地点，摆上这样一口不对称但够威武的青铜大缸，看上去就像是某个来自远方的经典之作，但凑近一看，上面却刻满了各种脏话、官话，甚至还有自制炸弹的说明和烹制大餐的菜谱。这就是格罗夫的风格——他对那些高贵又漂亮东西的嘲讽本身也成了高贵又漂亮的东西。这简直像个笑话。但卡罗尔·波特会喜欢的。

她还会喜欢皮特为格罗夫代理的这个事实。承认吧：卡罗尔对你已经渐渐开始冷淡了，而克里姆的这个雕塑显然只会让她更加不满。皮特从事艺术经纪二十多年，从来没有跻身过主流的行列。他和一些画家有长期的签约，这些画家虽然还不错，但都没有到出类拔萃的程度。如果他还不赶紧打响知名度，那大概到退休也只是个小经纪了，挣点稳定的收入，受人尊重但绝不是崇敬。

如果能让姓陈的那对富豪在卡罗尔的花园里看到格罗夫的雕塑，应该会很好，非常好。说不定卡罗尔还会跟他们提到自己的名字。

这么快就给贝蒂打电话会不会显得有点残忍？

"你好啊，贝蒂。"

"你好，皮特。昨天和你吃饭很开心。"

"那么，你今天对那只鲨鱼还有什么样的感觉？"

"我觉得，那不过也就是一条被装在铁箱子里的死鲨鱼罢了，我现在等不及要去西班牙种我的西红柿了。"

"卡罗尔·波特刚刚给我打了电话。她在自己的格林威治别墅里试着摆了一个克里姆的雕塑。"

"卡罗尔人很好的。有她那样的雇主你很幸运啊。"

"不过她并不喜欢克里姆的这个雕塑。"

"能怪她吗？我是说，就说他的雕塑都有的那个气味吧。"

"她是把雕塑放在户外的。"

"都一样。"

"你听我说。"

"你是想给她看看格罗夫的作品吧。"

"你昨天说的那些话都是认真的吗？"

"当然是。我今天正准备给他打电话呢。"

"还有一件事。"

"什么事？"

"卡罗尔想把克里姆的雕塑马上就搬走，明天就换上新的。她说姓陈的那对富豪就要去她家做客了。"

"那姓陈的就是俩杀手。"

"那你知道他们到底是杀过什么人吗？"

"你知道我的意思啦，他们就像到处强取豪夺的土财主。"

"你这意思是说我腐化堕落啦？"

"当然不是。我也不知道。你总归是要把那些东西卖给谁的。再说，这对鲁伯特是好事。"

"那你会给他打电话了？"

"嗯。马上就打。"

"你太好了。"

"我就想赶紧去西班牙种西红柿。"

"拜拜。"

"拜拜。"

唉。

想做就去做吧。要坚持到底。要记住：一切的可能性都存在于服务中。记住这些很有可能（拜托了，上帝）会让你找到某个还不知名但真正是天才的画家，他说不定现在还只是俄亥俄州代顿城的一个小孩、孟买城的一个青年，或是厄瓜多尔丛林中的某个神秘人物。

时间渐渐过去。

三十七封新的电子邮件。回复了十五封，其余的等会再说。

还有电话要打。

泰勒和他的同事到了，开始给文森特的画装箱。优塔会照应着。皮特跟他们简短地打了个招呼，就躲进了自己的办公室。

"维多利亚，我又是皮特，就是跟你说一声，文森特的画已经搬走，你随时可以把你的画送来了。"

又有一封新邮件，格勒·霍华德发来的。他刚刚接受了双年展对他画室的采访，显然，他的好运气是要来了，也许皮特应该重新考虑一下，是不是要在九月画展中把他的画从后面展区挪到前面来。

格勒，双年展的那些人采访的画家成百上千，即便他们选中了你，给你做宣传推介，你也会惊讶地发现，那其实不会带来什么很大的改变。你看看十年前双年展的画家名单就知道了。现在没有一个出了名的。

应该好好想想怎么把这个意思跟他说清楚。还是等到午饭以后吧。

"皮特，我是贝蒂。我已经跟鲁伯特打了电话，他说等你的电话呢。"

她把鲁伯特的电话号码给了他。

"你太好了。"他说。

"不用客气。"

她的声音中有一丝疲惫——她是不是最终觉得皮特其实跟其他混蛋也没什么两样呢？

管它呢。他很有可能立马就帮格罗夫卖掉一件作品，艺术家们希望经纪人做的不就是这个吗？他们需要的就是卖掉自己的作品。格罗夫目前处于一个非常微妙的转折点——他还不是那么出名，作品还卖不了高价，但制作的成本却又不低。

给鲁伯特·格罗夫打了电话。没接，只有电话留言。

"你好，这是格罗夫，请给我留言。"

"鲁伯特，我是皮特·哈瑞斯。贝蒂·赖斯的朋友。等你有空的时候给我回个电话吧。"

留了电话号码。

打电话订午餐，要订他自己的、优塔的，还有泰勒和他同事们的。优塔很忙——而皮特·哈瑞斯是一个很好的老板，他不介意自己打电话订餐。他自己吃蔬菜沙拉加烤鸡肉，还是吃烟熏火鸡肉卷呢？沙拉吧。夏天就要来了，是该吃清淡点。（你到底要到什么年纪才能不去担心身材呢？）但是，他的肚子还有点不舒服。（难道是癌症？）还是吃火鸡肉卷吧。

他又查了查邮件，多了十七封新的。有一封是维多利亚发来的——她总是不喜欢和人交谈，宁愿通过邮件。皮特，我还有一点点就完成了，最迟明天上午十一点把东西都给你送去，爱你的维。

维维，太好了，那明天十一点我等你，如果有什么要我帮忙的地方，只管跟我说。

波比十二点的时候来了，是给他剪头发的。"你好，帅哥。"波比对皮特的态度和皮特对那些中年女客户的态度一样，亲昵中带点挑逗，原因大概也是一样的吧。但不管怎样，波比剪头发的手艺不错，而且在星期一其他理发店都像画廊一样关门的时候，他还愿意上门来提供服务。

他们一起走进卫生间，波比开始工作了。他很喜欢自言自语，皮特时而听听，时而走神。

波比说他认识了一个阿根廷人，年纪有点大，但帅得一塌糊涂（波比认识的人从来都是帅得一塌糊涂），他想带波比去布宜诺斯艾利斯玩一个礼拜，但波比自己还没决定，我是说，我以前去过那里，对不对，皮特？我是说，那些人看上去都很好，但一旦你跟着他们去了一个很远的地方，而费用都是让他们买单的话，那他们就会对你有所图谋了，至于图的是什么（他们之间一直都是这样，一说到这些隐晦的关于性方面的事情，波比是绝对不会说细节的），老实说，你也知道我的……

还有。总是还有别的（波比是怎么做到的，怎么总是有话可说？），皮特开始走神了。（格罗夫会给他打电话吗？贝蒂是不是已经看不起他了？）然后：

"皮特，亲爱的，你有没有想过把这些白头发染黑？"

啊？

"就是忽然想起这个。你多大了，四十五岁？"

"四十四岁。"

"我们可以慢慢染。每周染一点点。我的意思是，如果你头一天还有白头发，第二天全都黑了，那别人就会注意到了。"

皮特胸口好像是打开了一扇活动门的感觉。

"我觉得现在这样挺……特别的。"

他没有跟波比说他觉得自己这样挺……性感。

"特别是特别，但是，是六十岁的那种特别。染了以后你会至少年轻十岁。"

皮特觉得很震惊。他看上去真有那么老了吗？这个年纪还想扮年轻是不是有点悲哀？即便是他想扮年轻，也应该扮不了吧？无论怎么慢慢染黑，别人都会注意到的；那他就成了那种开始把自己头发染黑的男人，那他也就永远失去了自己严肃的形象了，不过，倒是可以让波比只染一部分白头发，比如，染一半，这样人们就不会注意到了，他们只会觉得他变得更有活力了，没那么老气了。

见鬼，波比。你为什么要提起这事呢？

"我看不用了。"他说。

"你再想想？"

"好。"

波比剪完头发，收了现金，放进口袋。皮特陪着他朝前门走去，经过了泰勒那帮人旁边，他们都在不急不忙地干着活，似乎并不急于要把文森特的画拿下来。其中一个叫卡尔的剃着光头的助手看了皮特一眼——他大概觉得皮特和波比之间有什么不正经的关系吧？管他呢，随他怎么想。

在人行道上，波比礼节性地吻了吻皮特的脸，跳上他浅蓝色的小摩托，一溜烟走了。波比就像是四十年代喜剧片里的那些女孩子，美丽漂亮、充满活力，心中打着自己的小算盘，他还年轻，还相信生活中会有大大的惊喜，担心的只有应不应该跟个花花公子去阿根廷的这种事。他走了，这个粗鲁、微不足道的家伙，开始了人生的下一段历险。

皮特走回画廊。该重新开始工作了。

又有十二封新邮件。等会儿再看。现在，要给格勒·霍华德回个邮件。

你好，格勒，你能接受双年展的采访实在是太好了！希望他们能够重点推荐你。我很抱歉，秋季画展前面的展厅已经全都预定好了，不过，我保证，我们会把你的展区布置得漂漂亮亮，会有很多人来看的。你诚挚的，皮特。

鲁伯特·格罗夫回了电话。

"嗨，皮特·哈瑞斯。有事吗？"他的声音听起来是那么年轻。

"你知道贝蒂就快不干了吧?"

"知道。很惊讶呢。"

"我很喜欢你的作品。"

"谢谢你。"

"我们能不能约个晚上一起吃饭聊聊?"

"当然可以。"

"你什么时候有空?"

"这周好忙的。要不,下周星期三。"

"好。不过我要跟你说,我有一个非常好的客户,她可能现在就想买个雕塑作品,她家里要来客人了,而那些客人也都是大买家。如果你有兴趣,我可以帮你推荐一下。这并不意味着我从此以后就是你的经纪人了,你不用觉得有什么压力,如果你最后选择别人当经纪人,我也不会有任何意见。只是,我觉得这次很有可能马上就能成交,说不定还会让你就此卖出更多的作品。"

"那挺好。"

"所以,我是这样想的。我们下周三一起吃个晚饭,但我这两天还是抽个时间到你的工作室去看看,我们可以商量一下给我那个客户推荐什么好。"

"我现在没有很多作品可以给你看。"

"你手头有什么?"

"只有几件新的青铜雕塑。再就是正在做的一个陶土雕塑,不过还没有完成。"

"那看看青铜的就好。"

"好。要不你明天下午来?"

"行。什么时间?"

"四点左右?"

"四点没问题。"

"我住在布什维克。"

他说了地址。皮特记了下来。

"那明天四点见。"

"好。"

又有三封新邮件。有一封是格勒回复的。

皮特，真人面前不说假话，我已经收到了另外一家画廊的邀请，但我不会接受的，因为我一直在和你合作，但那些人对我的作品非常感兴趣，现在，我又刚刚接受了双年展的采访，我觉得，这次是我的大好机会，我自己都有点难以置信，你也知道，我总是对自己不够自信☺。总而言之，我爱你，我们能不能什么时候一起吃个午饭，聊一聊，你说呢? 我的兄弟? 爱你的某某某

哼。看来，连一个初出茅庐的小画家也能向皮特施加压力呢。

别慌，千万别慌。格勒是个不错的画家，也许能吸引威廉伯格某些店铺的兴趣（假定他没有自吹自擂的话），但他不太可能成为双年展重点推介的人选——有传言说，双年展已经决定这一次的展览除了雕塑、装置和影像以外不做别的。

你好，格勒，我们这么好的兄弟，我当然很高兴和你一起吃个午饭，讨论讨论关于你未来的发展。我这周要忙一个新展，要不下周哪天? 你的，皮特。

好吧，格勒。我们来看看，一起吃个午饭能不能让你感觉到我一生的诚意。如果不能，那你要走就走吧，我祝你一切顺利。

或者……

如果你真的签下了格罗夫……

承认吧，如果能够在画廊的前厅以格罗夫的作品作为这一季的开场，一定会很轰动。九月份的《艺术在美国》节目会有他的专栏，而且当代艺术馆的纽顿很有可能会买他的作品，至少会买一件，格罗夫的风格很符合当代的品味——够庄重、够严肃。

皮特兴奋起来——他很看好格罗夫。当然，关于他作品的收藏价值（从字面意义上说）还难以确定；但至少，他的作品都是一种对艺术的回归，是经过锤炼的、是吸引人的、是美的、是应该摆在宫殿和教堂里的；但实质上，却可能恰恰相反——你的阿姨米尔得里德也许会说，从远处看确实挺好看，但如果靠近了仔细看，就能看到其中深藏着的各种社会丑陋，仿佛是看到了那些在矿山里赔上性命的非洲工人，看到了人体炸弹者的日记片段，看到了监狱不清不白的自杀案的验尸报告，看到了画面清晰的色情电影，同性恋和异性恋都有；然而，所有这一切都是井井有条的，像是古埃及的象形文字，等待着一万年后被人们发掘出来。

再说，我们不是都已经厌倦了那种用绳子和锡箔随随便便搞出来就能卖大价钱的所谓艺术品了吗？我们难道到了一个真的把垃圾当做宝贝的时代？

如果他能签下格罗夫……

重新安排拉克提的展区有多麻烦呢？还是让他移到后面展厅去？如果能说服格勒，让他去接受威廉伯格那家画廊的邀请，就能把后面展厅空出来了，我说，格勒，你现在真是有点不上不下，应该找一个比我更敢作敢为的经纪人……

太烦了。再说，人们会议论的。

他们会说……

说皮特·哈瑞斯是个能办事的人，皮特·哈瑞斯能从贝蒂·赖斯倒闭的画廊里挖来一个年轻的新星艺术家，并且帮他办成整个秋季最出色的画展。是，这也许会破坏皮特在有些画家中的名声。但只是有些画家。其他那些更有野心的画家（当然也包括格罗夫）则会觉得他很厉害。如果你名气够大、够有潜力，那皮特现在就能把你推荐出去。

老是有肚子不舒服的感觉。胃癌的症状是什么样的呢？究竟有没有胃癌这种病呢？好吧，还是一步一步来吧。目前格罗夫还只答应了让你去他画室看看，再就是和你共进午餐。

又有更多的电子邮件。又收到更多的电话留言。

然后，他一直担心的事终于发生了：外面展厅好像传来了发生什么事故的声音。一声哗啦，一声砰嗵，然后是泰勒大叫一声："妈的。"

皮特赶紧跑出去。在展厅中间，站着泰勒、优塔，还有泰勒的助手布兰奇和卡尔。地板上则是事故发生后的残局：一幅包好的画被斜着划开了一条十几、二十厘米的口子。

"怎么啦，这是？"皮特说。

"我简直不敢相信。"这就是泰勒全部的回答。

优塔、布兰奇和卡尔站在周围，像几个吊唁者，皮特走过去，蹲下来查看画被损坏的情况。那是一道十七八厘米长的口子，不折不扣的口子，从画布的一角往中央延伸。像是被手术刀划开的一样。

"怎么会这样？"皮特问。

"没抓稳。"泰勒回答。他并没有显得特别懊悔的样子，反而好像有点生气——这个鬼东西怎么一下就被搞成这样了？

"他口袋里有一把裁纸刀。"优塔说。她的语气很平静。虽然在环境需要的时候，她可以表现得非常义愤填膺，但处理这种事情是皮特的任务。她则已经在考虑保险索赔的问题了。

"你在把画取下来的时候口袋里居然放了一把裁纸刀？"

"我没想到会出这样的事。我只是把刀临时插在口袋里一下，结果忘了。"

"好吧。"皮特说,他也被自己冷静的语气吓到了。虽然这种事有可能避免,但似乎又是肯定会发生的。贝蒂·赖斯患了癌症,晚期的,这是事实,泰勒在口袋里揣着一把裁纸刀走来走去,这也是事实,因为皮特不会欣赏他的装置艺术和拼贴画。这是皮特自己的错,他早应该预料到的。不,这是雷克斯的错,雷克斯总是给他推荐一个又一个所谓的天才艺术家,都是些瘦骨嶙峋、满身纹身的年轻人,但没有一个是真正的天才,但雷克斯还是坚持要给他们"指导",结果却毁了自己的大好事业,还成了一个大笑柄。

优塔说:"反正是卖不掉的画。"

皮特点点头。当然,这样还好一点。但如果大家传开,说皮特把自己画廊展出的画都弄坏了,这也不是什么好事。

泰勒说:"哥儿们,真的对不起。"

皮特又点点头。大吼大叫解决不了问题。而且,他不能当场就把泰勒解雇了。今天所有的画必须完成装箱整理。

"赶紧接着工作。"皮特平静地说,"别再在口袋里放什么锋利的东西了。"

他想杀了雷克斯。那个该死的老色狼。

优塔说:"把这幅画拿到后面去吧。"

但是,皮特还没有准备好抛弃这幅残破的画作。他小心翼翼、非常轻非常轻地扯开蜡纸的一角。

他只能看见画上一片三角色块。一团漩涡状的赭石色,其间还夹杂着黑点。

他小心翼翼地又扯开了一点包装纸。

"皮特。"优塔在喊他。

你永远也无法了解你看到的这些东西，皮特觉得他看见了一幅标准的抽象画，而且画技拙劣。简直是学生的习作嘛。

这么好的包装下面就是这玩意呀？简直是裹着尸布的遗骸！

皮特感觉肚子里一阵翻滚。怎么回事？他难道……是的，他要……

他开始干呕起来。再站直的时候，嘴里满是呕吐物，但他还是冲到了厕所才吐，然后站直了些，喘口气，接着又是一阵呕吐，一阵接一阵。

优塔站在他后面。"亲爱的。"她说。

"我没事。你不用看着我。"

"别乱说，总有一天，你连尿布都会要我换的。这件事没什么大不了的啊。我们已经给画上了保险。"

皮特还是靠在厕所的洗脸池边。吐完了吗？不知道。

"不是因为他妈的画。我也不知道，肚子已经难受了一段时间。可能是吃的火鸡有点不新鲜。"

"你赶紧回家吧。"

"不用了。"

"先回去，等会儿再来。回去休息一个钟头都好。我会监督外面那些笨蛋的。"

"要不我回去休息个把钟头吧。"

"就是，休息个把钟头。"

那好吧。他从泰勒和那些助手身边走过的时候，觉得有点尴尬——隐隐有种被打败的感觉。这些充满破坏力的年轻人赢了这一局，而他这个脆弱的老家伙看到了那残忍的一幕竟然就坚持不住了。

他在第十大道和二十四号大街的路口拦了辆出租车。他觉得有点头重脚轻，但已经不觉得恶心了（谢天谢地）。如果在出租车后座上吐了，那也太恐怖了。这辆出租车的司机叫泽尔坦·克拉夫切科。如果他吐了，泽尔坦肯定会火冒三丈，他会把皮特赶下车，然后赶紧去清理。在纽约，你是不能在公众场合露出病态的。否则，无论你衣着多么光鲜，大家都会觉得你低人一等。

皮特坚持到了家，他给了泽尔坦一大笔小费，因为他虽然实际并没有吐在车上，但原本是有可能吐在车上的。他走进大楼，进入电梯，总有一种恍恍惚惚晕船般的感觉。他很少生病，更没有在星期一的下午两点回家过。不过现在，他却站在上升的电梯里——他进入了一种不知去往何处的飘浮状态——他有种小孩般的轻松感觉，人在生病时常会有这种感觉，你终于可以将所有的烦恼和义务暂时放下了。

当他走进家门的时候，他感觉到……是什么呢？一种存在？一种平常氛围下的小躁动……

是错错，他睡在沙发上。又没有穿上衣，只穿着一条短裤，脖子上用皮绳挂着一个小小的铜护身符。他在困扰的时候，睁着两只好奇的大眼睛，显出一种青春洋溢的气质，此刻在休息的时候，反倒不是那么明显了。他这样睡着，看起来就像是某个中世纪士兵石棺上的一尊浮雕——甚至连手都是交叉叠放在胸前的。他自己也和中世纪的浮雕一样，有着一种在皮特看来只能用原始质朴来形容的气质，就像一个少年英雄，在世的时候，可能并不是那么英俊帅气，甚至都不是那么豪气万丈，在战争中厮杀到血肉模糊，战死沙场，但之后——在他死后——某个不知名的工匠却赋予了他完美无瑕的面容，在圣人和烈士们的注视下，陷入了永久的沉睡，让一代又一代的人们为他点亮祈祷的烛光。

皮特在沙发旁边蹲下来，凑近去看错错的脸。直到蹲下来，他才意识到自己的这个姿势实在有点可笑——像是在忏悔，又像是在祷告。如果错错突然醒来，他要怎么解释？错错的呼吸很轻柔，很平稳，但——是那种年轻人的沉睡。皮特又静静地看了一会儿。现在很明显了。错错就是另外一个瑞贝卡：年轻时的瑞贝卡，是那个在很多年前，在哥伦比亚大学，带着一张明亮而干净的脸庞走进皮特的研讨课教室的女孩子，她看起来是那么……熟悉，无法言语的熟悉。他们并不是一见钟情，但绝对是第一眼就注意到了对方。皮特直到刚刚才意识到错错和瑞贝卡的相似，这主要是因为瑞贝卡已经变了——皮特看得出已经变了很多。她已经失去了那种纯洁天真的气质（当然会这样），那种尚未定型的特质大概最迟在我们二十五六岁时就都会消失吧。

皮特突然很想很想去摸摸错错的脸。就是摸一下。

哇。这是怎么回事？

好吧，皮特家里确实有同性恋的 DNA，他读初中的时候也曾经和他的朋友瑞克一起手淫过，当然，在有些时候，他也会觉得有些男人很帅（例如，在海滩泳池中那个十来岁的男孩子，在巴伯餐厅里那个年轻的意大利服务员），但其实，什么事都没有发生过，他觉得自己也并没有刻意去压抑什么。男人还不错（至少有些人是的），但他们并不性感。

但他还是想去摸摸错错的脸。这和性欲没有关系；绝非关乎色情。他只是想摸一摸这沉睡的完美脸庞，这种完美是不会持久的，也不能持久，但它此时此刻却呈现在他的沙发上。他就是想接触一下，就像是虔诚的信徒想要去摸一摸圣人的袍子一样。

当然，他并没有这样做。他站起身，膝盖骨发出咔嚓的响声。幸好错错还在睡。皮特走进卧室，拉上窗帘，并没有开灯，而是脱掉衣服，躺在床上。让他惊讶的是，他居然立刻就睡着了，而且还睡得很沉，在睡梦中，他梦到了穿着盔甲、在雪地中列队的士兵。

手足相残

　　皮特曾经有一次真的很想杀了自己的哥哥，但只有那一次，从全世界兄弟们相处的情形来看，这还算是好的。当时他只有七岁，那么，马修应该是十岁。

　　很多男孩子小时候都有点女孩子气；马修是……马修渐渐长大以后，这一点才变得非常明显了。他十岁的时候就能唱卡特·斯蒂文斯的每一首歌（虽然唱得并不好）。他在家里总是时时刻刻穿着一件花睡袍。有时候，他还故意学着说英式口音。他是一个很帅的男孩子，穿着长到脚踝的绿色花睡袍，在密尔沃基这座冷冰冰的米色砖房里走来走去，唱着《破晓》或是《狂野世界》，歌声轻柔而惆怅，显然是想让大家都能听到。

　　他们的父母——是路德会教友、共和党人，也是很多俱乐部的成员——他们并没有苛责马修的女孩子气，也许他们觉得，等他以后走进了社会，社会自然会给他足够的教训，又或者，他们还抱着一线希望，觉得这个大儿子就是一个有点怪癖的天才，那些他随意展示的奇怪喜好随着时间的推移会帮他成就收入不菲的大事业。他们的母亲是一个身体健壮、英姿飒爽的女人，有着方正的大下巴，纯粹的瑞典血统，她最害怕的是被人欺骗，内心最深处总是觉得所有的人都在欺骗她。他们的父亲也很英俊，但神情总有些茫然踌躇的样子，似乎有些芬兰血统，从来没有觉得娶了这样一个老婆是自己的幸运，他在婚姻中所扮演的角色就像是一个借住在别人家里的穷亲戚。很有可能妈妈是看在两个活泼健康的儿子的份上，才维持着这段婚姻，而爸爸也愿意配合。无论是什么原因，他们对马修的态度都是非常宽容的。所以，当马修穿着女式灯笼裤去上学时，当他宣布要去学花样溜冰时，他们都没有表示反对。

那么，要折磨他的任务就留给了皮特。

皮特并不喜欢折磨别人，也没有那种心思。他并不恨马修，至少不是那种纯粹意义上的恨。无论如何，他大部分的童年时光都是在一种卑微的心态下生活的。父母很爱她，但他不能在六岁的时候就给他们大声念《奥格登·纳什诗集》，也不能在七岁的时候就去给邻居家小孩的音乐剧《落水之人》担任编剧兼导演兼演员，让妈妈看得喜极而泣。从刚出生开始，马修就吸收了家中每一个角落所散落的奇特或成功的因子；不属于他的大概只有那些阴沉沉的家具、滴答作响的老钟，还有妈妈从认识爸爸之前就开始收集的铸铁的古董存钱罐。

但让皮特最最愤怒的，是马修对他的那种天真执着的喜欢。他似乎是把皮特当做了一种宠物，虽然可以训练他，但毕竟能力有限。你可以教小狗怎么坐、怎么拿东西、怎么不动；但如果你要教它下象棋，那就是傻了。皮特还在蹒跚学步的时候，马修会帮他做衣服，然后帮他穿上，带他到处炫耀。皮特自己已经完全不记得了，但家里还保存着这些照片：小小的皮特穿着蜜蜂服，戴着护目镜，顶着大触角；或是穿着用枕头套做成的大袍子，额头上套着一圈青藤做成的花环，遮住了眼睛。等到皮特长大一些后（这他倒还有些印象），马修就为他设计了另外一个角色：那就是他的贴身男仆盖尔斯，是一个虽然出身低微、但决心要通过勤奋工作出人头地的角色，所以，皮特整天不是忙着整理他和马修的房间，就是帮妈妈做其他家务，再就是帮马修跑腿。

皮特觉得最可怕的是：他自己居然很喜欢盖尔斯这个角色。他喜欢去完成别人对他的期望。他完成这些任务以后，总是有一种成就感，他甚至相信，如果他能欢欣鼓舞、从不抱怨地去遵守这些命令，他真的就可以出人头地。（在哪方面出人头地呢？）实际上，虽然他不太记得，但很有可能盖尔斯这个男佣角色一开始是他自己想出来的。

直到他快七岁的时候，他才渐渐明白，他是全家地位最低的一个人，而且一直以来就是如此。他是那个中规中矩、老实巴交的角色；是个乖乖男。

那次的谋杀未遂发生在三月里寒冷的一天，那天的天色很亮，而那个谋杀的念头突然就冒了出来。当时，皮特正蹲在萧瑟的后院的石板阳台上，蓝天下一个穿着红色彩格夹克的小小身影。他从车库里偷偷地把爸爸的螺丝刀拿了出来，想要自己做好送给妈妈的生日礼物：一个手工制作的鸟笼。他满心期待，但也颇为担忧。他不知道妈妈会不会喜欢这个鸟笼（她从来没有说过她对养鸟有兴趣），但他当时和爸爸一起逛兴趣商店时，一眼就看到了这个鸟笼的包装盒，在一片浅蓝的背景上，画着一个小小的山字形小屋，周围是可爱的红雀、知更鸟和小麻雀。皮特觉得，这幅画面就像是天堂，他很震惊——更准确地说，他被迷住了——他觉得，如果他能把这个完美的鸟笼送给妈妈，也许妈妈和他都会发生一些变化，他会成为那个猜中她小小心思的孩子，而她也会喜欢他的这份礼物。皮特提出要买鸟笼时，爸爸倒是皱了皱眉，因为盒子上写着只适合十岁及以上的儿童，最后，他让皮特保证不会一个人单独拼装以后，才同意买下。

但这个保证皮特压根儿没管，反正他是一个人在家，他需要用自己的双手，制造一个奇迹。妈妈一定会留下喜悦的泪水，而爸爸也会充满爱意地表扬他——你看，我们的小儿子真是了不起。

他把盒子里的东西拿出来，很显然，这个鸟笼是用很多单调的棕色纤维板搭出来的，还配了数量刚刚好的银色螺丝钉，拼装说明印在一张浅绿色的纸上——而最令人沮丧的是——里面居然还用一个透明的小塑料袋装了一袋鸟食。

皮特把这些东西都摊在阳台上，蹲在旁边，他努力保持着乐观的期待。等拼好以后，他就可以给鸟笼的外面刷上漂亮的颜色，他还可以给它贴上各种小鸟的图片。但现在，此时此刻，这些凌乱的东西——两个三角形的屋顶，还有用来拼成墙壁、地板和顶盖的各种长方形纤维板——显得那么复杂，他很想一走了之，回到屋里睡觉。那些纤维板沉闷的棕色本身就有点令人丧气吧。

还能怎么样，开始拼吧。皮特把三角形屋顶接到一块墙壁上，把螺丝钉放进已经钻好的孔里，用螺丝刀拧紧。

"你在做什么？"从身后的头顶传来一个声音，还带着一丝牛津口音。

不可能吧。明明没有其他人在家的。

皮特头也没抬地说："你在这里干什么？"

"弗莱彻太太病了。你在做什么？"

"这是个惊喜。"

他回过头看着马修。马修的脸冻得红红的，透着一种天真无邪的热忱。他脖子上系着一条鲜艳的绿色围巾。

"是给妈妈的礼物吗？"他问。

"不知道。"皮特把注意力重新转向那些纤维板。

马修靠得更近了，站在他身后。"看呐，"他说，"是个小房子。"

是个小房子。多么简单的五个字。当它们从马修嘴里说出来的时候，就像音乐一样动听，但却让皮特的内心开始翻江倒海，如一股酸腐的气味令皮特无法呼吸。他被困在了那里，被钉死在那冰冷的石板地和这个可悲的小小手工作品上；他没有机会、没有希望，他只配扮演男佣的角色，他不聪明，他心满意足地忙着那些最微不足道的小事。他被马修撞见了在拼这个小房子，从此以后，他就再也摆脱不了被羞辱的感觉了，他是个小傻瓜，而且会永远如此。

后来，他回忆起这件事时，总是说当时是一时气愤冲昏了头，没有多想，失去了理智，但实际上，他当时就非常清楚地明白，他不能在那一刻站在那里了，他不能忍受马修看着他，对他说，"看呐，是个小房子"，但他无路可逃，所以，他必须拿起螺丝刀，在马修周围的空气中钻出一个孔来，让马修赶紧消失。皮特转过身，手里拿着螺丝刀跳了起来。他把刀逼在马修的太阳穴上，离他的左眼只有几厘米。在他的余生中，他一直都在庆幸，幸好只是擦破了点皮，没有失手弄瞎了哥哥的眼睛。

从那以后，再也没有发生过比螺丝刀事件更夸张的意外了，但这件事却似乎悄悄地改变了皮特在家里的地位。他成了一个危险、甚至可能有点精神不稳定的孩子，这一方面让他自己觉得有点尴尬，但另一方面又是一件好事。至少，他向每个人证明了，他哪怕是宠物，也是一个危险的宠物。而扮演男佣盖尔斯的游戏也不明不白地就此停止了。

之后，他和马修相安无事地一起生活了很多年，就像是经过驯化的狐狸和孔雀在一起住着。马修绝大部分时候都对皮特很有礼貌，礼貌中还带着一点点紧张。而皮特绝大多数时候也很享受这种新的状态。直到那个时候，他才意识到，一次暴力的行为——比如，比划一下螺丝刀，这是任何人都能做到的——居然就能让他的哥哥、让其他人从此对他产生敬畏和尊重，虽然这尊重有些勉强的味道。慢慢地，皮特成了一个普通的七岁小孩，对熟人友好，但笑脸下隐藏着威胁，几乎有些谦卑的态度，似乎那种友好只是他对这个野蛮、虚伪的世界的一种暂时让步。

皮特在惨不忍睹的名声中过了三年。

马修十五岁了。

长得很高，有点奇怪，总是迈着急切的步伐，怀里抱着书，在密尔沃基州这幢砖石房的前面走来走去。很多时候，他总是乐观得让人难以理解，不过从小到大，他都带着几分玩世不恭的态度。虽然偶尔也会受到当地一些恶棍的捉弄，但从来不会真正有人去恶意地欺负他。皮特一直觉得，马修在某些方面近乎完美，虽然他身上并没有什么称得上圣洁的地方，但他最起码是单纯、善良的，这样的品质在谦逊的圣徒身上非常普遍。马修是一个完全沉浸在自己世界里的人，有自己的兴趣爱好（在十五岁的时候，他最喜欢的就是看电影、读狄更斯的小说、滑冰，再就是弹吉他），他是善良而温和的，对每个人都很友善，但又保持着距离，唯一的朋友就是两个女孩子，有一帮七年级的男生为了树立威信偶尔会嘲笑他，还有一次把他打了一顿，但他从来不会像那些真正的倒霉鬼一样，成为这些小霸王们长期欺辱的对象。保护他安全的，一方面，当然是他长期滑冰锻炼出来的既灵活又结实的身体（不过他从来不会想到仗着身强力壮去欺负别人），而另一方面，则是他和乔安娜·赫斯特之间的亲密友谊，乔安娜可是闻名学校的大美女。赫斯特是个很厉害、很有主见的女孩子，不管是出于算计还是自然，反正马修从五年级开始就是她最好的知己朋友，是她什么话都可以倾诉的对象，所以大家都把他看作运动员（虽然是滑冰运动员，但毕竟也算是运动员）兼美女男友（虽然他们之间并没有发生关系，但毕竟也是好朋友），因此也不会特别为难他。马修不仅可以算得上是密尔沃基最女子气的男生，他还越来越显露出一种皮特只能用早熟来形容的庄重气质。而皮特却总是处于一种害怕受到威胁的不安全感中，如果有人要进一步攻击他的话，他就会处于一种孤立无援的境地，因此那时候，他更是形成了一种阴晴不定的脾气，在他生气的时候，连妈妈都开始以"大脾气先生"的绰号来诋毁他。他满脸青春痘，头发稀疏，渐渐变成了一个小愤青圈子里的一员，这连他自己都觉得惊讶，他疯狂地迷恋摇滚乐和科幻电影《星际迷航》，旁人既不崇拜他，也不嘲讽他，只是懒得理会他。与皮特相反，马修却是那么耀眼，甚至可以说是风光。他很聪明，很少与人争辩，从不生气，从不急躁，就连那些最凶狠霸道的男生也似乎觉得他很有意思。他有点像是学校的吉祥物。他在青少年时期，对待家里人包括皮特的态度都很好，但有时又会带着一种厌倦和明智的忍耐，像是一个皇室的小孩在登基之前被送到寻常百姓家体验生活。随着他个性的日益成熟，面对着他，皮特越来越觉得自己像是个脾气暴躁却心地善良的小矮人，或者是个老气横秋的厌世者。

但当皮特渐渐消除了自己身上的危险因子以后，他们之间也艰难地达成了休战，他和马修在夜深人静的时候，也开始了兄弟之间的谈心对话。他们之间的话题十分广泛，但又奇怪地具有一种连贯性。几十年之后，皮特还记得那成百上千次对话中的诸多片段。

"我觉得妈妈已经受够了。"马修说。

"受够什么了？"

"这一切。受够了她的生活。"

然后是短暂的停顿。他们的妈妈是有些莽撞，脾气有点急，似乎总是处在一种恼怒的情绪中，不过在皮特看来，她似乎早就已经"受够"了，不仅仅是受够了她的生活，更是受够了她生活中那些没完没了的琐事：两个不上进的儿子、无能又不诚实的邮差、税收、政府、她的所有朋友，以及几乎所有商品的价钱。

"你为什么会这么想？"

马修叹了一口气。这种低沉、哀伤的长叹是他自己的发明：有点像木管乐器吹出来的效果。

"她被困在了这里。"他说。

"是啊……"

我觉得，我们都被困在了这里，不是吗？

"她还是个很美的女人。这里她什么都得不到。她就像是包法利夫人。"

"真的吗？"

皮特当时完全不知道包法利夫人是谁，但他觉得那应该是个命运多舛、伤风败俗的女人——他很可能是把她和德法奇夫人①弄混了。

"你觉得你能跟她说说她的头发吗？她不会听我说的。"

"当然不能。我可不敢去和妈妈说她的头发。"

"你和艾米丽之间怎么样了？"

"什么怎么样？"

"别装了。"

"我不喜欢艾米丽。"

"为什么？"马修说，"她很可爱啊。"

"她不是我喜欢的类型。"

"你还这么小，哪有什么类型。艾米丽挺喜欢你的。"

"她才不喜欢呢。"

---

① 德法奇夫人是狄更斯小说《双城记》里的一个反面角色。

"她要是喜欢又怎么样？又不是坏事。你可别低估了你自己的魅力。"

"闭嘴啦。"

"我告诉你一个关于女生的秘密吧？"

"我不听。"

"她们都喜欢听好话。如果你能直接走到她们面前，跟她们说，'我觉得你很棒，我觉得你很漂亮'，你会发现这样能帮你搞定很多女生的，多得连你自己都会觉得吃惊。因为这些女生都很害怕自己不漂亮。"

"说得像真的一样。"

"我有可靠的消息来源。"

"是嘛。是乔安娜告诉你的吗？"

"嗯，是她告诉我的。"

乔安娜·赫斯特。她就像北国天空中的一道亮光。

她有着让人难以想象的美好。她身材苗条、善良大方，又总是谦虚礼貌，满头棕色的长发偶尔挡住眼睛，她会轻轻地拨开。她听别人说话的时候，总是把头低下，好像她也知道，只有把自己的美丽——她的大眼睛、她丰润的嘴唇，还有白皙皮肤所散发出来的光泽——稍稍转开一下，才能让别人也有一点得到关注的机会。最近，她在和一个高年级的男生约会，这个男生既擅长运动，学习成绩也好，还很受同学喜欢，他们俩的组合就像王子注定要和一个有钱有势的国家里的公主订婚一般。即便乔安娜不是比皮特大三岁，即便她不是已经有了男朋友，她也绝对不适合皮特。

但是，她依旧是马修最好的朋友；如果能有机会，她也一定能在皮特身上看到一些他哥哥的优点。现在她在交往的这个男生（连他的名字都有点可笑，叫本顿），对她来说，肯定是有点无趣的，这太明显了，他就是那种头脑简单、四肢发达的乡下人，是绝对不可能成为电影主角的那种人；在电影里，他们总是会输给那些虽然普通，但更聪明、更有深度的人，就像皮特这样的人。

"你是不是爱上乔安娜了？"他问马修。

"没有啊。"

"那你觉得她爱本顿吗？"

"她自己也不确定。这就说明她其实是不爱的。"

皮特很想问出那个不该问的问题，那个问题就在他舌尖上打转。你觉得她有可能……有没有那么一点点可能……

他不能问。如果答案是否定的，他肯定承受不了。他已经十二岁，已经习惯了好事从来不会发生在自己身上，他是那种只能跟在冒险家和幸运儿后面的人。

他并没有采取主动。在接下来的三年中，只要是乔安娜到家里来的时候，他都会待在家里，穿上最好的衣服，可惜乔安娜来的次数少之又少（他和马修很早就发现，他们的朋友都不是很喜欢来他们家里玩——没有零食可以吃，而且他们的妈妈总觉得小孩子没人看管就会从家里偷东西）。皮特会去跟艾米丽·道森说她很漂亮的，那样在几天以后，他们俩就能在足球场的看台下卿卿我我一番，但之后，她就再也不会同他说话了。他发现自己有时候会在马修面前故意表现得很强硬、很有魅力，他希望马修能够告诉乔安娜：你知道不，我弟弟也是挺帅挺酷的一个人。

几个月就这么过去了，马修完全没有对乔安娜提过皮特的这些新改变，于是皮特不得不使出绝招。他一开始只是换了个坐姿（那也是经过反复练习的，有点牛仔的味道，他会把手搭在沙发和椅子的靠背上，两腿分得很开，膝盖微微弯曲，就好像随时在等待着召唤，准备一跃而起），开始用一种带一点点含糊的、颤抖的男中音说话，这也是他用尽全力、气发丹田才能做到的。但这些还是没能引起马修的注意，皮特只好进一步努力。他改掉了以往的害羞，只要是他和马修单独在房间里的时候，他就会即刻脱得只剩内裤（你知道不，我弟弟的身材很好很结实呢）；他还开始唱歌，声音很小，仿佛是不经意哼出来的，有不少都是马修最喜欢的卡特·斯蒂文斯的歌（你知道不，我弟弟是个又帅又有深度的家伙，而且唱歌还很好听呢）；最后，在他十三岁生日就快来的时候，他开始在和马修说话的时候故意深邃地去盯着他的眼睛，并竭尽全力让自己流露出一种温柔敏锐的眼神，传达出一种深刻的感觉和一种充满好奇的探究（你知道吗，我弟弟真的是一个很有热情的人，也很温柔呢）。

现在回想起来，皮特不敢相信自己居然从来没有想过这些小花样会让马修产生误会，以为是直接针对自己的呢。后来，皮特这种头脑简单的冲劲倒是让他在工作上勇往直前，不过在打牌和下棋上却是一塌糊涂。在他十二岁、快到十三岁的时候，一个冬天的晚上，他突然明白过来了，这所有坚持不懈的努力根本就没有对乔安娜起到任何作用，反而可能造成了可怕的结果（你知道不，我觉得我的弟弟好像是对我有意思呢）。

就在那个二月的晚上（密尔沃基的二月，从下午三点起天就开始黑了，小小的冰雹雪球就像是一粒粒子弹砸到窗户上），皮特和马修并排躺在各自的床上，像往常一样，在马修关灯之前，他们会聊会儿天；马修正说着乔安娜那个男朋友本顿的一些蠢事时，皮特突然从自己床上爬起来（全身上下只穿着短裤，但又好像是怕冷，穿了一双羊毛袜），坐到了马修床边，脸上依然是一副深邃专注的表情。

马修正在说："……他还不错，我是说，他是个好人，不过你就算是个不懂浪漫的人，也应该知道不应该请女朋友去看冰球赛来庆祝她的生日……"

他突然停下来，惊讶地看着皮特，好像皮特是被施了什么魔法，突然出现在他——马修——的床边。皮特的这个举动实在是出乎意料，让马修过了好几秒钟才反应过来。

皮特脸上依然是那种"有话都对我说出来吧"的温柔表情。马修问道："你没事吧?"

"当然没事。"

"怎么了?"

"没事。就是听你说说话。"

"皮提……"

"叫我皮特。"

"皮特。我有句心里的话想说,行不行?"

"当然行。"

心里话一定是……告诉你吧,乔安娜·赫斯特爱上你了。

马修说:"你最近有没有这种……这种尴尬……的感觉?"

"嗯,有吧,我觉得。"

对不起啦,本顿,谁让你不给她送份好点的礼物呢。

"没关系的。我都明白。"

"你都明白?"

"嗯。你想不想跟我说说呢?"

"我觉得我说不出口。"

"我都明白。嗨,我们到底是兄弟。一样的遗传基因,你能拿它怎么办呢?"

"对啊。"

又是沉默。皮特终于鼓起勇气。

他终于说出来了:"那么,你也是爱她的喽。"

又是沉默,可怕的沉默。砸到窗户上的冰雹仿佛是被一个看不见的巨人狠狠扔来的。

皮特明白了。虽然没有完全明白,但似乎是懂了。他隐约地感觉到,自己犯了一个错误，就像是打开了一扇错误的门。马修也用温柔的眼神盯着皮特，而同样的眼神皮特已经在这过去的几个月里反复演练过了。看来，这种眼神并不是皮特的专属发明——他只是从马修那里学来的。这就是遗传基因，你能怎么办呢？

"没有，"马修说，"我并没有爱上乔安娜。你爱上了，是吗？"

"拜托，拜托，拜托，拜托，千万别告诉她。"

"我不会告诉她的。"

而这，就是他们最后的对话了，难以置信的是，他们不仅那个晚上没再说话，而且从此都没有再说话。皮特站起来，回到自己床上，把被子拉起来。马修把灯关掉了。

在马修满十六岁之前的一个月，皮特和马修一起去密歇根沙滩度假时，皮特好像是陷入了……什么……爱情吗？

那次是他们家一年一度的暑假出游，每次都是在麦克奈克岛的那间弥漫着麝香味的松木小屋里住上一周。这个时候的马修已经对这样的旅行完全提不起兴趣了，而皮特也在渐渐失去兴趣。那间小屋带给他们的不再是熟悉的欢乐时光（虽然屋里的床都还挂着蚊帐，而所有的棋盘游戏也都还放在原处！），而是一种枯燥乏味的感觉。整整一周，他们的爸爸会竭尽全力逗他们开心，但他们就是开心不起来，妈妈却总是保持着安静，也并不高兴；卧室里会有蜘蛛，砂石的海滩边是一阵一阵拍来的小小波浪，冰凉冰凉。

但是，这一年的夏天——却出现了一个神奇的奇迹——乔安娜要来这里和他们共度周末。

回想起来，这对传统的哈瑞斯家来说，还真是一件很不寻常的事。因为直到马修高中毕业之前，哈瑞斯家对这种家庭团聚都是非常认真的——是只属于他们四个人的一段神圣不可侵犯的时间——而当大家都越来越明显地表现得并不开心时，反而对这种传统就愈加坚持了。他们的父母从来没有邀请过皮特或马修的朋友来家里吃晚饭或是过夜，所以，为什么乔安娜会来岛上，和他们一起度过整整三天的时间，还真是个谜。现在，皮特成年以后，觉得当时父母一定是开始察觉到了马修真正的性取向，想在最后一刻努力一下，至少装得像一对平常的父母，有一个帅气讨人喜欢的大儿子，而这个大儿子如果他们不好好看着，就有可能跟某个女生惹上麻烦，当然，这场戏只有在确实有女生在场的条件下才能演得出来。皮特有一次不小心听到他妈妈和乔安娜的妈妈打电话，他妈妈向乔安娜的妈妈保证，他们会严格看管马修和乔安娜的一举一动，而且她会安排乔安娜就睡在她旁边的房间里。

这两个女人难道真的相信这些预防措施是有必要的吗？

老实说，为什么就没人会担心皮特的举动呢？毫无疑问，他才是那个会不顾一切的人，他会在乔安娜走进浴室以后凑到门缝去偷看，他会偷偷去闻乔安娜换下来晾干的泳衣和毛巾，如果他有足够的勇气（但显然他并没有），他甚至会走进挨着他父母卧室的那间乔安娜的小房间，冒着一切风险——例如，乔安娜的尖叫、父母的呵斥——只要能看一眼睡梦中的她，在那条月光般洁白的被子下半遮半掩的她。

这又是家长们判断失误的一个例子。显然又是一个无法解开的谜团。

皮特的兴奋之情无法用言语来形容。他因为紧张，吐了两次，一次是在他们五个出发去麦克奈克岛的前几天，还有一次是在路上一个加油站的男厕所（他希望没有人知道）。而他们都到了麦克奈克岛的度假小屋后，他又感觉到一阵恶心，但忍住没有吐出来，乔安娜就站在他身边，浑身散发着一种迷人的芬芳和特别的魅力，这间小屋对皮特来说，已经很熟悉了，客厅里可以看到疙疙瘩瘩的松木板，显得深邃而古老：石头砌成的壁炉已经被烟熏黑了，沙发被坐得凹了下去，藤条的扶手椅也是破旧不堪，整个冬天这里都没有人住，透着一种又潮又闷的感觉，夹杂着隐隐的樟脑丸味道，还有一种很强烈的、像是浣熊身上的气味，皮特之前从来没闻过，从那以后也再没有闻到了。

"这里真好。"乔安娜说。几十年后，皮特还敢发誓，在那间阴沉的小屋里，乔安娜仿佛是周身都在散发着一种隐约的、芬芳的粉红色光芒。

确实，他每天都要手淫五六次。确实，他不仅去闻了她晾挂在阳台栏杆上的比基尼短裤（没有什么味道，只有一点淡淡的湖水气味，还有一种很干净、很特别、带一点点金属味的味道，像冬天里的铁栅栏那种感觉），而且在一天晚上，乘着酒兴，恶心地把那条短裤套到了自己头上。确实，他觉得自己周围的一切都在崩溃，确实，他有时也会希望乔安娜能走开，因为他觉得他已经快要藏不住心底的这个秘密了，他用身体的每一个细胞去抵抗、压制它，他觉得自己除此之外不会获得进一步的收获了，在她面前，他只是也将永远是一个把比基尼短裤套在头上的小男孩，和乔安娜相处的这段日子让他神魂颠倒，但也注定了一生失落的开始。他看着乔安娜吃吉士汉堡包，胃口那么好，吃相却那么优雅，她可不是个谨小慎微的人，他看着乔安娜穿着短裤和白色小背心，坐在门廊的台阶上，往脚上涂粉红色的指甲油，他看着乔安娜对着又破又旧的黑白电视机，边看老喜剧片《我爱露西》，边哈哈大笑，和普通人毫无二致。老天让他如此靠近幸福，仿佛只是为了让他明白，有些东西是他永远渴求但此生不可能得到的。

他一辈子都在爱着乔安娜，但随着时间的流逝，乔安娜在他记忆中的模样也在悄悄改变，很多年之后，他回到密尔沃基，整理马修的东西时，发现了马修高中毕业时的年鉴，一开始，他都没认出那上面乔安娜的照片——就是一个圆脸可爱的中西部的传统女生，嘴唇很丰润，很漂亮，但眼睛小小的，头发很光很密，刘海把额头和右边的眼睛全部遮住了，这在几十年前是很流行的发型，但现在早已过时了。这不是皮特记忆中的那个湖边女神，绝对不是，有那么一瞬间，皮特甚至觉得这张照片一定是贴错了，这明明就是一个身体结实的乖女孩，她会嫁给在本地高中认识的一个帅帅、傻傻的男同学（事实上乔安娜也确实如此），婚后一口气生下三个小孩，然后在一个秩序井然的小镇上度过平静又幸福的一生。

到他临死的那一天，他大概都会在床上（或者说，在一个更为特别的场景下，由于心脏病突发，突然倒在人行道上）生动地回忆起那个慵懒的周六下午的情形吧。

那天下午，他和马修、乔安娜一起去了湖边——不然还有哪里可去呢？——皮特坐在坑坑洼洼的沙滩上，马修和乔安娜在浅水处漫不经心地一边玩水，一边说话，他们说话的声音很小，但听起来好像是在说什么紧急的事。乔安娜穿着金黄色的比基尼，浑圆的屁股只被小短裤遮住了一半，让人勾起无限的遐想和欲望。马修由于长期练滑冰的缘故，全身的肌肉紧致而结实，他的头发是深棕色的，全是小卷，长度快到了脖子后面。他们俩站在深蓝色的湖水中，背对着皮特，看着远处苍茫的地平线，皮特躺在沙滩上，看着他们，突然，皮特产生了一种头晕目眩的感觉，像是海水在涨潮，这种感觉完全出乎他自己的意料，它从五脏六腑开始，扩散到全身，让他失去了力气。它不是一种生理上的欲望，不完全是，尽管也有这方面的因素。它是纯粹的、兴奋的，还有一点点让人害怕的，后来他认识到那是一种对美的敬畏，但又无法用语言描述清楚。当乔安娜和他的哥哥（不能否认，他哥哥也是这场景中的一部分）在似乎快要下雨的灰白色的天空下，站在齐膝深的湖水中时，他仿佛隐隐约约感觉到了一种神圣的存在，一种万事万物无法言说的完美，这种完美不仅存在于现在，也将存在于未来。时间仿佛都凝固了。在皮特的回忆中，除了乔安娜、马修、湖水和天空之外，他仿佛还能清晰地闻到乔安娜当时身上那泳装的气味，还有空气中一股松树的清香；还有父亲那徒劳的热情，母亲对他们的严格监督，以及从那以后，他们是如何渐渐老去的（父亲的脾气越来越暴躁，而母亲由于已经没什么好再失去的了而变得越来越温柔随和）；他还记得和艾米丽在球场看台下的亲热，以及他和淘气的红头发卡罗尔之间的言语挑逗，这姑娘后来在毕业前成了他的女朋友；他也记得学校里黄昏天色下像是一轮满月般发着光亮的大钟，亨得里克斯药房里空调下的药水味道，等等，等等。马修和乔安娜在这个百无聊赖的周六下午，在密歇根湖湖水中的嬉戏仿佛为他打开了一片令人震惊的广阔天地。稍后，他们都转过身，走回到湖岸上，坐在皮特身边。乔安娜用一根橡皮筋把头发扎到后面，马修伸出磨出了水泡的一只脚，碰碰皮特的右边膝盖，仿佛是在说，皮特刚刚的所见所感，他都明白（虽然他绝对不可能明白）。皮特一辈子都不明白，为什么在那普普通通的一个下午，他会突然生出了一种对人世的顿悟，但他觉得应该是和马修、乔安娜有关，他们这一对是那么魅力四射又完美无瑕，有点神秘，如但丁和比阿特丽斯那般纯洁而永恒。

皮特在黑暗的卧室里躺了半个多小时，之前他已经睡了两个钟头的午觉，这实在有点过分了。他应该回画廊上班了。但他好像是进入了一种半瘫痪的状态，像是似醒未醒的白雪公主，等待着……但此时此刻，白马王子的初吻大概也没有什么用的，是不是？

他听到错错在客厅里走动的声音。

他不是个傻子。他知道，错错从某个方面来看，就像是他哥哥马修的转世。

但有趣的是，就算是意识到了这一点，他对错错的想法也不会发生任何改变。他知道这一点，因为他曾做过多年的心理分析。好吧。因为你觉得没有安全感，所以总是摆出傲慢的姿态，而你之所以没有安全感，是因为父母一向偏爱你哥哥。你出于很多原因爱着你妻子，其中有一个原因是，她和你年少时的梦中情人有几分相似（当然，你在自己的脑海中夸大了这种相似），但那位梦中情人却喜欢你哥哥，而如今你的妻子已经不再年轻了，你对她的爱也在逐渐枯萎（真该死）。你居然对她的弟弟产生了一种冲动（是性冲动吗?），一方面是因为错错让你想起了马修，而另一方面，大概也是你这辈子第一次觉得，你想要成为马修那样的人。

这些想法都很重要。现在怎么办呢？

现在，他躺在床上想起了丹·韦斯曼，皮特只是在马修的病房里见过他一次（马修去世后，遗体被运回密尔沃基下葬，丹并没有出席葬礼，皮特也从来不敢问父母他们到底有没有邀请他来参加）。马修去世后一年多，丹也去世了。皮特觉得，在一九八五年的那一天，当丹在圣文森特医院帮着他把马修送入了天堂的那二十分钟里，丹的一生也燃烧尽了。

隔着一堵墙，皮特听见错错走进厨房的脚步声。他大概根本不知道皮特在家。他怎么会知道呢？这种没人知道行踪的感觉挺好，这种躲在暗处免去了劳苦的感觉更好。如果错错发现他在家，他说实话就好了。说自己身体不舒服，回家躺一会儿。

错错回到客厅。客厅和卧室之间的墙壁很薄，没有隔音层。外面的一举一动，皮特听得清清楚楚。当然，这也是当初他们搬家到这里以后，让可怜的碧儿抓狂的一个原因，她当时还只有十一岁。让青春期的小女孩听到父母在卧室里的动静，这实在不是很合适，他们当时到底是怎么想的？好吧。因为当时这间公寓卖得非常便宜，错过这个机会就傻了。

还有，当然啰，当时他们也没有多余的钱去把墙壁加厚。

一段短暂的寂静——错错大概是坐在沙发上休息。然后传来他隐隐约约的声音。他在用手机给什么人打电话。

当然，皮特是不应该偷听的。他现在就应该起床，让错错知道他在家。但他太想听听错错在说什么了。再说，在这样一个全民手机的年代，谁的谈话内容是保密的呢，对不对？再说，如果被错错发现了，他只要装睡就是了。

错错的声音勉强能听个大概。

"嗨。我是伊森。"

"对，我……"

"还有一会儿，我不太肯定。对啊。"

"就只有一克，好吗？我现在不……"

"好吧。太好了。"

"梅塞大街。……布鲁姆也在。"

"太好来。过会儿见。"

好吧。他又开始吸毒了。

波洛纽斯①，你现在该怎么办呢？

皮特一动不动、静静地躺着。

现在是四点零七分，他听见错错给毒贩开了门，买了货，然后又把门关上了——交易的过程很迅速，连话都没说几句。错错居然把这里的地址告诉了一个毒贩，还让他进到家里，虽然只是进来了片刻，但这样的行为实在是非常过分，可是……皮特自己之前也不是完全没有买过

---

① 莎士比亚名剧《汉姆莱特》中一个爱说教的老头。

（有时候是一克海洛因，有时候是几粒摇头丸），他很清楚会卖零星的毒品给错错（和他自己）的小毒贩都是些什么样的人。在毒品的供求链上，有一些是危险的大毒枭，他们心狠手辣，什么都做得出来，但也有一些人，只是这样的小毒贩，他们跳进你坐的出租车里，卖给你一些可卡因、冰毒或是几粒摇头丸，他们大多还很年轻，或者更有可能，是些不再年轻的演员、模特、服务员等等，他们只是想多赚几个钱。皮特完全可以对错错（是，他是被宠坏了，太骄纵，这一点毋庸置疑）大发雷霆，因为他无论如何不应该让这个人上门，这样的发怒至少可以表明他的态度嘛。见鬼了，错错（伊森），你怎么敢让这个二十八岁的卖毒品的小混混，管他是叫司各特、布莱德还是布莱恩呢，跑到我家里来呢？再过十年不到，这些"不三不四的家伙"就会放弃他们的表演事业（或驱使他们最初来到纽约的任何梦想），回到自己的家乡，老老实实地做个花匠或房产销售员。但皮特做不出来，管好错错并不是他的责任。再说，如果他像个意大利闹剧里的颤颤巍巍的老阿叔一样，从房间里冲出去，挥舞着拳头，对错错说他什么都听到了，不是太尴尬了吗？

于是，他继续躺着。

他听见错错在另一个房间里走动，听到他轻轻地走进厨房，然后又走回客厅，拿了一张 CD 放音乐（西古尔·洛丝的唱片），又回到厨房。然后是二十三分钟的安静时间，只有低沉的音乐声，像是鬼魅的低语。错错现在在吸毒吗？呃，你觉得呢？最后，又是一阵脚步声，从客厅传来，越来越近……有那么一瞬间，皮特以为错错会走进自己的房间。他又是害怕，又是气愤（你他妈进来是想找什么东西吗？），全身的鸡皮疙瘩都起来了（他不得不装睡了）。但错错只是走进了另一间卧室，也就是他现在的卧室。两个卧室之间只隔着一面石膏板，对面房间的一切动静好像显得更大声了——自从碧儿走了以后，那间房就一直安静着，皮特都已经忘了安静了有多久了。他听到错错脱下自己的短裤（拉下拉链的声音，还有解开皮带扣的巨响，裤子掉到地板上的声音，声声入耳），他还听到错错躺到床上时床板发出的咯吱声。他和皮特现在只相隔一米多，都躺在床上，分开他们的只是薄薄的一堵高科技的板墙。

还有……对了。一分钟过去了，又一分钟开始了，错错显然是在手淫。皮特能感觉到。他觉得自己能感觉到。气氛好像不一样了，是不是？他敢肯定，他听到错错发出一声轻轻的呻吟，但也有可能是西古尔·洛丝的歌声。但说真的，一个二十三岁的年轻小伙子吸完毒以后，大白天的躺在床上还能干什么呢？

皮特·哈瑞斯，你现在该怎么办呢？

最体面的办法，就是立刻起床，弄出很大的动静走出去，装作睡眼惺忪的样子，一边打着呵欠，一边用惊讶的表情面对错错，说你睡了一个好觉，刚刚才醒。

最隐蔽的办法，就是悄悄地起床，走出房间，在周围散会儿步，然后再在下班时间回来，装作什么都没有发生。错错正在销魂呢，大概不会注意到周围的动静（他有没有把自己的卧室门关上呢？嗯，好像没有听到）。

最不合适的办法，就是躺着继续听。

那好吧。

就承认吧，和很多人一样，你心里还是有一点点同性恋的潜质的。你，或者说任何一个人，为什么要做那么纯粹的异性恋呢？

再说，还有……是什么呢？……好吧，虽然说出来很尴尬，但能这样悄悄地溜进别人的私密世界，是一件很神奇的事，就在几步开外的这个人，是个绝无仅有的人物——他还以为自己是独自一人呢。好吧，我的意思是说，当一个人在独处的时候，并不见得会有什么根本的变化，但除了你自己，你又怎么能真正知道别人在独处时的样子呢？这大概也就是人们在艺术中不断寻找的东西吧——一种从孤独和主观中的救赎，一种与历史和宏大世界为伴的感觉，一种既让人开悟又深不可测的人类之谜，都体现在乔托笔下的亚当和夏娃中，体现在伦勃朗最后的自画像中，体现在沃克尔·伊文思在赫尔区拍摄的照片中。这些艺术作品带给我们的感受就像皮特现在的感受一样——去审视旁人的内心深处。对路上行人拍摄的视频和这不同。故弄玄虚的大缸和死了的鲨鱼标本也和这不同，确实，那些都是扭曲的、冷漠的、讽刺的，本来就是为了要让观众觉得震惊或刺激的。它们带给皮特的感觉和墙对面这个沉迷在幻想中的瘾君子，这个糟糕透顶的美少年带给皮特的感觉完全不同。

又或者，皮特真的是个同性恋，就是想听听隔壁的动静，就像看免费的色情片一样。

从墙那边传来一个遥远的声音，那是一声长叹吗？抑或只是音乐声？

错错此刻在幻想什么呢？

想不出来吧？很多男人在这个时候大概只是在重复着相同的动作，但在他们的脑海中，是什么让他们血脉贲张？在各种表面原因之下，又有着怎样压抑的个性，怎样深层的自我让我们出现这种冲动？当别人在手淫的时候，如果我们能看见他脑中的幻想场景，我们是会觉得触动，还是会觉得厌恶呢？

皮特发现自己又开始想起那天在湖水中的乔安娜。这么多年来，乔安娜一直是他幻想的一个主要对象，当然，几十年过去，她已经变成了另外的模样，不再是湖边的那个女神了（她转过身的样子，她解开自己比基尼上装的样子，都是那么美），几年前，皮特回了一趟密尔沃基，见到了她：她还是很美，精神很好，也很开心，年近不惑，钱包里装满了家人的照片，但已经没有一丝性感的存在了。在皮特的脑海中，关于她的回忆也包括马修，马修穿着浅蓝色泳裤在湖边的样子，但这样的印象也被马修后来的命运弄模糊了，那个命运就是死亡。皮特现在感觉像是在被火烧。他很惊讶，自己居然兴奋了起来——这种热量是那么盲目，像要吞噬你身上的每一个部位。是的，像是在被火化，但它却有着一种永恒的感觉，是不是，就像是童话故事中想要吃人的独眼巨人、野狼或女巫，永远让人害怕，也让人觉得刺激，它们只想要吃掉你的身体，却毫不在意是否能拥有你的灵魂。当然，对这些食人族，我们会狠狠地惩罚它们，我们用刀刺瞎它们的眼睛，把石头塞进它们的肚子，或是把它们推进火炉，但它们是我们最钟爱的敌人，我们害怕它们，也爱它们，它们觉得我们是如此美味，它们只在意我们的肉体，完全不去理会我们内心最深处的秘密，这怎么能叫我们不对它们又爱又恨呢？不然，戴米恩·赫斯特怎么会仅凭一只鲨鱼标本就名声鹊起了呢？

病毒吞噬了马修。时间吞噬了乔安娜。那么，是什么正在吞噬你呢，皮特·哈瑞斯？

他的下身已经开始硬了，多么不可思议！他感到一阵晕眩，他的内心因为某种……可能性而飞扬了起来。得了吧，如果他是个同性恋，自己怎么会不知道呢？然而，他听着隔壁正在手淫的年轻人的动静，也开始勃起了。这个特别的小伙子，他老婆的化身，使他兴奋了。是的，上帝保佑他吧，错错的年轻气息和未知前途让他兴奋了，让他兴奋的还有三十年前在湖边的一瞥（都过去那么多年了，可感觉还是那么强烈），当时，乔安娜正在整理自己的泳装，在那千分之一的瞬间，皮特瞄见了她淡粉红的乳头，不过那乳头现在也应该已经完全变样了，这段年轻时的回忆让他兴奋，瞄到乔安娜乳头的那一刻曾经让他生出一种对未来微妙的希望，但那未来是那么变化多端，他自己也无法完全想象。死亡慢慢地带走生命，这让他觉得兴奋（是不是太奇怪了？），昨天在乔乔餐厅的那个甜美端庄的女服务员也让他兴奋，他突然觉得自己现在的处境和此刻的心情很奇怪——他想到了"变态"这个词，不是吗？（令人吃惊的是，真正的变态狂也许会因为自己的变态而亢奋，但皮特这个正常人，在做着一件他理应感到羞愧的事情时，却也觉得它很性感。）你这个怪胎，小子，孤零零地在这个世界上，就好像你是个独一无二的人。皮特感觉到一种阴森的刺痛在他的血液中奔流，应该是一种又陶醉又尴尬的感觉吧——最后，是一种负罪感，觉得自己做了错事，正因如此，也有了一种极微妙的矛盾感——又过了一会儿，他听到一声低沉的呻吟，他知道，错错达到了高潮（皮特是不会达到高潮，他还没有那么兴奋，或者说，他不会放任自己达到高潮的），就在那短短的一瞬间，他仿佛是疯狂地爱上了错错，爱上了错错这个人，也爱上了这个正在死去的世界，爱上了穿着绿色皮夹克站在鲨鱼前面的那个女孩子，也爱上了那三个想要吃掉他的女巫（她们是从哪里冒出来的，是《麦克白》吗？），还爱上了两三岁时的碧儿，那时她摇摇晃晃地走下楼梯，摔了一跤，虽然没受什么伤，但是真的吓坏了，皮特抱着她，轻声哄着她，直到一切又恢复了正常，直到他搞定了一切。

不夜城

皮特对自己的所作所为感觉到一阵头晕，之后他想到——到底是谁使他这样的？在所有的人中，为什么偏偏是错错使他如此兴奋？对于同性恋来说，一辈子可能只爱一个人吗？

他究竟是怎么啦？他妈的整个一生难道都是一场骗局吗？

然而，让皮特觉得最为惊讶的是，他现在对错错的感觉还是那么温柔、那么挂念，这很奇怪。也许，让我们心心念念渴望一个人的并不是他们的美德，而是我们曾经看到过他们最悲伤、最贪婪、最愚蠢的那一面。你也需要有美德——某种美德——但我们欣赏《包法利夫人》《安娜·卡列尼娜》《罪与罚》，并不是因为这些书里的主人公是好人。我们关注这些主人公，因为他们并不完美，就和我们一样，而那些伟大的作家也为此而宽恕了他们。

错错整个下午都在姐姐的漂亮公寓中，吸毒加手淫。是的，这一举动给皮特带来的震撼超过了他坐在日本花园中对着岩石的沉思。现在，他可以开始去爱错错了，现在，他不再觉得需要保护他或是崇拜他了。

瑞贝卡的回家是个尴尬的小插曲（现在已经十一点多了），因为皮特必须要装出睡了好几个钟头，而且睡得很沉的假象，他不得不夸大了自己的病情，结果，晚饭瑞贝卡只给了他一碗汤，也不准他喝酒。（顺便说一句，为什么大家要反对喝酒呢？我们怎么知道喝酒是不好的呢？）但错错显然很不自在，这也难怪，突然意识到家里原来一直还有个人在，即便是他下午没有买毒品，也没有手淫……这种感觉也让人很不舒服吧。皮特装得很像，他说自己肚子很不舒服，一下午都睡得不省人事，被瑞贝卡叫醒的时候，他也是迷迷糊糊，像汉姆莱特父亲的鬼魂，走路都走不稳，他说，一定是火鸡卷里的蛋黄酱有问题，是，他会让优塔明天一大早就给餐厅打电话投诉，现在，让这个老可怜鬼喝完汤就上床睡觉吧，虽然还只有八点半，他一边看着老掉牙的电视剧《迷失》，一边还假装对餐厅骂骂咧咧（其实他觉得自己差不多已经好了，肚子基本上恢复正常了，只是还有那么一点点不舒服）。他从客厅走出去的时候，迅速扫了一眼错错，错错似乎并没有完全相信他的说法，他坐在桌子边，端着一杯红酒，看起来是那么青春朝气，又有点愧疚，还有……是什么呢？……悲伤，是那种只有喜欢自残的年轻人才特有的悲伤（错错又开始吸毒了，皮特要怎么跟瑞贝卡说呢？），是那种还没有到生命巅峰就已经开始走下坡路的年轻人特有的悲伤。如果人到老年，甚至只是中年，由于生理的原因、受伤的原因、年纪大了的原因，开始走下坡路，还算不上是什么悲剧。但年轻人就不一样了，年轻人的悲剧都带有性感的色彩。就像詹姆斯·迪恩跳上了保时捷跑车，就像玛丽莲·梦露迷迷糊糊地爬上了床。

到十二点的时候，皮特已经躺了好几个钟头了，他觉得自己身上都要长出褥疮了，长褥疮当然是不可能的，但他的脑子确实已经很累了，当他真正生病的时候，他都很难照顾自己，现在基本没病却在床上躺了半天，这已经快要让他无法忍受了。瑞贝卡正在他旁边睡觉，错错也回到了他自己的房间。皮特躺在呼吸均匀的妻子身边。在薄板墙的另一侧，错错没有发出任何声音。皮特在想：错错现在是和他一样躺在床上，虽然醒着，但不敢弄出任何动静呢，还是真的睡着了？虽然皮特一直说自己昏睡了一下午，但错错相信了吗？突然，皮特觉得错错和自己就像是两尊中世纪石棺上的雕像，是手挽手的两兄弟，错错本来长得就像是那种雕像中相貌完美的勇士，皮特仿佛能看到他和自己肩并肩躺在石棺中，安静地长眠着，一老一少，可能是在一场为了争夺领地的战争中牺牲了，而那块领地现在很可能只是一块停车场或者一条商业街，但在当时，这片土地是无价之宝，他和错错为之付出了自己的生命，神父安葬了他们，使他们成为永恒世界里的新成员，虽然这个虚无的世界并不比现实世界更加轻松，但至少它不虚伪、不庸俗，在那个世界里，也会有人迹罕至的森林和沼泽，人们也会为了争夺土地而相互砍杀争斗，那里的土地上也种着庄稼，那里森林的阴暗处也会有神灵和魔鬼偷看。错错身上有一种能让人联想到中世纪的感觉，应该是他那苍白柔弱的帅气、充满忧伤的双眼，还有一种青春即逝（皮特总是会想到这一点）的气息吧，他就是错错，他仿佛是一个幽灵的小孩，所以不能像其他人一样牢牢地抓住这个世界。

皮特当然要把错错让毒品贩子上门的这件事告诉瑞贝卡。他怎么能不说呢？他本来打算今天晚上就告诉她的，可……怎么说呢？但是他想装病，想得到瑞贝卡的关心，这个诱惑太大了，不用忍受疾病的折磨，又可以享受病人的待遇。所以，他想拖一下，就拖一个晚上，等过了今天晚上，再开始和妻子讨论这件事，那必将是一场漫长而焦虑的讨论，会有各种各样该怎么办的问题。毕竟，他们不能违背错错的意志，把这个家变成一个过渡期的戒毒所（他们已经查过了相关的法律条文，确实是不可以），但他们也不能把他赶出家门，能吗？错错现在又开始了吸毒，这样做就等于是把一个小孩子单独扔进了危险的森林，他们也不能让他继续住在家里，能吗？因为他居然把家里的地址告诉了一个毒贩子，还让他上了门。当然，错错现在就和所有的瘾君子一样，无论如何都不会说实话的，他会赌咒发誓说他再也不会让毒贩上门了，他说不定还会一边哭得发抖，一边祈求瑞贝卡和皮特的原谅，但这些都没有任何意义。泰勒一家人真是该死。老实说，他们就是为了错错而生的，他们就喜欢替他操心，这是全家人最喜欢的消遣方式，他们让他产生了这种虚假的痛苦感，所以，皮特想要拖一个晚上，这能够怪他吗？如果现在告诉瑞贝卡，瑞贝卡只会失望透顶，只会担惊受怕，会疯狂地给萝斯和朱莉打电话，还会问皮特应该怎么办，但很有可能无论皮特给出什么样的建议，她会觉得要么太残酷，要么太仁慈，因为皮特是不可能了解错错的，永远都不可能，因为他不是他们家的一员。

皮特渐渐睡着了，然后又醒了。梦中的情形若隐若现：他在慕尼黑（慕尼黑？）有一处秘密的住处，有个医生在那里给他留了个信息之类。然后，他突然又回来了，回到了自己的卧室，回到了瑞贝卡身边。

他已经完全清醒了，才半夜十二点二十三分，他绝望了。

他觉得房间里好像有什么东西，他有时经常会有这样的感觉，很多人也一定有过这样的感觉，他想，应该是他和瑞贝卡的灵魂吧，是融合了他们的梦境、他们的呼吸和他们的气味的一种综合体。他不相信这世界上有鬼，但他相信……某种东西。某种实实在在的东西，某种有生命的东西，这个东西很惊讶地看到皮特居然在这个时间醒来，但它既不高兴，也不生气，只是发现他醒了，他打扰了它夜间的沉思。

好吧。去喝杯伏特加，吃片安眠药吧。

他从床上爬下来。瑞贝卡没有醒，但翻了个身，动作很轻，她往里缩了缩身子，手指微微动了动，嘴巴抿了一下，他知道，虽然他没有把她弄醒，但她在睡梦里已经知道了，他正在起床。

他从卧室出来，走进客厅，才走了一半，看到了错错，错错赤身裸体地站在厨房里，看着窗户外面。

错错转过身。他听到了皮特的脚步声。他站得笔直，双手自然垂着，皮特突然想起了透明人的模型，完全透明的塑料模特，身体里面是各种颜色的内脏器官，他在十岁的时候，很喜欢拼这种模型，他幼小的心灵，也会被这种人体的神圣所触动。他觉得，天使应该也就是这个样子的吧，真正的天使不会穿着小白袍，满头小卷发，真正的天使应该是纯洁的、完美的、透明的，像一个透明模型人一样站在你面前，就像是错错现在的这个样子，他展露着自己的身体，既不觉得卑微，也不冷漠，只是裸露着身体，那么真实。

"嗨。"错错轻轻说。

"嗨。"皮特回答。他还在继续往前走。错错一动不动、毫不在乎，像个在人体绘画课堂上的模特。

好吧，这有点奇怪了，是不是？皮特继续走，他还能怎么办呢？但他们之间是不是有点什么？他感觉错错好像是一直在等他（这感觉不可能是真的，但他就是有这样的感觉）。

皮特走到了厨房。错错站在厨房中央，但他周围还有很大一个空间，皮特可以顺利地走过去，既不至于和他发生身体接触，也不至于为了不发生身体接触而刻意避让。皮特打开水龙头给自己倒了一杯水，他得找点事做才行。

"你感觉怎么样？"错错问。

"好多了。谢谢你。"

"睡不着吗？"

"是啊。你也是？"

"是的。"

"浴室里有安眠药。老实说，我每次睡不着的时候，就会喝点伏特加，再吃一片安眠药。你要吗？我是说，要不要两样都来点？"

哎呀，等一下，他是在给一个瘾君子提供药物呢。

"你会告诉她吗？"错错问。

"告诉她什么？"

错错没有回答。皮特倒退了一步，喝着杯子里的水，打量着眼前这个一丝不挂站在厨房里的男孩子——他两边上臂各有一根凸起的血管，下腹是浅粉色的，没有一根毛发，下身是深棕色的阴毛，阴毛里正是他那可观的阴茎，够大，但也不至于像春宫画里那般巨大，在昏暗的灯光下，龟头被映成了紫色。两条腿一看就是属于年轻人的，肌肉发达，大概能够轻松地爬上一座小山吧，脚又大又宽，有点像熊掌。

告诉她什么？

错错很聪明，他什么话都没有说，过了几秒钟，皮特终于忍不住了，他既没有技巧也没有耐心保持沉默。老实说，他没有那种力量。

"我觉得我得告诉她。"他说。

"我希望你别告诉她。"

"你当然这么希望。"

"这不仅仅是为了我。不仅仅是因为这个。我知道，你也知道，瑞贝卡知道了这件事，她一定会发疯的，但又帮不了什么忙。"

"你是什么时候又开始的？"

"在哥本哈根的时候。"

这个孩子简直被宠得不像话，父母一直给用不完的钱，所以他才能在从日本回来的路上，还去哥本哈根玩了一趟。但现在，不要去想这个了，不要因为这个对他心生怨恨。

"如果我问你为什么，你是不是觉得很可笑？"皮特说。

错错叹了一口气，像是某种木管乐器发出的动听音乐声，完全不像是马修那些年里一直练习到臻于完美的叹气声。

"这个问题非常好。但我真的没有答案。"

"你希望我们帮你戒吗？"

"我能对你说老实话吗？"

"只管说。"

"现在不想戒。过一段时间再说。"

他举起手，双手捧着脸，像是要从手里捧水喝。

他说："要跟一个从来没有吸过毒的人说清楚这些事总会显得很可笑，你不会明白的。"

皮特犹豫了。"可笑"真是太轻描淡写了。他应该觉得气愤吗？错错怎么会知道，他这个"从来没有吸过毒"的人其实只是一个又悲哀又渺小的小人，穿得一本正经，站在站台上等巴士。我们看过各种各样的禁毒广告，知道吸毒的危害和下场，但却还是抵挡不了自我毁灭的诱惑，它是永恒的、顽固的，像是一个被施了魔咒的古老附身符，用任何已知的手段都无法将它摧毁。但是，但是，那些吸过毒的人看上去似乎更加复杂、更加危险，更加有一种忧伤的气质。还有，是的，他们还有一种不可思议的优雅。他们还很浪漫，真是见鬼；我们这些清醒又理智的人就是无法理解他们。我们不会对这些瘾君子和无赖投以蔑视的目光，当然，这样对他们有利——我们还是别说漂亮话了——如果你是一个像错

130

错这样要风得风、要雨得雨的孩子，如果你一开始就拥有了一份容易破碎的宝贵天性。

泰勒一家对这个孩子是不是太娇惯了？如果没有他的出生，他们全家人会是什么样子？父亲会是一个老学究，一辈子出版两本普普通通的著作（一本是关于从诗歌到口头演说的发展史，一本也许是关于古希腊迈锡尼文明中被人们忽视的预兆），母亲会随着年龄的增大，一天天老去、衰弱（她会继续厉行节约，但与此同时却对家庭卫生不屑一顾），三个可爱的女儿，一个会过着不错的生活（瑞贝卡），一个会过着好得让人不敢相信的生活（朱莉），还有一个会过着既不好也不差的生活（萝斯）。

皮特对错错说："你都这么说了，我还能怎么办。"

对了，如果这个时候瑞贝卡从卧室里出来了怎么办？你明白的，不是吗，那我唯一的选择就是告诉她一切。但无论我对她说什么，当她看到你赤身裸体站在这里的时候，大概都会觉得很奇怪吧。

瑞贝卡有一次不是说过嘛，我觉得错错什么都做得出来的。她说这句话的时候难道不是既有愤怒，也有敬畏吗？

"我知道了，"错错回答，"好吧。"

好吧？

错错用手指撑住自己的下巴。像在沉思。年轻人终于要承认自己的错误了吗。

他说："我觉得，我开始认为这个世界……有没有我都无所谓。你知道吗？为什么这个世界会需要我呢？但我真的不知道，我下一步该怎么办。我想了很久很久，我觉得，如果我能放弃一些看上去就很离谱的打算，比如去念法学院什么的，也许一些好的想法就会自己冒出来。但我又突然明白，这是不是正是我过去失败的原因。我的意思是，一开始，你还只是一个会犯错误的可爱小孩，然后……"

他笑了，长长的、低沉的笑声，带着哭腔。

皮特说："你才这么大，就已经这么绝望了。"

"我知道。我也说不清。但我现在的状况真的很糟糕。我也不知道，我在日本那个神庙里的时候，好像是陷进了一个黑洞，不应该这样。我……我感觉，我开始看到了万事万物的变化无常，那种世界中心的混沌虚无，这让我很不安，让我恨不得去自杀。"

又是那种又哭又笑的长叹。

"那也太夸张了。"皮特说。见鬼，他怎么又这样了，他想表现得坚强一点，充满同情心，但话一说出口，听起来却是那么轻率、那么冷漠。

"我可不是多愁善感。"错错说，"我是想说，我现在很茫然。我所需要的并不是去找一家更好的神庙，或是去另一个国家的另一处神庙。我没有抱那样的幻想。我只是需要一点点帮助，帮我撑过现在这一段。我也很惭愧。如果我能重新感觉好起来，如果我能每天早上爬起床行动起来，如果你能帮我找到一份正经工作，我一定戒掉。我之前就戒过。我知道，我能戒掉的。"

"你这样让我很为难。"

"请你帮帮我。我知道，我知道，但现在已经太迟了，再说，我真的只需要撑过这两三个月时间。我只需要熬过这两个月，就会开始新生活的。再说，你也知道，如果你告诉了瑞贝卡，她会有什么样的反应。"

他确实知道。

"那你能不能跟我保证，再也不要让毒贩到家里来了？"他说。

"我保证。"

谁信呢？

"我并没有答应你噢，我还要考虑一下。"

"那就足够了。谢谢你。"

说完这句话，他突然俯过身，轻轻地在皮特的嘴唇上亲了一下，至少是个半纯洁的吻。

哇！

错错又退了回去，露出一个迷人又尴尬的微笑，这一定是他练习了很多年的一个表情。

"对不起，"他说，"我和我朋友经常都是亲来亲去，没什么特别的含义。"

"知道了。"

但是。错错是想表达什么意思吗？

皮特从冰箱里把酒瓶拿出来，给自己和错错一人倒了一杯酒。真见鬼。然后，他去卫生间找安眠药了。错错很听话地在厨房里等着。皮特回来时，给了他一粒蓝色的药丸，他们一人拿着一粒，说了一句"干杯"，就和着伏特加把药丸吞了下去。

这一次的事情让皮特觉得很兴奋。皮特虽然不想和错错发生性关系，但他们两个大男人一起干了一杯伏特加，其中一个人还是赤身裸体，这事儿够刺激的。他们两个就像是那种私底下可以分享彼此秘密的兄弟，这和肉欲无关，而是一种平等的关系。你，皮特，虽然你对你的妻子很忠诚，虽然你很明白她对错错无比担忧，你也明白错错想要自己做决定的愿望，他不想面对女人那种过分的热情，更不想接受女性的那种不管对方愿不愿意都要去拯救对方的冲动。

男人因为共同点而产生友谊，也许就是这样简单。

好吧，有那么一刻，那么短短的一会儿，皮特把自己也想象成了罗丹的一个雕塑，当然不是《青铜时代》里的那个小伙子，但也不是《加莱义民》中的那种老头子；他可以是一尊还没有被人们发现的罗丹作品，他是一位人到中年的绅士，但仍然保持着风度和尊严，笔挺地站着，手里没有拿任何武器，袒露着胸膛（他的胸口还是很有肌肉，肚子也还算过得去，至于屁股的情况，他就不是那么关心了），下身围着一块布。

"再次谢谢你。"错错说，"你愿意考虑一下，我就很感谢了。"

"嗯。"

"晚安。"

"晚安。"

错错回到自己的房间。皮特看着他柔软的后背和完美紧致的小屁股。如果说皮特心里真有点同性恋的倾向，那么他最喜欢看的要属男人的屁股，这是一个男人最脆弱，甚至可以说是最像小孩子的地方，是他的身体中最没有攻击性的地方。

说吧。就在脑子里悄悄地说一句吧。小弟弟，你的屁股很好看。

现在，你这个可怜虫，去睡吧。

但是，还是睡不着。过了一个钟头，他再次爬起床，摸到自己的衣服。瑞贝卡翻过身。

"皮特？"

"嘘。我没事呢。"

"你在干吗？"

"我感觉好多了。"

"真的吗？"

"应该只是食物中毒。突然现在又好了。"

"回来睡觉嘛。"

"我想出去透透气。十分钟就回来。"

"真的吗？"

"对啊。"

他俯过身，吻了吻她，呼吸着她带着睡意的甜蜜气息。

"别去太久了。"

"不会的。"

皮特又感觉到胸口一种冰冷的刺痛。有人担心你，有人照顾你，你也担心她、照顾她……在一起的两个人比单身的人寿命更长，是因为他们得到了更多的关心吗？是不是有人曾经做过这样的研究？

皮特，你偷听了小舅子的手淫，你要怎么告诉你老婆，没办法告诉她吧？

但你必须告诉她，她这个宝贝弟弟又开始吸毒了。你要怎么告诉她，什么时候告诉她呢？

他穿上衣服，走进阴暗的客厅。错错的房门底下没有透出一丝光线。

出去吧，出去走走，在夜色中走一走吧。

他走了出去，公寓楼一层巨大的防盗铁门在他身后关上，他站在门口，面前是三级铁台阶，通往破破烂烂的人行道。从某个方面来看，纽约大概是世界上最奇怪的城市，有那么多人住在十九世纪修建的破旧房屋中，很多街道也是又脏又乱，但转个弯，街角可能就是光鲜亮丽的香奈儿专卖店。我们像是全世界最有钱、最衣冠楚楚的一群难民，在残砖断瓦堆里购物。

深夜的梅塞大街没有什么人。皮特往北走了一截，然后在普林斯大街朝东边的百老汇走去，他没有什么特别想去的地方，只是想去热闹喧嚷的市中心走走，离开这脏乱沉静的西村区。沿途的商店都关门了，但他能感觉到自己的身影静悄悄地从商店黑暗的玻璃窗上滑过。普林斯大街上既不是很安静，也不是很热闹，不到一个街区远，他就走到了百老汇，百老汇当然是从来不会安静下来的，他现在走过的地方是一个购物广场，里面是各个品牌的大型连锁店，这些连锁店在全国都是遍地开花，在这里，它们也向着川流不息的人群和喇叭声轰鸣的车辆展示着自己的商品，到了晚上，它们店门口的挡风处便成了流浪汉们的卧室，他们用纸板和毛毯在这里搭出个小窝。皮特在马路上等着红绿灯，和一小群百老汇的夜猫子一起过马路，他们两个一对，或是四个一群（从来不会是一个人），既不是很老，也不是很年轻，他们显然都混得不错，大概是晚上出来玩的，个个都显得很高兴，他们应该是从附近什么地方开车来的，把车停在公共停车场，然后去吃了晚饭，现在是……去哪里呢？去拿车，回家。还有呢？他们看上去并不是那种很神秘的人。他们不是游客，也完全不像时代广场上的那些流浪汉，他们并不是纽约人，应该是住在新泽西或者温切斯特的，他们就像是十七世纪阿姆斯特丹的特权阶级，走过百老汇的样子就像他们是这里的地头蛇，他们觉得自己看起来很潇洒，觉得自己是夜行动物，他们会有一些邻居，他们觉得那些人很套套古板，因为那些人不会开着车半夜到纽约来玩，而是宁愿待在家里（现在，一个披着羊绒披肩的女人正和一个穿着牛仔靴的男人手挽手走过，那女人突然爆发出一阵大笑，笑声那么洪亮，像是灌下三杯马提尼后发出来的，一条街外的人大概都能听见），而住在曼哈顿中心区的人则在这里一天一天地过着日子，他们走路的姿势更加谨慎，他们更加安静，更像是一个个忏悔者，因为，当你住在这里的时候，你几乎不可能保持一种骄傲自大的感觉，你总是会不断地遇到其他更厉害的人。你可能拥有一幢带草坪的大房子和一辆奥迪车，你知道，到了世界末日的时候，你会比别人多活一秒，因为让世界毁灭的那枚炸弹不会是冲着你来的，你会在震荡波中丧命，但你不会是任何人的主要目标，你生活的圈子远离杀戮，你住的地方没有人会被一枪爆头，也没有人会被马路上随便哪个神经病一刀捅死，你对个人安全最大的担忧只是邻居哪个调皮的孩子会偷偷溜进你家，从你的药柜里偷走几瓶处方药，也许，只有到了这样的状态时，一个人才能保持那种骄傲自大的感觉吧。

皮特现在已经走到了百老汇的另一边，穿着牛仔靴的男人和他开怀大笑的妻子已经朝南走去了，他是不是离下东区越来越近了？这个街区使他觉得自己非常小资，这里的一切都是那么俗气，那么傲慢。他自己住在索霍区的一套该死的公寓里，他有为自己打工的手下，但在这里，几个街区之外的地方，却聚集着一群群年轻人，他们住在马路边，用身上最后一点钱买啤酒喝。皮特，你觉得这些人会羡慕你脚上穿着的高档皮鞋吗？每个人都有自己的圈子，无论这个圈子在哪里，当你离自己的圈子越远的时候，你的一切，包括你的发型、衣着、想法、生活方式也就显得越是可笑。你走到离你家才几步远的地方，感觉却像是来到了西贡。

那就继续往市中心去吧。朝你熟悉的翠贝卡区去。

碧儿今晚在干什么？

从一年多以前到现在，她的生活对皮特来说，就是一个谜，皮特和瑞贝卡决定，只要是女儿不想说的，绝不逼她。（这个决定是不是错了？）她为什么要离开巴德大学？她应该是想休息一段时间，她在学校已经待了很久很久了。好吧，这个原因有点道理。那么在所有可以去的地方，所有可以做的事情中，她为什么要选择去波士顿一家宾馆的酒吧里工作，去和一个陌生的、比她还大的无业女人住在一起？他们从来没有问过这个问题，碧儿也从来没有回答过。他们对她有信心，他们决定对她有信心，尽管这种信心在随着时间慢慢消退。担心，他们当然是担心的，但比担心更糟糕的是，他们开始反思是不是自己犯了什么错误，他们是不是对女儿灌输了什么不好的思想，让她在二十一年之后终于爆发了。

错错的这件事让皮特突然行动起来。

他拿出黑莓手机，迅速拨通了碧儿的电话。

应该会是她的语音留言提示。星期天的时候，如果瑞贝卡给她打电话，她会接听，她对妈妈还是很尊重的，或者说，对妈妈还有着一种责任感。在其他时候，她从来不会接听电话。于是，他们只好留言，等着星期天的回答。

今晚，他很想给她留言。他很想在她门口放一束鲜花，就算花儿会枯萎会死去也没关系。

电话铃响了五声。然后，是电话留言的声音，和皮特预计的一样。

你好，我是碧儿，请留言。

"宝贝，我是爸爸。我就是想跟你打个招呼，真的。还要告诉你……"

还没等他说出我爱你那三个字，她就把话筒接了起来。

"爸爸？"

天呐。

"嗨。嗨。我以为你在工作呢。"

"他们让我先回来了。今天晚上没什么客人。"

"哦。那好。"

他紧张得就像是他第一次打电话约瑞贝卡出来一样。这是怎么了？自从碧儿离开家去上大学以后，她就从来没有接过他的电话了。

"所以我就待在家里喽，"她说，"在看电视呢。"

他现在已经到了波尔瑞区。碧儿在哪里呢？在波士顿一间他从来没见过的公寓里——她跟父母说得很清楚，她不希望他们去看她。不过不难想到，那公寓里一定铺着又破又旧的粗毛地毯，天花板上还有水渍和污迹。碧儿挣的钱不多（也拒绝接受父母的帮助），她到底是个艺术家的孩子，房间里最多的装饰也不过是一两幅海报。（她还挂着弗兰纳里·奥康纳和那只孔雀的海报吗，还有卡夫卡那张英俊而温柔的脸，还是她喜欢的作家已经换成了别人？）

"对不起，这么晚给你打电话。"他说，"我还以为你会在工作。"

"你之所以给我打电话，是因为你觉得我肯定不会接。"

脑子转得还挺快。

"我就是想给你留个言，告诉你，我爱你。"

"为什么是今天晚上？"

他沿着博沃瑞朝一条不知道名字的街道走去，应该不是唐人街，也不是小意大利街。

"我哪天都能给你打电话啊，宝贝。"他说，"我想，应该是今天晚上特别想你吧。"

不，其实你每天都很想她。为什么他们现在的对话就像是一男一女在进行别扭的约会？

"你这么晚还没睡。"她说，"你现在在外面吗？听起来你好像是在外面。"

"是啊，睡不着，出来走走。"

他现在走过的是一片仓库区和商店，商店都拉着百叶窗，看上去很萧条，路边苍白的街灯照在铺着鹅卵石的人行道上，整条街道是那么安静，可以听到路边一只老鼠在翻动垃圾袋的声音，这就是我们的不夜城……不对，我们没有什么不夜城，我们的城市里已经没有藏污纳垢的地方，也没有游荡的妓女和凶狠的毒贩了（那些你在公园里路过，问你要不要点摇头丸的小贩不算），他们已经被我们的政府、我们的富人阶层改造了。纽约可能还有一些贫穷的地区，但这里已经没有什么真正的危险了，没有人在破旧的楼房里出售海洛因，也没有瞎了一只眼的不幸的美女站在路边对你说只要二十美元就能帮你口交。这里不是什么不夜城，而你，先生，也不是利奥波德·布卢姆①。

"看来我们都容易失眠。"她说，"这是你遗传给我的。"

她这句话到底是在表达亲密，还是在宣泄不满呢？

"不过我真的想知道，你为什么会今天晚上打电话给我。"她补充了一句。

哦，碧儿，你饶了我吧，我忏悔，我一无所有，你可怜可怜我吧。皮特走过了破旧的楼房，走到了唐人街附近，这里是曼哈顿唯一一处欣欣向荣的地区，像个自成一体的小王国，这里没有什么连锁咖啡店，也没有什么新潮小酒吧，只有高档的餐厅和高档的高楼公寓。

"我告诉过你了，"他说，"我很想你。我就想给你留个话。"

"你有什么烦心的事吗？"

"还不是老样子。"

"因为你声音听起来不太高兴。"

皮特很想挂断电话，但他忍住了。对父母来说，谁能比孩子更厉害呢？她可以想怎么残忍就怎么残忍。但他却不行。然而，他还是有种冲动，他想说：你很普通，你没有那么聪明，你让我很失望。可他不能这么说。永远都不能。

"我就烦一些平常的事。赚钱啊，世界末日什么的。"

别在她面前开这些玩笑，想要耍小聪明吗，想都别想。和你说话的可是你的女儿。

---

① 乔伊斯巨著《尤利西斯》中的主人公，是一个多欲之人。

她说："你要我借你钱吗？"

他过了一会儿，才反应过来她是在开玩笑。他干笑了一声。路上开过一辆车，他没有听见她笑了没有。

他正经过一条运河，走进了霓虹灯闪烁的唐人街，全是大红大黄的耀眼色彩，蓝色好像是完全不属于这里。他们从来不会关灯，也从来不会把挂在窗口、伸长脖子的烤鸭取下来，好像这些东西都有一种不可磨灭的生命。一个黄色招牌上写着一个"好"字，就这么一个字，店门口摆着一个浑浊的水箱，里面装满了死气沉沉、土黄色的鲶鱼。

"好吧，"他说，"你妈妈的弟弟来了，他吸毒好像吸得很凶。"

"哦，那个错错吧。他就是被惯坏了。"

"确实。"

"所以，你想找你快乐的、有自制能力的女儿说说话，觉得我和他成了鲜明的对比，是吗？"

拜托了，碧儿。行行好吧。

但孩子们从来就不会仁慈。是不是？那么你，皮特，对你自己的父母仁慈过吗？

他挤出了几声干笑，但就连他自己也觉得很假。"我从来不会要求你做你做不到的事，要求你快乐，有自控力。"他说。

"所以，你觉得我不快乐，这对你是种安慰喽？"

你这是怎么了？

"克莱尔怎么样？"克莱尔是碧儿的室友。

"她出去了。家里只剩下我和猫。"

他说："我当然希望你开心，碧儿。我只是不想成为那种要自己孩子，你知道，一天到晚都乐观向上的家长。"

"我们是要认真地谈一谈吗？"她说，"你想要认真地谈一谈吗？"

不。一点也不想。

"当然，"他说，"只要你想谈。"

"你确定？"

"确定。"

她说："最近，我经常想起《我们的小镇》①。"

"是你高中毕业时演的那个话剧吧。"

她在里面扮演的是妈妈。不是主角艾米丽。快别这么想了。

高中时的碧儿是个很有个性、爱讽刺人的女孩子，有两个玩得要好的女同学（现在一个在布朗大学，一个在加州大学伯克利分校），但没有什么玩得要好的男同学，她的生活并不沉闷乏味，但也绝不放纵享乐，一点点都没有。她在学校和朋友们聊天谈心，然后回家做作业，上床睡觉。她和朋友们（她们俩一个叫莎拉，一个叫艾丽特，也和碧儿一样，很有个性，爱讽刺别人，皮特很喜欢她们，他以后还能再看见她们吗？）在周末的时候去看电影，有时也会结伴去买她们心仪的厚套头衫和带流苏的靴子。还有一次，她们去渥尔曼溜冰场溜冰，但只有那一次，以后再没去过。

"你好像觉得无所谓。"她说。

"不是啊。我觉得你当时的表演很棒。"

"但你当时并没有跟我说。我表演的时候，你就一直在那里打电话。好像是谈什么生意。"

是吗？有吗？不可能。是她编出来的。他告诉了她，她很棒，他说过的，他也没有一直在打电话，什么样的人会在自己女儿上台表演的时候一直打电话？

_____

① 美国剧作家桑顿·怀尔德所写的著名剧本，曾获普利策奖。

她说："我知道这很可悲，但我最近老想起这件事。"

"我记得不是那样的。"

"但我记得就是那样的。我记得很清楚。"

你记错了，碧儿。你觉得，你真的觉得，我会在自己女儿高中毕业的汇演中，跑到后台去和客户一直打手机吗？

"哇，"他只能这么说，"如果我当时没有这么说，我现在给你道歉。但我确实觉得你表演得很好。"

"我演得不好。这就是问题。我根本不是表演的料，我们都清楚。"

"怎么会，"皮特说，"我觉得只要你努力，什么事都能做好。"

"你不用对我撒谎，爹地。不需要对我撒谎。"

是吗？她当然不可能什么事都做得好，没有人能什么事都做得好，当然，你会认识到你自己孩子的缺点，她在上学的时候，老师就会在家长会上告诉你她的缺点，你虽然是她的父亲，但你并不会盲目高估她，你爱她，真的很爱她，所以，你会鼓励她，你告诉她（我确实对她说过，我发誓说过），她在《我们的小镇》中演的母亲很棒。

她看穿了他，是不是？她其实很聪明。

你要怎么告诉她，她的缺点对你来说，其实并不重要？

他说："我爱你。所以你做什么我都喜欢。"

她回答："我觉得你很努力地来爱我。我觉得你也有缺点。"

该死。

这是不是就是你如此内向的原因？是不是就是你一直没有找男朋友的原因？是不是你总是如此清心寡欲的原因？

走过了唐人街，眼前是翠贝卡区的一幢幢棕色的宏伟建筑，大街上万籁俱寂。

和唐人街不同，翠贝卡的静夜不会让人觉得有所期待。因为，你每天都有可能花上几个小时去做做头发，买盏台灯，吃一顿三百块的晚餐，这些都算不了什么；因为，早在你祖父出生之前，在纽约的这片天空下，就已经是一条条灯火辉煌的大街，和一幢幢棕灰色的雄伟建筑了。

他说："我当然会有缺点，当然有。"

他突然生出一种奇怪的冲动，他多么希望女儿能对自己大吼大叫一番，打他骂他都好，历数他所有的罪状，这样他就不用一直回答她的各种问题，也不用绞尽脑汁想下一句该说些什么了。

但她不会发火的，对不对？她一直就是这么沉闷，这么内向，她就像一个小孩子，轻轻地唱着自己编出来的、愤怒的小曲。

她这么说："我不想当一个娇娇弱弱的小女生，一天到晚要别人来照顾。我不想成为这样的人。"

"那我现在能怎么帮你呢？"他问，"我能做些什么呢？"

拜托了，碧儿，要么原谅我，要么批评我吧。这样说下去，我也受不了了。

但你必须说下去。只要她想继续交谈，你就得一直说下去。

她说："你看东西是看得很明白，但我不知道有些话你是不是能听进去。"

她一直等着说这句话呢，是不是？

此时，他已置身于金融区，这里是一片高楼大厦，没有人知道——除了那个实际的股票交易所——这些建筑里每天都在发生些什么，只知道一切都和金融有关，就好像现在错错的打算是和艺术有关。这里无论是新艺术馆，还是他正走过的这个七十年代风格的巨大雕塑，都给人一种神秘的、像是碉堡的感觉——那些迷失了人生方向的年轻人大概会站在这样的建筑脚下，想着，我也希望在那里面做点什么。

错错曾经在寺庙里和几块神圣的石头上坐了很久。现在，他还是希望自己能做一些被社会认可的事。

"我在听，"他说，"我在听着呢。你接着说。"

碧儿说："我很好，爸爸。我也不是一事无成。我有份工作，还有个住的地方。"

她从小时候开始，不就一直在说自己很好吗？她不是一直都高高兴兴地去上学，交上两三个朋友，住在薄墙后面的卧室里，尽量维护着自己的隐私吗？

她的要求是这么少，他和瑞贝卡不是应该觉得庆幸吗？

他说："这很不错了，不是吗？"

"是啊，不错。"

接着是一阵沉默。

天呐，碧儿。你究竟想让我感到有多内疚呢？

现在，皮特终于走到了炮台公园。左边是斯坦顿岛轮渡站的探照灯，旁边还有一些巨大的黑色大理石柱子，上面刻着战争中遇难者的姓名。皮特沿着由纪念碑组成的宽广的通道往前走。《白鲸记》的表演就是在炮台公园开演的，头一句台词是"叫我以什梅尔"，后面是——实在记不住那些含混的词句了——是一段关于海浪拍岸的即兴台词，好像也不是，但他确实记得这块地方叫做防波堤。前面就是暗潮翻卷的港口了，灯光很亮，皮特突然闻到一种城市中海水的咸味中带着一股汽油的气味，但还是令人精神一震，这是永恒的、母性的狂热气息，虽然这片海水已经被各种垃圾污染，但它毕竟还是海水，这片地区，这个防波堤是整座城市里唯一与大海接触的地方，而只有大海才比这个城市更宏大、更强势。

"我想你知道自己最需要什么。"他说。她能听出他语气中的不耐烦吗？

皮特站在海边的栏杆旁。那边就是艾里斯岛和自由女神像了，这尊铜绿色的巨像承载了太多的涵义，已经超过了一般建筑的意义。人们爱它铜绿的颜色（如果你爱它的一切），爱它的恒久不变，虽然你可能很多年都没有见过它，但它一直会屹立在那里。皮特的脚下是泛着微光的幽暗海水，波涛拍岸，发出低沉轻微的声音——没有海浪，只是一波又一波的海水，溅起小小的浪花。

碧儿没有回答。她是在哭吗？即使她真的在哭，他也听不见。

他说："要不你回家一段时间吧，宝贝？"

"我现在就在家里。"

他站在栏杆前，脚下是翻腾着的黑暗海水，斯坦顿岛上的圣诞节彩灯勾勒出地平线的轮廓，分出了深蓝色的海水和没有星星的夜空。

"我爱你。"他无助地说。没有任何事物可以帮助他摆脱无助的心境。

"晚安，爹地。"

她挂断了电话。

无价之宝

第二天早上皮特醒来的时候，床上只有他一个人。瑞贝卡已经起床了。他睡眼惺忪地爬起来，穿上睡裤，他平时一般都懒得穿，但他不想走到外面，赤身裸体地碰到错错（虽然错错自己并不介意裸着身子在家里四处走动）。

在厨房里，瑞贝卡刚刚煮了一壶咖啡。她也穿好了衣服，是一件白色的棉睡袍，她一般在家也不穿睡袍的（自从碧儿去上大学以后，他们在家里就很随便）。

错错似乎还在睡觉。

"我想让你接着睡的。"瑞贝卡说，"你感觉好些没有？"

他靠过去，动情地吻了她一下。"好多了，"他说，"应该就是吃了不干净的东西。"

她倒了两杯咖啡，一杯给自己，一杯给了皮特。她站的地方几乎刚巧是错错昨晚站的地方。她一副睡意茫然的样子。每天早上，她都会上演很神奇的一幕，一开始是迷迷糊糊的样子，然后突然一下……就完全清醒了，并不是因为化了妆（她基本上不怎么化妆），而是突然之间就有了干劲，人就精神了起来，皮肤也变得有光泽，眼神也变得深邃了。她在睡觉的时候，身上的力气仿佛是悄悄溜走了，她似乎把所有不需要的功能都释放了出来，其中最重要的就是她的活力。在早上刚刚醒来的这段时间，她看上去不仅是老了十岁，而且似乎显露出她步入老年后的模样。等到她真的老去的那一天，她也一定会是苗条的，站着的时候也一定是笔直的，和别人打交道依然会是彬彬有礼（年纪大的人要体现威严，似乎总要与人保持一定的距离），有修养，衣着得体。对瑞贝卡来说，她绝对不想成为像她妈妈那样的人，而这就意味着不要有什么怪癖。

他说："我昨晚给碧儿打电话了。"

"真的吗?"

"真的。我们家里住着这么一个问题儿童，让我突然很想跟自己的孩子说说话了。"

"她说什么了?"

"她很生我的气。"

"你别给她什么压力。"

"她特别生气的是我在她毕业演出时，一直在打手机。"

拜托，瑞贝卡，你一定要支持我。

"我不记得有这么一回事了。"

谢谢你，我的爱人。

她把咖啡杯端到嘴边，站在她弟弟曾站过的地方，好像是为了更加清楚地向皮特展示他们姐弟之间的相似和不同之处。如果说错错像个青铜雕像的话，那么瑞贝卡就像是他的双胞胎姐姐，随着年龄的增大，瑞贝卡开始显出更多普通人的特质，显出一种疲惫的感觉，而这在清晨的光线中尤为明显；这就是人类无法抗拒的衰老，令人心碎，它既是艺术的来源，也是艺术的对立面。

"她发誓说我有。我怎么解释都没用。我当时没有打手机吧？"

"没有。"

谢谢你。

"我知道一大清早的说这事不合适。"他说。

"没什么，没关系。"

"我只是。我不知道该说什么。我要怎么告诉她，她的这些回忆其实是子虚乌有的事？"

"我猜，她只是觉得，你是有可能在她演出的时候干出打手机的这种事的。"

"你也这么觉得吗？"

瑞贝卡若有所思地呷着咖啡。她不会安慰他的，是不是？他注意到了她苍白的脸色，也注意到了她头上一缕零乱的头发。

别等到年老色衰的时候才死，死的时候也要保持青春美丽。美女都会这么想吗？我们总是觉得对青春年少的怀念是现代社会的一种现象，但其实并不是，想想几个世纪前的那些肖像画吧。波提切利和鲁本斯笔下的女神，戈雅笔下的玛雅，萨金特的 X 夫人。再想想马奈的《奥林匹娅》，这幅画作当时震惊了世人，马奈将他的情妇画得美丽动人，像是出身名门的大家闺秀，像是神话中的女神。但没人知道这个女人其实是一个妓女，也没有人会在意。不难想象，在现实生活中的她大概又愚蠢、又粗俗，很可能还不讲卫生（十九世纪六十年代的巴黎可不像现在这个样子），但她现在已经成了永恒，成了历史上的大美女，一位伟大的艺术家让她成了圣洁的象征。当然，我们可以断言，马奈绝不会画二十年之后的她，因为到那个时候她就苍老了。这个世界所崇拜的永远是青春。

多么残忍的世界啊。

瑞贝卡说："为人父母不容易啊。"

"什么意思?"

"你觉得错错的表现如何?"她问。

错错?

"还行,我觉得。我们不是在说碧儿的事吗?"

"是的,对不起。我只是觉得,这对错错来说几乎是最后的机会了。"

"他又不是我们的女儿。"

"碧儿比错错坚强。"

"是吗?"

"唉,皮特,现在这么早,也许真的不该讨论这个。我要换衣服了,我今天还要开电话会议。"

《蓝光》杂志快要破产了,有一个从蒙大拿来的富商突然冒出来,说是想给他们投资。

"唉。"

"是啊。"

他们当然也讨论过关于杂志社破产的问题。到底是接受破产好,还是相信这个凭空冒出来的富商真的会将杂志社拯救过来?富商说他不希望这本杂志改头换面。想一想历史吧。有多少富裕的国家曾经接管了贫穷的小国,但其实最后只是让他们自生自灭呢?

然而,大家都还是想让杂志继续办下去。对于一个年过四十的编辑来说,一旦失了业在人才市场上可不会有什么优势。

脑子里"人才市场"这四个字怎么老挥之不去呢?

"你在想什么?"他问她。

"我知道,如果那个人真的对杂志社有兴趣,我们会同意的。让杂志社就这么破产，感觉太奇怪了。"

"对啊。"

他们喝着各自的咖啡。这就是他们，两个努力工作的中年人，有着各自的决定要做。

现在是个好时机，应该把错错的事告诉她，是不是？

他说："我今天要去看看格罗夫的作品。"

"祝你好运。"

"好。不过，我还是觉得有点……好笑。"

"嗯。"

她对他的审美趣味并不是很赞同。当然她会支持他，但她并不会为了艺术疯狂，她会欣赏艺术品，她（大部分时候）能看懂艺术品，但她不会——也不想、不需要——从中总结出什么观点。有人（例如优塔）会觉得，皮特有时太敏感了，他毕竟是在做艺术品的生意，或者更准确地说，皮特对自己的要求太严苛了，毕竟，他从来没有完全为了利益或生意的原因而签约某个画家。老疯子皮特·哈瑞斯啊，你到底明不明白，真正的天才太少太少了，孜孜不倦地去寻找真正的伟大作品是一回事（也是一件好事），但过分执着就是另一回事了（是一件不那么好的事），你难道想到了五十岁还在不停地琢磨到底能不能找到一个伟大的艺术家吗？没有哪个艺术家或是艺术品是能够既人性又物质的。要记住，很多伟大的作品一开始并不被人看好，甚至看上去完全不像是艺术，但几十年之后，几百年之后，人们却开始膜拜起它们，不仅仅是因为它们本身确实很伟大，也是因为它们经历了时间的流逝，仍然保存了下来。如果一件艺术品经历了一八一二年的战火，经历了克拉克托火山的爆发，经历了纳粹的兴亡而幸存下来，那么它本身的小小失误和不完美的地方也就不那么重要了。

"总之，"他说，"把格罗夫的大缸卖给卡罗尔·波特，也不算什么重大的罪过吧。"

　　她大概也会跟他说这样的话吧，是不是？

　　她说的是，"可不是嘛。"此时，她并没有真的在想他的问题，她为什么要想他的问题呢？她付出心血和别人共同创建和发展起来的杂志社眼看就要破产了，或者是马上就要成为某个声称自己是艺术赞助的陌生人的财产了，尽管他好像是住在蒙大拿州的比灵斯。

　　"你能帮我个忙吗？"他问。

　　"当然了。"

　　"你能不能告诉我，我还算不算是全世界最差劲的爸爸？"

　　"当然不是。你当然不是全世界最差劲的爸爸。你已经尽力了。"

　　她温柔地吻了一下他的脸颊。就是这样了。

　　他们去洗了个澡，这已经成了早晨的惯例，就像是舞蹈搭档的规定动作。她冲澡的时候，他就去刮胡子，她冲完了澡会把水开着给他洗，因为她冲完的时候，他也一定是刚刚刮完胡子。有时候，这简直就像是电影中的蒙太奇镜头，电影名就叫《婚姻场景》（唉，我们的想象力太贫乏了），洗澡、刷牙和穿衣的镜头彼此叠加。皮特在穿衣服的时候动作更快，也更自信，这很奇怪，因为他其实比瑞贝卡更爱慕虚荣、更在意自己的外表，但在上班的时候，他想表现得更有男人味一些，他会从自己的四套西装中挑一套，十件衬衫中选一件，这十件衬衫和四套西装都是可以搭配的。瑞贝卡穿了一条深色的直筒裙（普拉达牌的，贵得离谱，但她说得对，这样的高档衣服确实可以穿很多年）和一件咖啡色的羊绒薄衫，她问皮特好不好看，他说好看，但她还是去换了一套。他明白——虽然今天召开的只是一个电话会议，但她希望能穿得漂亮点，带来点好运气，让自己感觉到最有自信。他留她一个人在衣柜里翻来倒去，走到厨房去看看早饭有什么可吃的，没有什么东西，他决定还是在路上的星巴克买个三明治吃，然后，他走进卧室，发现瑞贝卡已经换上了一套海蓝色的紧身裙，但他从她脸上的表情立马就看出来了，她还是觉得这套衣服不对。

"祝你今天好运。"他说，"你开完会后给我打个电话吧。"

"我会的。"

匆匆一吻后，他出门而去，走过了错错的卧室，门关着，不知道他到底是在睡觉呢，还是在假装睡觉。

接下来的几个小时，皮特在画廊里做的都是他和瑞贝卡所谓的"杂七杂八的事"（他们经常在电话里说，"你在干嘛？""你知道的，还不是那些杂七杂八的事？"），其实就是没完没了的电子邮件、电话和会议，他们这么说是要告诉对方，他们很忙，但你不需要知道细节了，我自己都没有兴趣的。在皮特看来，优塔对待格罗夫的态度显得很有德国人的感觉，带着一种日耳曼民族的傲慢，好像在说：小子，这是个很复杂的大世界，为什么你不担心担心那些真正重要的事呢？他有话想对优塔说，和他想对瑞贝卡说的话一样，关于妥协，关于他不愿意把这些问题看做是不重要的小事，实际上，他很想跟优塔说说关掉画廊的事，他想……做点别的。但当然，做什么还完全没有打算。而优塔，她对自己现在的这份工作很满意，她可以完美地陶醉在完美的艺术中——你凭什么觉得她会想听你的这些想法呢？

然而，他真的很想跟某人聊聊，尽管贝蒂也许是最好的人选，但他不能和她说。她说现在的艺术品市场很不景气，但皮特一点也不信——聚会开得正欢，谁会想要离场呢？是不是贝蒂只是装作对市场失望才关掉画廊的，这样好让自己对病情更能接受一些？在这场聚会上，她已经被迫离场了，你作为一个更健康、更年轻的人，真的想要一边留下来，一边抱怨不停吗？

他坐上地铁 L 线去了布什威克（现在出门别想坐豪车了，即便你能买得起，看上去也不是那么回事，你不能像他妈的英国国王一样把豪车停在某个画家的工作室门口，现在不能这样，因为你还要对这些画家说，现在由于国际经济不景气，即便你竭尽全力，还是有可能没办法把他的作品卖出去）。皮特还穿着高档西装，因为他早就已经买了这些衣服，他也一直喜欢这样的打扮。这是一种平衡的艺术，真的。一方面，你想让这些艺术家相信，你没有浪费他们的钱，但另一方面，你还是要让他们知道，你混得还不错，否则他们会觉得你这艘船马上就要沉了。所以，你穿着灰色的 T 恤衫和黑色的西装，坐在 L 线地铁里，看着《时代》杂志，在去往布什威克的路上。

到了马特大街站，楼梯上的人不多，个个都是行色匆匆、面有倦容。上午十一点四十分，坐着 L 线地铁往卡纳西方向去的人基本上都不是什么很有钱的人，到了布什威克以后，是不是又像来到了波兰某个城市的郊区（不过皮特从来没有去过波兰），或是其他前苏联时期的某个东欧城市，这些城市在那个时候都是工业化的，它们不仅有工业化导致的沉闷无趣，而且还破旧不堪。布什威克就和那些东欧城市一样，在这里、在那里，都冒出一些新生命的迹象——比如新开了一家杂货店或咖啡馆——又夹杂着即将死去的成员，比如某个生意萧条的婚纱店，或是门可罗雀的干洗店，干洗店的这些人喜欢在泛黄的盆栽植物下摆上一堆叠好的旧衬衫，期待着招来更好的生意。

皮特沿着马特大街，寻找着格罗夫的地址。不可否认，布什威克这片区域显得很萧索。很显然，这里除了荒凉之外也没有别的期待了。它一直就在纽约市的外围，发挥着一种实用的功能。人们在这里建起仓库和车库，从来没有想过有人会真的居住在这里。在这里，周边的建筑和曼哈顿完全是不同的用途。如果说曼哈顿那些直插云霄的高楼大厦反映了工业化时代的野心勃勃，那么布什威克（天知道它是什么时候建成的）就反映了一种与生俱来的谦逊和普通，它（似乎）从一开始就应该是低调的，是由各个微小的部分、各个仓库里的货物组成的，就像一个大家庭里的老大叔，块头很大，但并不是万能的，他是一个正直的人，但并不帅，也不浪漫，他做着普通的工作，从来没有结过婚，大家都认识他，但没有人真正爱他。

但是，在这些紧闭着的仓库窗户后面，艺术家们正在工作。

皮特想：很多艺术家都住在郊区，这样的居住环境会影响到他们的作品吗？当然，有些年轻的艺术家可能是因为穷，他们应该是些穷人，但是在以前，贫穷的艺术家们也是住在巴黎、柏林、伦敦这样的地方，或者住在格林威治村。如果因为生活成本原因，印象主义的画家突然离开巴黎，搬去了普罗旺斯，那么印象主义还会存在吗？是，他们生活拮据，但他们还是住在美与堕落同时存在的地方；他们住的城市或村庄可能不是那么精致，但都有着古老丰富的历史内涵，他们神圣的权利不仅是要求能够生存，还要求能够挥霍他们的习惯和个性。但布什威克刚好与之相反，这里基本上什么都没有。它的创建者几乎没花任何心思，即便是最古老的建筑，一眼看去，也知道是在当时以最低的成本匆匆建成的。在这样的一个地方，想要创作出虽不完美但却深刻的作品，不是显得有点……傻吗？我的意思是，布什威克也好，美国也好，大商场也好，我只是想剥开凡尘的外皮，看一看另一面有些什么闪光点，这难道不对吗？

是谁曾经说过，有什么样的国家，就会有什么样的政府？那么是不是有什么样的美国，就会有什么样的艺术呢？

现在，皮特来到了格罗夫的工作室，是位于威尔逊工业区里的一幢楼房。皮特按响了门铃上的对讲机。

"你好。"一个深沉的声音，很悦耳。

"你好。"皮特·哈瑞斯说，酷劲十足。

门开了，他走进大堂，如果这也能叫做大堂的话——天花板上是不断闪烁的日关灯，门口铺着浅黄色的油毡地毯，整个房间没有任何特色，在一块裂了缝的玻璃后面是一块褪色的黑板，黑板上还用白色的粉笔写了一些字，已经被擦得模模糊糊了，写的是一些小公司的名字，这些公司至少在二十年前大概就已经不存在了。

皮特走近电梯，一股奇怪的味道，闻起来像是葡萄味的泡泡糖。电梯门吱吱呀呀地关上了，皮特突然很害怕被困在这里面，或者说，更恐怖的情况，电梯还没到格罗夫所在的六楼，就停住了，然后往下坠，可能是它的缆绳被老鼠咬断了，再也承载不了所有的重量，求求你，上帝（或是皮特在慌乱中会求助的其他神灵），千万别让我死在这个电梯里，我只不过是来看一样连我都不确定要不要的东西，就这样死了未免太可怕了——皮特·哈瑞斯在去看一位艺术家的作品时，走到了自己生命的尽头，而这位艺术家的作品既不出名，也不值钱，但皮特觉得自己能把它们卖掉。

电梯到达六楼的时候停下了，微微抖了抖，门还是没有开，等到门终于打开的时候，皮特发现自己手心全都汗湿了，他觉得有点尴尬。

门一开，直接就是格罗夫的工作室。居然整层楼都是这个该死的家伙的该死的工作室。这家伙家里肯定很有钱。即便是像格罗夫这样的新星艺术家，也不可能靠自己这么快赚到这么多钱。

皮特走出电梯，走进一片宽阔的空间，像破败宫殿的前厅，空空如也（除了有点超现实主义风格的布置，一个破旧的沙发，两把摇椅，还有各种颜色的油彩），从积满灰尘的窗户中透过的光线也显得脏兮兮的。地板上传来一阵皮靴的声音，来的正是格罗夫本人。皮特知道他们的规矩——他们从来不会站在电梯门口等着迎接你。在他们的世界中，最大的罪过就是对人过分热情、总是想要取悦别人，成功的艺术家总是深谙此道，不懂也不在乎这个道理的人则会沦为哈德逊河谷小镇上的怪人，他们和任何一个愿意听他们说话的人争论他们一辈子都在妄想着要在当地的某个画廊开自己的年度画展。

现在，站在他面前的是鲁伯特·格罗夫。

他屈尊前来了。面色苍白，个子矮胖，像个摇滚明星（这些孩子虽然身材不像样，但还是显得那么酷，他们是怎么办到的?），深红色的头发很零乱，大圆脸很讨人喜欢。穿着一件皱巴巴的薄 T 恤衫，上面印着奥斯卡·梅尔的商标，一条灰色的迪奇斯工装裤。

"嘿哟。"他说。毫无疑问，他的声音很动听、很醇厚，像是音乐。如果他的人生还有一次选择，说不定他可以去当歌手。

"我是皮特·哈瑞斯。幸会。"

他伸出手，格罗夫紧紧地握住了。皮特身上穿着西装，比面前的这个男孩至少大了二十岁，他可不是那种用"嘿哟"来跟人打招呼的小伙子。

"谢谢你能来。"格罗夫说。好吧，他不是那种自大的人，或者说，还没有自大到让人无法忍受的程度。又或者，他的自大要等一会儿才能显现出来。

"谢谢你让我来。"

格罗夫转过身，往昏暗的工作室里面走去。皮特跟在后面。

"那么，"格罗夫说，"我已经在电话里说过了，我现在只有两件青铜作品，不过都还不错。它们是……是我为贝蒂画廊的展览准备的。"

我们还是不要讨论这个话题，至少现在不要。

皮特说："我也告诉你了，我有一个很好的客户，我觉得她应该会喜欢你的青铜作品的。"

"她叫什么名字？"

"卡罗尔·波特。"

"我不认识她。她是什么样的人？"

很聪明。即便能赚再多钱，你也不想把你的作品卖给随便某个人。

"她住在格林威治。比较挑剔，但并不古板。她买了一幅卡林的画，一幅冈萨雷斯·托雷斯的画，还在能买得起的时候，买了一幅相当别致的莱曼的画。"

不过有些东西就不要再提了，比如艾格尼丝·马丁的画，比如她买来放在北花园里的欧登伯格的雕塑。很多这些年轻的艺术家对老迈年高的艺术大师，有些是尊重，有些是鄙视，你永远都猜不到哪些大师会被他们奉为上宾，哪些会被他们蔑视。

"你觉得她会认为我的作品太前卫了吗？"格罗夫说。

"她需要一些前卫的作品，她自己也知道。老实说，你的作品是要去换下一件沙夏·克里姆的雕塑。"

"他的东西都很难看。"

"卡罗尔·波特觉得非常难看。"

在这间灰暗的大房间最里面，一根长铁杆上搭着一张灰色的破旧帘子。格罗夫把帘子掀开，他们才算是进到了他的工作室。看来，他决定让来这里的人一开始都先进入一个宽敞的空间——或者说一个大厅，你想怎么叫都行——至于他为什么要这样布置，皮特就不得而知了。也许是想要《绿野仙踪》那套把戏，主要是针对皮特这样的访客——你等着瞧，看看帘子后面藏着什么，就是这种策略。

帘子后面是格罗夫的工作室，装饰得很粗糙，大概是四五米见方。格罗夫比很多其他的艺术家都要有条理。他在墙上钉了一块木板，把各种各样的工具挂在上面，有些工具还很漂亮，有钢丝刮刀、长木桨、带木柄的像锥子一样的工具，都是用来对蜡或陶土进行雕塑的。工作室里充斥着一股热蜡的味道，不仅很好闻，而且让人产生一种很平静的感觉，仿佛是童年记忆中的味道，但皮特也想不出到底儿时的什么活动是可能和热蜡有关的。智慧女神在特尔斐①给世人的第一个神谕就是一间用蜂蜡和鸟翼做成的小屋——也许是种族感的记忆吧。

就在这儿，在沉重的铁桌上，正是他的作品。一口一米二、三高的青铜大缸，被打磨得很光亮，露出那种青铜特有的绿中带褐的颜色，大缸有一个角，还有把手，样式很经典，底部略小，圆形的把手很大，这种样子的把手是公元前五世纪的工匠们无法想象的，但让人有一种滑稽的感觉。那卡通般的风格，对凡尘的满足感，不仅使它有别于别的仿制品，而且有别于任何出土文物。

好吧。第一眼看到它，在这样的环境下，还是觉得它不难看的。它有重量，有质感。但有一个问题，几乎任何一个东西，如果摆在纯白墙壁、光滑地板的展厅里，它看上去都会像一件艺术品，虽然做艺术品生意的经纪人们都不愿意谈论这一点，哪怕是在没有外人的场合。纽约，或者说世界任何一个地方的经纪人，都曾经接到过这样的电话：我在画廊里看到它的时候是很喜欢的，但现在我把它摆到了我家的客厅里，看上去就不太对劲了。当然，经纪人们也都会给出标准的答案：艺术品本身对于环境是非常挑剔的，我到时候去你家看看，如果想不出办法，你当然可以退给我们……但很多时候，真正的情况是，当一件艺术品被摆

---

① 古希腊都城，因太阳神的神殿而闻名。

在客厅里时，你会发现这件作品缺乏在现实环境中展现艺术的能力，更何况房间本身也布置得没什么水平（很多房间都是这样——有钱人总是喜欢把自己的房子装饰得金碧辉煌，用上各种天价的花哨材料）。很多经纪人会认为是房间布置的问题，皮特却很明白——这些房间不仅仅看起来花哨又俗气，还带着一种征服者的感觉，那些被摆进来的画或雕塑就像是它最近的俘虏。但皮特也相信，真正的艺术品可以属于某个人，但绝不是一件附属品，它会散发自己的威严，那是一种奇怪又带着自信的美（或者说丑），哪怕是周围摆上最昂贵的沙发或茶几，也不能压过它的风头。真正的艺术品会统领整个房间，顾客不应该打电话来说这件艺术品不好，而是应该说这件艺术品让他们认识到整个房间的布置是一个可怕的错误，希望皮特帮他们推荐一个更好的设计师，把整个房间都重新装饰一番。

应该说，格罗夫的这口大缸感觉就像是那种有自己个性的东西。它有艺术品最重要、最关键，但也无法用言语来描述的特征——一种威严感。当你看到的时候，你就会明白了。有些东西就是有一种力量感，这种感觉和它们本身看得见、说得出的样子有关，但又不完全局限于此。就像一个谜，也是我们会喜欢它的原因（我们中有些人确实喜欢艺术）。西斯廷教堂的壁画不仅仅是画得很漂亮，它更像是一首交响乐。从一般的物理法则来说，它在教堂里达到的效果是任何一幅平面绘画无法企及的。

皮特走到大缸前面。在缸体的一侧刻着各种粗俗下流的话，字体很整齐，像一个个潦草的象形文字，出自一双训练有素、略微女性化的手。在面对皮特的这一面，刻着至少四十个对女性生殖器的不雅称谓，一首侮辱女性和同性恋的嘻哈歌曲的歌词（皮特不知道是哪首歌，他对嘻哈音乐完全不感兴趣）；瓦莱里·索拉纳协会的杀人告示的一部分（皮特看出来了）；还有一个网站上某人想找哺乳期女性给他喂奶的告示，全都不堪入目。

这个不错。虽然算不上高雅，但确实不错。它作为一件艺术品，不仅很有存在感，还有些实际的意义，这在现在来说是很难得的——意义，是一个很细微、很简单的概念。它能让我们想起从小到大的大致经历，歌颂那些伟大的纪念碑和来之不易的胜利，尽管它没传达出人类的苦难，同时又呈现出一种隽永的特质，能够保存到遥远的未来，向以后的人们（格罗夫这么说）述说现在的故事。

也许皮特真的对自己要求太严厉了。对格罗夫也太严厉了。

是的，他已经准备好了该对卡罗尔怎么说。实际上，这番说辞会非常精彩。它有鲜明单纯的观点，可能并不具体，但绝不幼稚、绝不肤浅。再说，在这样的时候，口才好是一件很重要的事。它是一种技能。

"这个很不错。"皮特说。

"谢谢夸奖。"

这口大缸上侮辱女性的那些话会让（很有可能）卡罗尔感觉不舒服，她并不喜欢很另类的东西（皮特把那件克里姆的作品卖给她时，到底在打什么主意?），但这口既简单又特别的大缸能给她和客人一个有趣的谈论话题，可以和陈氏夫妻、瑞克斯夫妻谈，或其他任何一对夫妻谈。

"我想把这个给卡罗尔看。你愿意吗?"

"当然。"

"我已经跟你说过了，如果她喜欢，她希望能把这个马上就摆到她家去。"

"看来波特女士是个想要什么就要得到什么的人，对吧?"

"可以这么说。但她绝对不是一个嚣张跋扈的人。如果明天我们能把这个摆到她的花园里，后天陈志和陈红就能看到了。你大概也知道，这对夫妻很有钱，也喜欢买艺术品。"

"那好，就这样吧。"

"那就这样吧。"

他们一起站了一会儿，看着那口大缸。

"我的人明天就会去卡罗尔家，把克里姆的雕塑搬走。"皮特说，"他们出发的时候，就可以把你这口大缸带过去。"

"克里姆都用哪些材料来做雕塑的?"格罗夫问。

"沥青啦，树脂啦，马毛啦。"

"还有……"

"老实说，他不太愿意说自己用的是什么材料。我也不想问。"

"我听说其中一个在当代艺术馆展出时，脏水滴得到处都是。"

"所以我画廊的地板都是水泥的嘛。对了。我明天中午带我的人来你这里，可以吗?"

"你动作很快啊，皮特·哈瑞斯。"

"确实。而且我能保证我们这么帮她的忙，卡罗尔绝不会杀价的。"

皮特从来不给自己做广告。动作快、人脉广的皮特·哈瑞斯总是用行动来说话，下一次当他们讨论代理的问题时，就会是格罗夫来求他。如果想和艺术家在未来建立长期稳定的合作关系，最好的方法就是表达出你对他们作品的欣赏，然后等着他们来找你。

"好的，中午可以。"格罗夫说。

"当然，我明天会把有关文件带来，不会让你白白把这件作品借给我的。"

"知道。"

"那很好。"皮特说，"很高兴能和你合作。"

"我也是。"

他们握了握手，一起朝电梯走去。格罗夫在工作室后面的卧室一定很小——这层楼不可能有那么大。艺术家，尤其是年轻的艺术家们大概都一样——工作的地方漂漂亮亮，住的地方乱七八糟。没有床，就在地上摆一张破床垫睡觉，脏衣服扔得到处都是，厨房里只有一个电烤箱和一个小冰箱，厕所一点点大，还脏得不可思议。有时候，皮特会想，他们是不是因为是艺术家才免不了带点女人气，才故意这样。

格罗夫按了电梯。现在，等待的时间有点让人觉得尴尬。他们把要说的话都说完了，电梯怎么这么慢啊。

皮特说："如果卡罗尔决定买你的作品了，她肯定会希望你上她家，去看看你的作品摆在那里是什么样子。"

"实际上，我也想去看看。我们俩都在相互考察期，对不对？"

"是的。"

"是摆在花园里，对吗？"

"是，一个英式的小花园，有点杂乱，草木太多。你也知道，和那种整整齐齐的法式花园不同。"

"听起来应该还不错。"

"确实很漂亮。你看不见花园里的流水，但能听到流水声。"

格罗夫点点头。这次的交易，为什么他会感觉……为什么会感觉，怎么说呢？每次的交易不都是这样吗？

这就是交易，当然就是这样，每个画家，包括维拉斯凯兹和达芬奇都要做交易。但格罗夫身上有一种气质，很多艺术家都有这种气质，那就是对买家和自己作品的理智考虑。这是一种特别的冷静。皮特，你难道愿意和一些歇斯底里的艺术家打交道吗？你难道欣赏那些动不动就要求你给他们办大型展览的疯癫艺术家吗？你无心的一句话，就可能惹得他们大发雷霆，说不定还会在最后一分钟拒绝交出自己的作品。你难道愿意同那样的人打交道吗？当然不愿意。

但是……然而……

电梯吱吱呀呀地上来了。皮特意识到：在历史上，很多像格罗夫这样的人大概都是镀金师、画匠和雕刻师，会帮真正的画家画好背景的图案，给已经完成的画作贴上金叶子。他们为自己的作品感到骄傲，但也不会真正投身其中。他们一般都有各种各样的怪癖，但他们不是疯子，他们只是劳动者，他们必须在经济社会中谋生。他们奉献自己的时间。他们白天工作，晚上睡觉。

那么，那些真正有远见的艺术家在哪里呢？是不是都迷失在毒品和冷峻的现实中？

电梯门打开了，皮特走了进去。

"那明天中午十二点见。"他说。

"好，到时候见。"

电梯又吱吱呀呀地下到了一楼。

皮特的肚子突然又不舒服起来。该死，难道又要吐了吗？他扶住电梯的墙壁，墙壁上贴着塑料纸，死尸般的颜色。他突然情不自禁地想起了马修，马修现在躺在密尔沃基的公墓里（那里的四月还是冬天），大概只剩下一把骨头，下葬时穿的西装应该已经烂成了碎片。唉，这太不公平了，这么多的男男女女，无论是生活得成功还是潦倒，至少都还活着，而马修，他比很多人都更英俊、更聪明、更有天赋（也许是），却早已离开了这个世界。马修的英俊和魅力不仅没有拯救他，反而加速导致了他的毁灭（这想法多可怕）。而丹尼尔则被埋葬在离马修一千英里的地方（应该是在东海岸的某处），他曾是马修最深爱、最珍爱的人，就是他的比阿特里斯。（皮特干嘛老惦记着这个名字呢？）这个世界还在继续，还在发展，而这两个年轻人却已经消失了。皮特不能忍受的是，马修的一辈子就这样到了头，没有留下任何东西，皮特多想去帮他，帮他取得一些出色的成就，让这些成就能延续下来，告诉这个世界（这是一个很健忘的世界）他曾经来过，但这些现在还有什么意义呢？有一天，会有一些人（也许是外星球来的考古学家？）知道我们曾经在这个世界上奋斗、生活过，爱过也被爱过，我们之所以重要，不仅因为我们留在身后的东西，也因为我们那虽然容易被毁但也无比高贵的肉体。

一楼到了。你没有死在电梯里。带上你那恶心的肚子，赶紧走到外面去吧，赶紧回到你的生活中去吧。

晚上，瑞贝卡给皮特开了门，给了他一个不同寻常、充满热情的吻。

"今天怎么样？"皮特问。见鬼，白天他忘记给她打电话了。不过她也没有打给他，对不对？

"还不错。"她说。她边说边朝厨房走去，他们每天下班回来，都要喝一杯马提尼的。她还穿着上班时的套装。最终，她还是选了那条黑色直筒裙和棕色羊绒衫。

"我觉得他会买下我们的杂志社。"她说，"我觉得我们也会接受。"

皮特像往常一样，一边在客厅里转，一边脱衣服。扔掉鞋子，脱掉西装外套，搭在沙发背上。

等一下。

"错错在吗？"他问。

她把冰块扔进搅拌机。多么动听、多么悦耳的声音。

"不在，他和一个朋友吃晚饭去了。说是他以前认识的一个女孩子。"

"我们……应该担心他吗？"

"嗯，我觉得，他的每件事我们都应该担心一下。我觉得他这次来，有点奇怪。"

他又开始吸毒了，瑞贝卡。皮特·哈瑞斯，赶紧告诉你妻子，她的宝贝弟弟又开始吸毒了。赶紧告诉她。

"比以前还奇怪吗？"他问。

"说不出来。"她把伏特加和一点点苦艾酒也倒进搅拌机。最近他们都越来越爱喝苦艾酒了——这种是五十年代马提尼的做法，是老人家才爱喝的口味。

她说："他给我留了一通语音留言，说要和以前的一个女朋友出去吃晚饭，不会回来太晚。"

"听上去很正常啊。"

"我知道。但我还是觉得，他说'以前的女朋友'会不会是什么隐语？你懂我的意思。但我不能这样想，是不是？"

"可能吧。"

"我和碧儿在一起的时候是不是也这样？"

"碧儿又没有吸毒。"

"我们能确定吗？我的意思是说，我们怎么确定呢？"

"算了。碧儿不是好好活着吗，她很乖的。"

"碧儿是好好活着。我每一天都祈祷她能好好的。"

"希望她一天比一天好。"

"是啊。"

瑞贝卡摇着搅拌机里的酒和冰块，她好像突然变成了某个酒吧工作的女招待，当然她穿的衣服并不像，但看看她的动作，那么熟练地摇着酒，想象一下，如果她真是酒吧的女招待，说不定会带着你走到柜台后面的小房间，在一堆啤酒箱上和你做爱，那么冷酷，但又充满激情，让你头晕目眩，当你们俩都达到高潮以后，她会装作若无其事地回去工作，从吧台后面给你悄悄抛个媚眼，告诉你下一杯酒不收钱。

她把调制好的马提尼倒进两个杯子。皮特一边解开衬衫上的扣子，一边走进厨房。

"你知道错错什么地方最让我生气吗？"她说。

"什么？"

"就是我居然在这过去的五分钟里说的都是他的事，我还没告诉你我今天的交易呢。"

"那就告诉我呗。"

他从厨房的桌子上拿过酒杯。他们一起碰了个杯，开始小口喝酒。天呐，太好喝了。

"主要就是这个杰克·拉斯，电话中的他比我们预料的好多了。我知道，那样想不好，但我们一开始都以为他会是唐人街上暴发户的那种角色呢。"

"但他其实是什么样呢？"

"他是一个很会说话、很聪明的人，他曾在纽约、伦敦和苏黎世都生活过，还有，你知道，在木星上生活过，最近才回到他的家乡蒙大拿州的比灵斯。"

"因为……"

"因为那里很美，那里的人都很善良，还因为他的母亲开始戴三顶帽子出门了。"

"有道理。"

"他说话就是很有道理。我必须不断提醒自己，几乎每个人都是会撒谎的。"

"他为什么想把杂志社买下来呢？"

"他想让比灵斯成为一个虽遥远但却高雅的艺术中心，就像玛尔法。"

呃——哦。

"那么，"皮特说，"让我猜一猜，他是想把杂志社移到蒙大拿去吗？"

"才不是。他从来没有这么说，我敢肯定，他也知道那是不可能的事。他会帮我们把杂志社继续办下去，作为交换，他希望我们能对他进行文化艺术上的指导，帮助他设法开始某种事业。"

她小心翼翼地看着他，喝着自己杯子里的酒。皮特，千万别因为这个生气。

"他想要你们开始什么事业呢？"

"这就是问题所在了，对不对？"她很有耐心，她很冷静。好吧，她在操控着他，因为她知道他对在比灵斯或是别的什么地方"开创文化事业"的看法，那些运筹帷幄，那些合作策划的事情，他都很清楚。"文化事业"难道是可以人为创办起来的吗？

但瑞贝卡现在不想和他吵架，不是现在，不是今晚。

她说："应该不是电影节或者双年展之类的。这是一个很有意思的挑战。我们都觉得，这是一次很有意思的挑战。"

皮特笑了，她也笑了，他们都喝了一大口酒。

她说："所以我们付出的代价其实也并不大。对不对？"

"对啊。"

"你今天去那个人的工作室了吗？"

"去了。他的东西还不错。"

"只是不错？"

"我们叫外卖吧。我快饿死了。"

"中餐还是泰国菜？"

"随便你。"

"那好，就中餐吧。"

"为什么不吃泰国菜？"

"去你的。"

她拨通了手机上的一个快捷键，照旧定了姜汁鸡、黑豆汁明虾、干煸四季豆和糙米饭。

"那么，"她挂断电话，对皮特说，"只是不错吗？"

"不是，当然不是，相当好。看起来相当好。那种感觉是光看照片体会不出来的。"

皮特脱掉长裤，把它堆在地板上。他过一会儿会把自己的衣服收起来，这种事他是不会指望妻子来做的，但他现在就是想把它乱扔一气。他现在成了个有所保留的人，他穿着一条白色的短裤（有一点点尿渍，但基本上看不出来）。

"你觉得卡罗尔·波特会买一件吗？"她问。

"很有可能。她应该买。格罗夫大概还会红好一阵子，我觉得。"

"皮特？"

"什么？"

"算了。"

"别说一半又不说了呀。"

她小口喝着酒，停了一下，深吸一口气，又开始喝酒。她是想说点什么的，是不是？她到底想说什么？

"我对错错有种很不好的感觉，"她说，"我害怕你已经对我失去耐心了。"

有时候当她谈起错错时，她消失已久的弗吉尼亚口音又会冒出来。

"我真的没耐心的时候，会告诉你的。"

"只是……我也不知道这是我胡思乱想还是什么。但我敢发誓，上次他发生意外时的那种感觉又回来了。"

你们泰勒家的人。总是喜欢把他的错误都说成是"意外",是不是?

"是什么样的感觉?"皮特问。

"就是一种感觉,说出来你会觉得我婆婆妈妈的。"

"说说嘛。我很好奇。你也知道,我是很有科学家精神的。"

"嗯。就是,错错每次有什么新打算时,都给人一种特别的感觉,他的那些新点子,他自己觉得很棒,而大家都知道,它们其实非常非常糟糕。这很难形容。就好像是那些有偏头疼的人能感觉到的一种气场,我就在他身上看到了一种气场。"

"你现在也能看到?"

"我觉得能。"

皮特知道错错的整个故事。他在十六岁的时候一定要去看德里达,便去了巴黎。家人把他从巴黎带回来没多久,他就开始吸食海洛因,被送进戒毒所,他又从戒毒所偷溜出来,去了纽约,谁也不知道他去那里干了些什么。他在曼哈顿住了一年以后,重新去读了高二和高三,这个时候,他成了模范生,考上了耶鲁大学,大学头两年,他的表现仍然很好,但他突然没有任何征兆地退了学,去了俄勒冈的一个农场工作。后来,他重新回到了耶鲁,重新开始吸毒,这一次吸的是冰毒。错错在他朋友的一辆本田车里发生了那个"意外"。他对耶鲁并不满意,不想毕业。他去走了圣地亚哥之路①。随后他搬回了里奇蒙德,在自己的房间里住了差不多五个月。错错戒掉了冰毒(反正他自己是这么说的)。错错去了日本,对着五块大石头坐了很久。

错错从十二岁开始和女生约会,他们知道(当然还有不知道的)的

---

① 从法国南部通往西班牙加利西亚圣城的道路,是中世纪欧洲基督教徒的朝圣之路。

他的女朋友包括下列这些：一个幽默、爱说话、长得像夏洛特·盖斯伯格的女孩子，她当时已经读高二了，而错错还只念初三；错错在读高中的时候，又和全校最漂亮、最有钱的女生约会，他还被选为高二的班长；他读耶鲁大学的时候约的是一个黑人女孩，现在那个女孩子应该是奥巴马政府智囊团的高级助理了；（据说）大学时还和一个文学课的年轻男教授好过，后来则是和讨论课上一个骑摩托、很好学的男生（这个传闻更可靠些）；还有一个几乎不会说英语的墨西哥女孩，她很漂亮，后来却伤透了错错的心（这又是一个传闻），在她之前和之后，从来没有哪个女生让错错那么伤心；错错再次回到耶鲁后，宣称过了一段单身生活（也是在这期间，他开始吸食冰毒）；接着是一位南美女诗人，很优雅，但年龄大概不止她自己说的四十岁；然后是一个温和乐观的女孩子，接着顺理成章地，是一个漂亮却变态的英格兰女孩，还差点放火把家里的房子烧光，最后幸好只是把阳台的东边熏黑……这些是皮特和瑞贝卡知道的情况。到底还有多少其他的就不知道了。

而现在错错却在这里，和瑞贝卡、皮特住在一起，今天晚上他去会某个不知名的女朋友了。

"你觉得我们应该怎么办？"皮特问瑞贝卡。

她喝光了自己杯子里的马提尼。"还能怎么办？你告诉我。"

她有点生气，是不是？错错的任性怎么成了皮特的错呢？

"不知道。"

"我希望他说想从事艺术行业时是认真的。你能帮我个忙吗？"

"你说。"

"明天你去卡罗尔·波特那里的时候，能带上他吗？"

"你希望我带上他，我就带上他。"

"我知道他是怎样的。他可能在我这里住上好几周，每天都说想去从事艺术行业，但其实什么都不做，再接下来，说不定就跳上一艘招募船员的海船，去拉美的马丁尼克岛远航了。如果你能让他了解艺术行业到底是怎样的情况，我觉得会对他有所帮助。"

"还不就是把一样非常贵的东西卖给一个非常有钱的人，没别的。"

"我觉得，他对这个行业所抱的幻想越少，就越好。如果他不喜欢明天所做的事情，那我也许能说服他去干点别的。而不是这种轻率的打算。"

"我不敢相信，你居然说艺术行业是'轻率的打算'。"

"我现在就是个爱瞎操心的家庭主妇，我也没办法。"

"我觉得错错可能会喜欢卡罗尔·波特的。"

"那也很好。喂，我还要再喝一杯马提尼。你呢？"

"我也来一杯。"

瑞贝卡开始调第二壶酒。也许他们还会喝上第三杯。也许他们俩今天晚上会喝醉，因为他们生活得都不容易，还因为他们都知道错错在外面可能又是在做着什么荒唐的事情。

"瑞贝卡？"皮特说。

"嗯？"

"我在教育碧儿方面是不是完全失败了？"

"碧儿不是个很听话的孩子。我们都知道这一点。"

"这不是我问你的问题。"

"你并不失败。她的所有重要活动，你都去了。你每天晚上都帮她盖好被子。"

"我记得也是。"

她又给他倒了一杯酒。

"你也尽了全力。你不要太自责了，好不好？"

"我对她是不是太严厉了？"

"不是。你很好。不过，你对她的期望确实可能超过了她的能力。"

"我倒不觉得是这样。"

为什么每次出了什么错事时，碧儿和瑞贝卡都喜欢把过错推到他身上呢？

"我有时候去接她放学迟了一点，她都会冲着我大发雷霆。我还以为她会感谢我去接她呢。"

"如果我说她现在只是在叛逆期才对我这样，是不是像在找借口？"

"我觉得她就是叛逆期。但我们还是会担心。"

"确实。我们确实会担心。"

"好吧，"她说，"老实说，天天担心这些任性的年轻人，我都已经有点累了。"

不，才不是。你对错错的担心从来没有让你累过。错错的人生——老实说吧——更有戏剧色彩。让你累的，让我们累的，是我们的女儿。对于错错的问题，我们至少还有些了解，我们还能明白问题所在。而碧儿却过着那样一种简单封闭的生活，穿着酒店的工作制服，和一个奇怪的老女人住在一起，此人整天无所事事、四处游荡，也没有男朋友……她除了这些最基本的情况之外，什么都不跟我们说，她让我们更难懂，是不是？

"关于错错。"

"怎么了？"

他到底想说什么？他想告诉她整件事情，但这整件事情会让她和她那两个姐姐好心办坏事，她们会想要努力让错错变成一个普通人，觉得只有这样才能拯救他，这……见鬼……他当然不应该再次吸毒，但他也不应该只满足于当一个普通人，做一些"循规蹈矩"的事，我的意思是

173

说，这样当然能保他安稳，但生活在这个世界上，难道只有"安稳"就够了吗？碧儿过着安稳的生活，以她自己的方式。但错错是——也许吧，谁知道？——那种极少数的勇敢、聪明又复杂的人，是不会被生活压垮的人。

所以，皮特·哈瑞斯，难道你要对妻子说，让她最疼爱的弟弟继续吸毒吗？说了你就完了。

"没什么。"他说，"明天带着错错去也挺好。卡罗尔会喜欢她的，她最喜欢聪明又英俊的年轻人。"

"谁不喜欢呢？"

她把一把冰块扔进搅拌机。

所以，皮特知道了。他不打算做那个清醒、负责任的人。他不打算告诉瑞贝卡，她的担心在某种程度上已经成真了。

瑞贝卡，如果可以的话，原谅我吧。我已经自责得无地自容了。我害怕自己有一天会丧命于此。

错错回家的时候，皮特是躺在床上的，醒着。两点四十三分。按照纽约年轻人的时间标准，不算早，但也不算晚。他听到错错轻轻的脚步声走过客厅，走到他自己的房间。

你去哪里了？

你和谁在一起了？

你是不想吵醒我们，所以走路这么轻，还是因为你刚刚去吸了毒？你是不是觉得每一脚踏下去都是走在闪光的地板上？

错错走进了他自己的房间。但是，在脱衣服上床之前，他开始用很轻很轻的声音说话。一开始，皮特以为他是把谁带回了家，但不是，他只是在手机上打电话。皮特能听到他的声音时高时低，隔着墙壁，他听不清楚他说的内容。现在已经是凌晨两点五十八分了……他还在给这个人打电话。

皮特一动不动地躺在床上。是谁，错错？是卖毒品的人吗？你的毒吸完了吗？你是打算二十分钟以后和他在街角碰头吗？还是和你刚刚发生了关系的女孩子，你把她一个人留在床上，所以打个电话去安慰她？

好吧。好吧。你宁愿那是毒品贩子。你不希望错错去见另一个女孩子，是因为，坦白说吧，你想拥有错错，就像你想拥有艺术品一样。你想要他聪明的头脑，你想要他自我毁灭的阴暗气质，你想要……他的存在，他完全属于这里的存在，你不希望他去陪别人，尤其是女孩子，因为女孩子能给他你给不了他的东西。你不傻，你是疯了，但你不傻——错错已经成了你最喜欢的一件艺术品，或者说是一种行为艺术，你想要收藏他，你想要成为他的主人、他的知己（记住，错错，我随时可以说出你的那个秘密），你不希望他死（真的不想），但你想教化他，你想成为他的唯一……他的唯一。这就够了。

马修已经躺在威斯康辛州的一个坟墓里了。碧儿现在大概正在给某个色迷迷的生意人倒鸡尾酒。

今晚看来要吃两粒蓝色药丸才睡得着了。

平庸的珍藏品

　　从市中心开往格林威治的城铁穿过了一片郊区住宅区，这么说吧，如果有外星人来访地球，我们绝对不想让它们看到这里。看呐，这里是卢森堡花园，请允许我介绍一下这幢小巧的建筑，我们管它叫蓝色清真寺。这就是纽约市周边的情形：高高的铁丝网栏杆里是一个个或开工或已经破产的工厂，灰色的砖房是政府的保障住房项目，之间隔着一处处小树林，但里面到处都是垃圾，似乎证明了大自然在人类的愚蠢面前也是脆弱的。T. J. 爱科博格医生的眼睛①在这里也并非一无用处。

　　错错坐在皮特对面，看着窗外荒凉的郊区景色。他膝上放着一本《魔山》，书是打开的，但他并没有看。泰勒一家人都有一种镇定的气质。他们说话的时候总是不紧不慢。哈瑞斯一家人则恰恰相反，他们总是说个不停，不是为了娱乐，也不是为了交流，只是害怕沉默太久也许

---

① 引自菲茨杰拉德的小说《了不起的盖茨比》，象征看见了一切的上帝。

就会掉入一个忧郁的深渊，他们害怕那种冷冰冰的沉默永远也无法打破，因为他们从来也没什么可以使谈话起死回生的共同话题（至少他的父母没有任何共同话题），所以他们需要不断地表达自己的观点，有时是习惯性的指责（你知道吗，我从来都没有相信过那个人），有时是长久以来的喜好（我知道中国菜不卫生，但我根本不在乎）。皮特的妈妈就是一个很爱说话的人。她几乎总在一刻不停地抱怨，却并不显得很讨人厌。与其说她是反复无常，不如说她有一种母仪天下的气质，她好像是从一个更好的世界被派到这个世界来的，她总是选择忍气吞声，所以并不尖酸刻薄——但她在生活中的每一刻，似乎都在暗示，虽然她对每一个人、每一件事都表示反对，但她之所以这样，是因为她是某个乌托邦的掌控者，所以她凭经验就知道，我们所有的人都应该做得更好。她绝对不想生活在别人的指挥之下，但她自己却正是一个喜欢指挥别人的人——如果她能够真正掌控一切，她也许就不会再抱怨了，但如果她不再抱怨了，那她还会是她吗？

皮特的父亲总是想办法逗妻子开心。他向她指出生活中的美好和苦难，他抓住她的手，像个小猴子一样啃她的手指甲，他在《电视节目指南》上找她喜欢看的老电影，即便是囊中羞涩的时候，他们每周也会去一次"不错"的餐厅吃饭。他们人到中年的时候，已经成了别人眼中有点神秘的夫妻，那种她怎么配得上他的夫妻（随着年纪增大，他越来越帅，而她的美丽却在日渐消退），但皮特知道，他们只是青春不在，早已没了小夫妻之间的那种再普通不过的热火劲：母亲年轻的时候一定是个美丽的冰美人，而父亲则是个英俊、瘦弱的小伙子，知道自己有很多竞争对手，但最后还是抱得美人归。

是的，读者们，她最后嫁给了他。

他们的婚姻并不失败，但也算不上成功。她是一个太昂贵的战利品，而他则是一个太卑微的追求者。

他们之间的交谈总是针锋相对，仿佛有一个模糊的声音在不断提醒他们，他们俩是夫妻，他们有两个儿子，他们要一起过日子，他们有很多事要做、很多困难要克服，他们要把自己的世界通过一个又一个符号传达给对方，到了这时候，对他们两个人来说，比守在一起更糟糕的就是尝试分居。

里奇蒙德的泰勒家不存在话不投机的问题，但他们的生活目的却完全不同。他们认为，没有什么是永垂不朽的，也没有什么可以完全掌控。他们从本质上是散漫的，这也就影响到了他们的四个孩子，每个孩子都是自信满满。错错绝对就是这样——总是很有气场，很有存在感。与其说那是一种骄傲，不如说就是一种简单而普通的自信，只不过普通人很少能有这样的自信，所以他才显得特别突出。你看看他，膝盖上放着一本大书，看着窗外的风景，不是精神恍惚，而是镇定得像一个王子，有权去任何他想去的地方，如果说有人要通过说话来逗乐别人或是分散别人的注意力的话，那这个人绝对不是他。

皮特说："很难相信吧，这里离契弗①的家乡只有半个钟头的车程。"

错错说："那他一定也是坐这条城铁去纽约的。"

"大概是吧。你喜欢他的作品吗？"

"嗯。"

答案应该是肯定的，但显然在这个话题上，也没有什么好多说的了。错错仍然看着窗外匆匆而过的风景，皮特觉得他是不是故意在对自己展示他坚硬下巴、高耸鼻子的完美侧脸。他是不是比碧儿大三岁？那就应该是三十了吧。

———————————

① 约翰·契弗，美国著名的短篇小说家。

碧儿——总是一副迷失的表情，对陌生人充满敌意，喜欢啃自己的手指甲，穿着那件便宜的宽大运动衫，不过在她那间几乎没有暖气的公寓里，可能只有穿这个才能保暖吧——你和我都知道，你之所以恨我，是因为你觉得我认为你不够漂亮，而你也开始相信这点了。我们从来没有跟任何人说过，也没有向对方说过，但我们都心知肚明，是不是？我已经尽力了，但是，当你四岁，你穿上你最喜欢的那条黄色紧身裤，我还是朝你皱起了眉，当你七岁的时候，你想要那套白色和金色条纹的睡衣，我又冷冷地拒绝了你，是的，我也不喜欢你第一次用自己的钱在工艺品集市上买来的那条银项链。虽然我从来不说什么，但你喜欢的那些东西，我都不喜欢——我不想成为一个差劲的家长，真的——我觉得我们之间有一种心灵感应，而你一直都是知道的。后来，当你开始发育后，你的臀围越来越宽，你的脸蛋如花儿般绽放，还带着一些笨拙的感觉，我发誓，我发誓，我对你的爱没有一丝一毫的减少，但那个时候已经迟了，不是吗，你已经认为我不爱你了，我无能无力，无论我对你付出了多少关心，也无论我对你说过多少次我爱你，你都已经不再相信我了。你认为，如果我不喜欢你那条尿黄色的紧身裤，不喜欢你那张白色顶蓬的公主床，那我怎么可能是爱你的呢，你当时已经到了青春期，身体中沉睡已久的遗传基因好像是突然被唤醒了（是我的遗传基因，碧儿，你妈妈可不是挤奶女工和伐木工人的后代），但最终的结果却并不令人满意：你还不到十四岁，就已经发育得很好了，丰乳肥臀的，是将来会生很多孩子的那种类型，长相却很普通。你的父母都是苗条又漂亮，但你却不是，这是基因给我们开的玩笑吧。

　　我让你觉得自己是个丑小鸭。所以你连在电话里都不愿意同我说话。

　　"你觉得托马斯·曼怎么样？"皮特问错错。作为哈瑞斯家的一员，他绝对无法忍受沉默，他觉得一沉默自己好像就会消失一样。

“我很喜欢他，好吧，喜欢还不是太准确。应该说我很崇拜他。”

“你这是第一次看《魔山》吗？”

“是，也不是。我在大学的时候看过一次，不过五个钟头就把它看完了，当时是为了交作业。现在是想认真地再看一遍。”

皮特说：“我读大学的时候，如果不是靠喝咖啡和赶速度，大概也毕不了业。”

现在，错错终于把头从窗边转过来，看着皮特。错错和皮特都在暗暗想着：为什么皮特要说这句话？他是再一次告诉错错，他会保守他的秘密吗？还是他也想把自己说得酷一点？

想想那天晚上他在第八大道上看到的那个擦口红、戴假发的老男人吧。想想奥森巴赫①本人吧，不也擦着口红，染着头发，最后死在了沙滩上的一张躺椅里，而那时塔吉奥正在浅水湾里游泳。

见鬼，皮特。这是你的生活，不是什么《魂断他妈的威尼斯》（不过有趣的是，错错带在路上看的恰恰是曼的书）。是，你年纪不小了，你对一个比你年轻很多的小伙子产生了好奇心，但他不是塔吉奥那样的小孩，你也没有奥森巴赫那样的执着。（嘿，你那天不是没让巴比给你染黑头发吗？）

皮特有点心虚地补充了一句：“当然，读大学都那样。”

“你会告诉她的，对吧？”错错说。

“你为什么这么觉得呢？”

“因为她是你老婆。”

“夫妻之间并不会把每一件事都告诉对方。”

“但这不是一件普通的小事。她会为此发狂的。”

---

① 电影《魂断威尼斯》的男主角。

"这正是我还没有告诉她的主要原因。"

"还没有告诉她?"

"如果我到现在还没有告诉她,那很可能此后也不会告诉她了。你为什么这么担心?"

错错又发出一声那种低沉的叹气声,无可否认,这又让皮特想起了马修。

他说:"如果我家里人现在又对我施加压力,那我真的受不了了。我受不了。他们觉得自己做的是对的,他们都是好意,但真的,我觉得他们会逼死我的。"

"这么说也太夸张了。"

他朝皮特投来阴沉而意味深长的目光。早就练习好了的吗?

"老实说,我现在的感觉就很夸张。"

练习过的。绝对的。但很有效。

"是吗?"

谢啦,害羞先生。

错错笑了。他总是能深刻地看清自己——他就像卡通片里的一个角色,冲出了悬崖边,在半空中跑了好几步,然后才停下来,低头看看下面,又抬头看看上面,露出惊恐的表情之后,掉了下去。他压低声音说了几句话,然后自嘲地笑了。他的笑声也是从喉咙深处发出来的,像是木管乐器的声音,也很有感染力。嚯——嚯——嚯——嚯——嚯,比他的说话声更低沉、更浑厚的笑声,好像来自他最真的本质,他内心的幽默感。让人觉得这个年轻人的麻烦只是他的一场恶作剧,但实际上,他是从内心深处认为这一切都很荒唐的。好像他实际上是一个头上有角、脚上长蹄、吹着风笛的怪物。

"是啊。"他笑着说。这个答案是皮特没有预料到的。皮特决定暂时保持沉默。

"我算是完了。"错错说。他止住了笑，但脸上仍挂着悲伤的微笑，好像在暗示，他所说的都是严肃、认真的。

"我是有点发疯了。"他继续说，"你知道。大家都知道。问题所在。"

他看着窗户外面，好像在寻找什么期待中的美景。然后又转过身对着皮特。

"问题是，我现在的情况越来越糟。我能感觉到。在日本的时候感觉就不好。这就像是一种病毒。与其说是在影响我的头脑，不如说是在影响我的身体，我就像发了高烧一样，像得了流感，但不觉得累，只是觉得烦躁。而且，你也知道，没有人明白，真正爱我的这些人都不明白，我知道我现在想要什么，比任何人都清楚。我不是不理解他们的苦心。我的家人、朋友们。但如果让他们来管我，只怕他们会逼死我。虽然他们的出发点都是好的。"

"我能跟你说句实话吗？"皮特问。

"只管说。"

"你说的这都像是胡话。就像是瘾君子说的胡话。"

又是那像音乐一样低沉的笑声。

"除了瘾君子，大概其他人都是这么想的吧。"错错回答。"我能告诉你一件事吗？"

"只管说。"

"每一次我感觉不错的时候，每一次我感觉生活中充满阳光的时候，我都在吸毒。在念高中的时候，在耶鲁的时候，都是。我吸毒的时候，感觉头脑是清醒的，注意力是集中的，人是充满激情的，再说得过分些，我感觉自己他妈的无比聪明。所以，当我停吸后，我就跑到俄勒冈和另外一帮瘾君子挖蘑菇去了。"

"医生给你开的那些戒毒药呢?"

"我都试了。你知道的,不是吗?"

"嗯,是的,知道一点。"皮特回答。

"你觉得我难道不想找到一种灵丹妙药,让我从此改邪归正吗?"

为什么他的想法这么离谱,但还是让人不由得相信他呢?现在皮特该对他说什么呢?

"你真的觉得自己已经努力去试着戒了吗?"他只能这么说。

这个问题问得不对。因为错错脸上的表情开始变了——就像是有一道光亮黯淡了下去。

"我也许是自欺欺人。"错错说。他的声音现在很平静,很自然,有点像是在谈公事的口气。"但我真的、真的相信,我觉得我明白,我想要做个成熟的人。我想要一份工作,想要一间房子,想要一个稳定的女友。我只是。只是需要找到一个自己能接受的方式去做。如果贝卡、朱莉和萝斯又来管我,把我送去戒毒所,我知道我肯定又会逃跑的。顺便说一句,那些地方太可怕了。也许有那么一些戒毒所是挺好的,但那是给有钱人准备的,而我们付得起钱的地方……换了你,你也会想逃跑的。"

"所以,你相信……"

"我相信,我已经开始准备过真正的生活,这是我以前从来没有过的感受,所以,我希望大家能让我自己做主。"

他在说谎吗?他是沉浸在自己的幻觉中吗?有没有可能他是对的,而别人都是错的呢?

他们在格林威治下了车,司机盖斯在等他们,他三十岁上下,眼里透着热情,(皮特猜)他应该是从康涅狄格州某个小镇来的,这些村子为当地的上流社会输送着像盖斯这样的人。这个世界有很多盖斯这样的人——这些姑娘、小伙们长得还不错，从父母、祖父母、曾祖父母那里继承了最好的基因，他们的祖祖辈辈混得既不算太好，但也不算太差，他们生出正直善良的后代，给他们提供了在这个世界上生存所必须的基本条件，但也仅限于此——没有惊世的美貌，没有过人的智慧，也没有勃勃的野心。

艺术的任务不就是去赞扬、歌颂这样的人吗？想想奥林匹娅。一个站街的妓女，在画家笔下却成了女神。

盖斯站在波特家浅蓝色的宝马车旁，他脸庞红润，长着一对招风耳。他微笑着，让人不由得喜欢。卡罗尔是不是说过他和一个"很可爱的当地女孩"订了婚？好吧，"当地"这个词听起来确实带着一丝傲慢的感觉。但这件事也说明，波特对他们家佣人支付的薪水超过了平均水平，他们还会给佣人放假，不会在不加工资的情况下让他们的工作太忙或工作的时间太长。波特是那种相信"佣人就是家人"的人，这确实有点奇怪，但说真的，这些请得起佣人的人大概都有点奇怪吧？

"欢迎，哈瑞斯先生。"盖斯一边说，一边伸出一只红彤彤的大手。

"谢谢你，盖斯。这位是伊森。"

盖斯先握了握皮特的手，又握住伊森的手，说，"欢迎，欢迎。"随即转身为皮特和错错打开了宝马车后门。司机盖斯，即将要娶一个可爱的当地女孩了。司机盖斯这样的人到处都有，但你却在哪里都找不到他的形象，他不会出现在画里，也不会出现在照片里，甚至都不会出现在巴塞尔姆和卡佛的故事里，虽说在他们的小说里有许多像盖斯这样做着平凡工作的普通人，但他们都比盖斯有着更多的悲伤、更多的焦虑。也许，盖斯有时也会没来由地哭起来，也会站在沃尔玛的通道上茫然、不知所措，但他在日常行为中并不会表现出来，皮特觉得他也不是那样的人，这并不是说他没有心、没有深度，但他就是一个天性乐观的好人，他喜欢自己的工作、自己的车、自己的公寓，周末也会有一些兴趣活动，他已经开始发福，青春的健美已渐渐消逝，但他也并不遗憾（他是在五年前来给波特工作的，当时他就像个年轻的农场工人），他已经玩够了，现在到了三十岁，已经过了为所欲为的年龄，所以他准备娶一个可爱的当地姑娘过安稳日子了。

盖斯开车经过格林威治绿树成荫的街道。啊，康涅狄格州，格林威治，多么富有，多么理性。葱葱郁郁的街道两旁是华丽的维多利亚建筑，真正的美国经典风格，维护得非常好，就像是一座座博物馆，从远处看，漂亮的石屋和木屋都被隐藏在大门和树篱后面，路人只能隐约看到这里的一处山形墙，那里的一个高烟囱。这里的有钱人都很低调，和汉普顿、希尔斯那种地方的富人不同，但是，这种低调却更令人欣赏，至少在皮特看来是如此，他们所传递的并不是一种趾高气扬的嚣张，而是一种更优雅的生活方式。在格林威治，你就好像是悄悄溜进了一个平行的世界，在这里，人人都过得很好，但没有人觉得这是什么了不起的事。不就是赚钱吗？那有什么难的呢？

汽车爬上一个山坡，可以看到波特家的房子了。即便是以格林威治的标准，波特家也算是有钱人家，但还不是巨富，远未到那种买得起私人飞机、坐拥五套别墅的程度，所以他们的房子建得虽然隐蔽，但从外面也不是完全看不见——从马路上可以看到房子北立面的大半。

它算不上是盖茨比的房子，只能说是黛茜·布坎南的房子，是河对岸的那盏小小绿灯。菲茨杰拉德在书中描述过黛茜的房子吗，皮特记不清了，但这座房子绝对不是盖茨比那种有塔楼、长满藤蔓的豪宅。无论是来自菲茨杰拉德的原作，还是来自皮特的想象，皮特都觉得，汤姆给黛茜买的那幢房子确实有点像波特家的这幢房子，是纳萨尼尔·霍桑很熟悉的那种房子，大是大，但不是那种古堡或博物馆式样（想想在纽波特那些沉闷、严肃的大宅子吧），就是一般的别墅，路上铺着鹅卵石，外面砌着山形墙，屋子三面都有阳台环绕，有点不太自然，但透着一种绝对权威，这些房子都是在二十年代中期一次性建成，但感觉却像是一年又一年不断扩建和改造的。它们静悄悄地立在修剪整齐的草坪上，像是疗养院（它们的窗户都是竖框的，屋檐很宽），就像他们送贝蒂·戴维斯去的那一家……嗯，那到底是电影《扬帆》里的镜头，还是《黑暗逆袭》里的？总而言之，这里就像是某个精神崩溃了的百万富翁的神秘隐居地，一个完美的避难所，这样的地方别说现在不存在，就在他们拍贝蒂·戴维斯的电影时大概也不存在吧。真的会有像《魔山》里阿尔卑斯疗养院那样的地方吗？（也许这也是皮特现在为什么会想到疗养院的原因吧。）

如果错错真的被送去戒毒了，他也绝对不可能去这样的地方。他会被送去医院，那里的地上铺着惨白的瓷砖，椅子又破又脏。皮特能想象得到。怎么会有人自愿去那样的地方呢？

盖斯停好车，四处看了看，看到了泰勒的面包车，谢天谢地。皮特朝大门走去，错错走在他身边（在下车的时候，盖斯给他们打开车门，然后不知道消失在了哪里），皮特从面包车的后车窗看到里面有个木箱子，应该是被卡罗尔退掉的那个克里姆的雕塑吧，泰勒和布兰奇现在大概正在安置格罗夫的那口大缸。

斯凡卡来开了门。她三十出头，圆脸，总是带着一种惊讶的表情，她的脸绷得紧紧的（并不是手术造成），好像是还在摇篮中的时候就被女巫施了咒（这个孩子长大以后会变丑）。如果说这里是一幢十九世纪的英国庄园，那么斯凡卡就应该是管家，但这里是二十一世纪的美国别墅，她应该叫做……什么呢？门房之类的吧，总而言之，她掌管这里，监督其他佣人（在淡季的时候，家里一般是三个佣人，夏天则有七个），她知道怎么把漂亮的鲜花送到达尔富尔，她能在二十分钟的时间里找来一架直升飞机把人从家里送到纽约市中心。她有工商管理硕士学位，但她做现在这份工作，因为工资相当高。她有一次告诉皮特，她不喜欢原来在公司担任的管理咨询工作（"总是坐飞机出差，天天住酒店，没有自己的生活"），她觉得现在这份工作和以前相比，丝毫不差。然而，因为波特夫妻把手下的佣人看作是"家里人"，因为他们支持佣人去娶"漂亮的当地女孩"，所以斯凡卡也愿意（或者说不得不愿意）去开门，如果客人来访时她正好站在门边的话。在别人家里，像斯凡卡、伊万、格里沙这样的人（他们是受过良好教育的东欧人）是绝对不会去给客人开门的。那是女仆做的事。

"你好，皮特。"她微笑着同皮特打招呼，皮特曾认为她的这种笑容有点不正经，后来才意识到其实是有深意的，因为斯凡卡知道，虽然皮特是盖斯从城铁站接来的，虽然他是应女主人之邀来参加晚宴的，但他实际上也不过是个佣人，就和她一样。

"你好，斯凡卡。这位是伊森。"

"你好，伊森。进来吧。"

波特家的门厅和房子的其他部分一样，都显得很完美。前厅摆着一个漆着黑漆的中式矮柜，皮特虽然不懂中国古董，但你不需要专业的训练，也能一眼看出这个东西价值不菲，它应该来自历史上某个声名显赫的王朝，至少价值二十多万美元。柜子上摆着一对巨大的法式烛台，青铜或黄铜的，二十世纪初的东西，已经有了一些铜锈，呈现出一种醇厚的棕黑色，旁边还有一个朴素的陶瓷花瓶，乳白色，总是插满了从卡罗尔家花园里摘来的鲜花——此时，是大朵盛开着的洁白的栀子花。那么，这就是这间房子给人的感觉了：低调，有特色，有品味，但不奢华，没有金碧辉煌，但有自己的美，即使你对家居装饰和艺术一窍不通，你也会觉得这里很迷人，如果你对这些垃圾很懂行，它的美会让你头晕目眩，甚至会让你觉得自己渺小卑微。

斯凡卡带他们走进客厅，皮特偷偷地看了一眼错错，想看他有什么反应，但错错的脸上并没有什么表情，皮特觉得，错错也许在这里找到一种回家的感觉——这里也许很久都没有走进来过一个如此精致的人了，精致得简直像是屋里的艺术品。

但皮特还在想：这里宁静而华丽的气质是让错错觉得震撼，还是让他觉得卑微呢？如果是卑微，当然更符合他的性格（我的意思是说，这里确实很美，他们正走过前厅里莱曼的画，这也是波特家最重要的珍藏品之一，它和那个中式古董柜正好成了完美的搭配，但这里的一切似乎太过于井井有条了，让人觉得累……），但皮特希望错错会觉得很震撼，至少是有一点点触动的——错错，这就是我的世界，我总是和这些有钱有势的人打交道，如果你对这些事有兴趣，那么你也许对我也会有兴趣，但如果你觉得这些都有点荒谬……那么，是不是也会觉得我很荒谬呢？毕竟，这一切都是生意而已。我现在还能在月光下的小道上散步，也能随着悠扬的风笛声起舞。

然后，就到了波特家的客厅。

客厅很大，走进这里，就像是走进了一组小号的乐队，也许是巴赫风格——虽然并不宏大，但是很完美、很隽永，就像巴赫的音乐。这整幢房子都很完美，完美得有点吓人，而这间客厅又是那么富丽堂皇，透露着一种做作的风格，门是法式的，门外是一片方形草地，四周种满了玫瑰花（长岛的风景在这里随处可见），就好像大自然本身（好吧，更准确地说，是大自然里比较漂亮的部分）就是一个又一个的房间，就像是你现在所在的房间一样——只不过它们是在户外，以草地作地毯，以米开朗基罗的白云当天顶画，以沙沙作响的茂密灌木丛当墙壁。当然，在玻璃门这一边，和花园遥相呼应的是吉恩·米歇尔·弗兰克设计的双人沙发，地上铺着青灰色的天鹅绒地毯，两侧放着迪亚哥·贾科美蒂设计的小桌，那样的小桌真该被送进博物馆；桌旁还有大大小小的台灯，朴素的石灰岩壁炉台上，摆着而不是挂着一面镜子，镜子朦朦胧胧，是木框的（不是镶金边的，这里没有一样东西是带金色的），有些年头了；在一面没有窗户的墙上，挂着一幅卡胡纳的画，一幅艾格尼丝·马丁的巨幅画，有一种统领整个房间的感觉，像是下凡的神灵，对这里的一切都非常满意，对天才设计师设计的沙发和桌子很满意，对这里丰富的藏书和玻璃眼珠的木雕圣像、装满玫瑰花（客厅里摆的是黄玫瑰）的日本花瓶很满意，对摆着各种藏品（有装饰艺术风格的陶瓷品、有木雕的多贡人，也有铸铁的老储钱罐）的架子很满意，对装满柿子的乌木大碗也很满意。在这个房间里，哪怕是在白天，只要是超出了视线范围之外的地方，都给人一种烛光朦胧的感觉。整个房间里有一种薰衣草的香味（这倒是真的，是空气清新剂）。

"我的人已经到了吧。"皮特说。

"是的，他们正在摆那口大缸。"

皮特能听出斯凡卡语气中的不满——她的下巴好像突然缩紧了。她不喜欢格罗夫的那口大缸，还是她根本就不喜欢艺术品？好了，好了，要记住——是你，皮特，想要把一只用沥青和毛发做成的大球卖给她的女主人（结果并不成功），价格还不菲，你能怪她对你不满吗？

"我去告诉卡罗尔你们来了。"她说了这句话便离开了。

"房间挺漂亮。"她走了以后错错说。他不是在说反话吧？不会的。皮特是不是整天和言不由衷的人打交道，才这样多疑。

"波特两口子看来挺会赚钱的。"

"他们到底是做什么的？"

"嗯，众所周知，他们最主要的工作就是保持他们的本色。他们的钱都是来自做洗衣机和烘干机的生意，但卡罗尔和她丈夫并没有做什么。你知道吧，他们就是坐在家里收钱。"

卡罗尔走进来了（天呐，她没有听到刚刚这句话吧?），她有点着急，带着一种微微的歉意，但又有种例行公事的感觉。皮特知道，这是她的习惯之一。她从来不会立马出现在客人们面前，哪怕客人是在早已约好的时候准时出现。通常都是由斯凡卡或某个佣人把客人领进来，让他们在这个漂亮的房间里稍等一会儿，等待卡罗尔的出场。（皮特这辈子花了多少时间在等人上面?）皮特认为，卡罗尔之所以这样做，有很多原因。最简单的就是为了制造一种出场效果——啊，女主人终于隆重登场了！而且卡罗尔要让客人觉得，她很忙，即便是她期待已久的客人，她也要努力抽时间才能来见上一面。

"你好，皮特，对不起，我正在外面看你的人摆那口大缸。"

卡罗尔的脸色有点苍白，脸上有很多雀斑，不停地眨着眼睛，她说话的时候总好像嘴里含着什么小东西，比如一颗来自喜马拉雅的小卵石，或是一粒珍珠，所以说话稍微有点含糊的感觉，但同时又表现出为了嘴里的这个宝物她非常乐意做出这样的牺牲。她喜欢穿（现在就穿着）白色荷叶边的衬衫，有点芭芭拉·斯坦威克的风格，但不像是一个有这种艺术品位、有这样沙发的人会穿的。

皮特向她伸出手。"他们已经来了，太好了。你觉得怎么样?"

"还不错。我觉得我很喜欢。"

太好了。

"卡罗尔，这是我的小舅子，伊森。他也想做艺术这一行，上帝保佑啊。"

"很高兴认识你，伊森。欢迎你来。"

卡罗尔对家里来的每个人都会摆出一副女王般的热诚，哪怕是伊朗国王来了她也是这样。这就是她的风格。

错错说："希望你不会介意。我就是跟来看看，真的。"

"皮特是想让你看看我们这些偶尔还会买点艺术品的人，"卡罗尔说，"大概我们是美国最后一批这样的人了吧。你算是见着了其中一个。"

她飞快地转过身，让我们看到了她的全貌。毋庸置疑，她还是很有魅力的。她脚上穿着一双绿色的橡胶便靴，应该是她在花园里劳动时的行头。

"明白了。"错错说，他和卡罗尔都微微地笑了一下，皮特也笑了起来，但有点迟了。在皮特的印象中，错错从来不会在任何人面前示弱。卡罗尔也许在自己的地盘上是个女王，但错错在他的王国里也是一个王子，尽管这个王子现在有点落魄，但他也曾有过呼风唤雨、无比风光的往昔。

"你们想喝点什么吗？"卡罗尔说，"咖啡？茶？还是来点汽水？"

皮特说："等会儿再说好不好？我急着想去花园看格罗夫的那口大缸呢。"

"你太有责任心了。"她是不是朝错错意味深长地眨了眨眼？"那我们走吧。"

她带着他们从前门走了出去，走过铺着鹅卵石的车道，朝着房子另一头的英式花园而去，一路上她都在跟错错说话，而不是皮特。她这是在对新客人展示礼貌，还是她真的喜欢错错？也许两者都有。

她对错错说："我相信皮特告诉你了。我上次从他那里买来的那件，我真的没勇气把它一直摆在那里。我希望他能给你介绍几个比我勇敢些的客户。"

皮特说："这和勇敢不勇敢没关系。克里姆的那个雕塑不适合你这里，仅此而已。"

"克里姆的那个雕塑，"她告诉错错，"让我朋友的小狗一看到就发疯。我可不要得一个吓唬小狗的恶名。"

"我看到他们已经把那个雕塑装箱了。"皮特说。

"这些小伙子干事都很利落。你的手下都很厉害。"

卡罗尔，这些人其实都是艺术杀手。过了今天，你再也不会见到他们了。

"我的手下确实都很好。我几乎都不用怎么做事了。"

"格罗夫是你新认识的吧？"

"是的，他目前为止还不是我正式的签约艺术家。我们正在相互考察。"

永远不要对卡罗尔这样的人撒谎。他们最最痛恨的就是被手下的人欺骗。

他们转了个弯，那口大缸就在那里了。英式花园和修剪整齐的法式花园不同，它的风格更自由、更野性，英国人向来喜欢这样的花园。它的效果就是想让人们在不经意间发现这片薰衣草和紫丁香，发现这条笔直的铺着砂石的小路竟然通往一个圆圆的小池塘。在小池塘的另一侧，泰勒和布兰奇正在用铁棍撬那口大缸，好把它放在铁支架的正中间。

是的。这口大缸摆在这里显得很棒。

下午送来的时间再好不过了，这个时候的光线刚刚好。青铜的缸身上反射出绿色和金色相间的光芒。而它的形状——也在经典和新颖之间达到了完美的平衡，正好适合这个精心打理但又显得自由随意的花园，适合它富有异国情调的齐膝草坪和散落的花丛。那个大缸就像是站在水池边的纳尔西瑟斯①，它的倒影映在浅绿色的池水上，很对称的形状，显得有点奇怪，但很有气势，两个巨大的耳状把手特别有浪漫的感觉。

"很漂亮啊。"皮特说，"你觉得呢？"

"我也觉得不错。"卡罗尔回答。

"你靠近过去看了没有？"

"当然看了，天呐。那些字真是让我看得脸红，我记得，我从上世纪八十年代中期以来，就从来没有脸红过了。"

"幸好那条小狗不识字。"皮特说。

这句话让卡罗尔笑了起来。好吧，这个时候是该承认你对错错是有那么一点嫉妒的。当你站在他身边的时候，难道不觉得自己有点像威利画里的老家伙吗？

卡罗尔说："到时候姓陈的夫妻来了，给他们翻译缸上的字的时候，一定很有意思。"

卡罗尔，我爱你，因为你太有个性了。格林威治有多少人能有你这样的游戏精神呢？

泰勒和布兰奇都留着胡子，穿着奇装异服（谢谢你，泰勒，你今天幸好没穿那件胸口写着"打倒富人"的T恤衫），卡罗尔也许会觉得他们俩很有趣，但当然，如果他们俩知道手上的这个大缸居然价值百万，大概会觉得怒不可遏吧。他们（当然啰）在把画割坏的那场意外之后，表现得很老实。皮特走到他们俩身边，就好像他们是他最好的朋友。

"干得不错，哥们儿。"他说，他们这时正把大缸朝右挪动了一厘米，这样一来，缸就被摆在了方形底座的正中央。

这就是一件装饰品，就是这样。快别这么想呀。

---

① 希腊神话中一个非常自恋的神，他爱上了自己在水中的倒影，从此不吃不喝，变成了水仙。

泰勒满腹牢骚。他当然知道自己就要被开除了，他也相信，他能找到更好的工作（说不定前天晚上他回家的时候，就跟女朋友说过，"我要找另谋职业了，我怕我下一次割开的就不是那破画，而是他妈的皮特·哈瑞斯本人了"）。但布兰奇却笑眯眯地打着招呼，虽然你知道他在心里也不会比泰勒高兴多少（布兰奇也会用木屑和碎玻璃做出像克里姆雕塑那样的作品，但他似乎并不知道、也不在意艺术的美），他只是不想丢掉自己的工作罢了。

卡罗尔和错错走过来，站在皮特身边。卡罗尔对泰勒和布兰奇说，"你们忙完以后，要不要喝杯咖啡，吃点东西？"

"不行，"泰勒回答，"我们得赶紧回去。"

"不过还是谢谢你。"布兰奇笑着说。他大概也在生泰勒的气。这个有钱的老女人买了件这么贵的艺术品，你还对她这样粗鲁，你个狗娘养的。

"那么，"皮特说，"如果你喜欢它，就把它在这里先放一段时间好了，给姓陈的那两口子看看，给其他的什么小狗看看，我们可以以后再商量的。"

不要给她压力，不要给她任何压力。

"好，"卡罗尔说，"但我觉得我肯定会买的。你也知道我的，我不是那种优柔寡断的人。至于克里姆的那个雕塑，我从一开始就不确定。"

"拜托你，拜托你告诉我，你不是因为我的压力才这么说的。"

"皮特·哈瑞斯，没有哪个人，不论是男人还是女人，能对我施压，逼迫我做任何事。"

她朝他露出一个甜美、嘲弄的笑容，他觉得很惊讶。有那么一刻，他仿佛看到了她年轻的时候，一个出生在富裕家庭（她们家的财富来自祖父母一辈）的女孩子，过着美国梦一般的生活：她的父母细心教育她，让她学会骑马、打网球，学会如何与好男人适度地调情。只用了短短三代人的时间（祖父母是从克罗地亚来的，姓格里格），他们就创造出了一个结实、漂亮、能干的姑娘，一个活力四射的姑娘。卡罗尔活泼、漂亮又聪明，他们都说，她当时挑男人都挑花了眼。最后，她嫁给了英俊潇洒的比尔·波特。比尔，现在已经六十二岁了，有着体育明星般的身材和当地上流社会看重的名门出身（于是，格里格的姓就改成了波特），很显然，上流人士的愚蠢使得他事事都让卡罗尔做主。

"我多么希望我所有的客户都能像你一样。"皮特说，这句话大概说得不太聪明（客户这个词用得不太好），但管它呢，这是他的真心话，他很喜欢卡罗尔·波特，也很尊重她，她不是那种除了有钱有势外什么都没有的人。

错错已经走到花园里去了。卡罗尔若有所思地看着他，说，"可爱的小伙子。"

"我老婆的神经病弟弟。他是那种有太多潜力的小孩，你明白我的意思吗？"

"完全明白。"

没必要再细说了。皮特也知道波特家的故事：有个聪明漂亮、我行我素的女儿，根本不把哈佛大学的博士学位当回事，而他家的大儿子又像是被家族财富给害了，都已经三十八岁了，现居澳大利亚，还整天只知道在海边冲浪，一个正经工作都没有干过。

一丝阴影掠过卡罗尔的脸庞。谁能读懂她内心深处的悲伤呢？她一定觉得比尔很无聊（而比尔在外面说不定还金屋藏娇），对女儿应该还是满意的（但母女之间的关系，外人怎么会知道呢？），不过对儿子却越来越担心，原本只是去澳大利亚度假，现在却好像是打算一辈子都在那里混了。卡罗尔的生活让人嫉妒，她有钱有权，拥有一切，她是十几个慈善组织的董事会成员，而且皮特还知道，她这些荷叶边衬衫都是每年去巴黎购物时买回来的，但这些真的就是她想要的吗？当她还是个聪明漂亮、惹人喜欢的女孩子时，她所期待的人生就是这样子的吗？丈夫脾气阴沉、头脑简单，虽然他在二十五岁的时候是很帅（皮特看过他年轻时的照片，简直就像从运动装广告里走出来的模特），但现在只不过就是一家本地公司的证券分析师，普通人一个。而卡罗尔自己的生活虽然忙碌，但却是封闭的，整天在这山坡上种花养草，饲养些外国鸡。

当姓陈的夫妻来吃完晚餐离开之后，她在花园里放上这样一口大缸，缸上还刻着一些对女性不敬的脏话，至少有部分这样的内容（她到底看懂了多少？），这对她有什么好处呢？

她当然看懂了。这正是这口大缸的魅力所在，对不对？

而比尔应该会觉得不合适，不高兴。这大概也是大缸的魅力所在。

他和卡罗尔静悄悄地站了一会儿，看着错错走在鹅卵石的小道上。把这一幕画出来吧，你个狗杂种：两个颇有些岁数的人站在花园里，他们背后是一件艺术品，但他们的注意力都集中在眼前的年轻人身上，这个年轻人正在花丛草坪间漫步呢。

卡罗尔说："要不你带他到处转转？我也想一个人在这里再看看这口大缸。"

皮特觉得，卡罗尔的这个建议有点奇怪。她难道觉得他想和错错单独在一起吗？她难道觉得错错根本不是他的小舅子，而是他秘密的男朋友吗？

他和卡罗尔相互看了一眼。很难说她到底在想什么，但她显然很习惯这种心照不宣的感觉。如果说比尔真在外面有情妇，那估计卡罗尔自己也有个情人吧。至少皮特是这样希望的。

"好吧。"他说，就在那一刻，他突然觉得自己的生活中怎么会有这么多上了年纪的聪明女人，她们都很正直，也很善良，更像是姐姐而不是妈妈，包括快要死了的可怜的贝蒂，甚至还包括瑞贝卡，她们似乎都想要给他一些他自己得不到的东西。

是错错吗？瑞贝卡难道在内心深处也想摆脱掉皮特吗？但她大概是想以一种出人意料的方式离开皮特，好让大家没有任何理由去指责她，只能说他们俩确实不合适。

"那你好好再看看。"他说，"我马上就回来。"

他故作热情地说了句再见，然后又对泰勒和布兰奇说了声谢谢，他们现在已经完成了来这里的任务，正准备把克里姆的那个雕塑带回画廊。然后，他沿着小路向错错走去。

皮特说："看来，你又来到一个花园了。"

"这可不像日本的花园那么有内涵。"错错回答。

"可别对卡罗尔说这话。"

"她好像是想买那玩意儿了。"

"那玩意儿？你就那么不喜欢它？"

"我打赌你也不喜欢，就像我一样。"

"我根本就没有不喜欢。"

"那我也没有。"

他们之间好像是有点什么。皮特觉得错错已经明白了，他们俩都在尽力而为，但都失败了——错错没能从日本花园的石头中悟出什么道理，而皮特也没能找到惊世骇俗的艺术家。他们都曾接近目标，他们都努力过了——天知道他们有多努力地尝试过——但现在他们只是站在一位阔太太的花园里，有点搞不清他们是怎么来的，也完全不明白接下来该怎么办，除了去做之前做的事以外，但现在，这样的想法令他们觉得无法忍受。

他大概能跟错错谈谈自己的疑惑,不管那要花多少时间,能吗?错错应该愿意讨论这样的话题吧。

皮特说:"艺术是个很微妙的问题。"

"是吗?"

"嗯,这么说吧,你不是每天都能见到拉斐尔的作品的。比方说,呃,切里尼的《盐皿》。它们的价值远远超过了存放食盐的实际功能。"

"但切里尼还做了《贾尼米德》的雕塑呀。"

好吧,错错,你对大叔皮特的这些说辞还是很了解的,对不对?

"我们到海边走走吧。"皮特说,因为,必须有人提点什么建议才行。

他们沿着草坪的缓坡朝有海浪拍岸的方向走去,海上泛着粼粼波光,帆影点点,远处的深蓝色海面上,漂浮着两座郁郁葱葱的小岛。卡罗尔家对面像是一个小码头,就在她家大草坪的边上,有一片U形的小海滩,灰色的沙滩上有很多岩石和海藻。

他们朝海边走去的时候,皮特对错错说:"我不会把自己不喜欢的艺术品卖给别人。我就是这样。但天才,我是指天才中的天才,是少之又少的。"

"我知道。"

"也许你真正想做的并不是这个。"

"什么?"

"艺术这一行。"

"不。我确实是想的。"

他们走到了沙滩上。错错脱掉鞋(很破很旧的阿迪达斯运动鞋,没穿袜子),皮特还是穿着鞋(是普拉达的平底鞋)。他们慢慢地朝大海走去。

"我能跟你说件事吗?"错错说。

"当然。"

"我觉得很惭愧。"

"为什么?"

错错笑了。"你觉得是为什么呢?"

他的声音突然变得很生硬、很着急,像个早熟的小愤青。

他们走到水边,海上泛着微波,波涛静静地来了又退,退了又来。错错卷起牛仔裤的裤腿,走到齐踝深的水中。皮特站在他身后几步远的地方,稍稍提高了嗓门跟他说话。

"我觉得光惭愧是没有用的。"

"我不想一事无成。但我就是缺乏别人身上都有的一些东西。别人总是能知道自己适合做什么。要么去念医学院,要么去参加和平队①,要么去别的国家教英语。这些事我觉得都很好,但我就是不想去做。"

他眼里是不是泛出了泪水,抑或那只是眼中反射的阳光?

皮特究竟该对他说什么好呢?

"你会找到自己喜欢做的事的。"他只能这么弱弱地说,"可能最后并不是从事艺术这一行,但你会找到的。"

显然,错错并没有从他的这句话里得到丝毫安慰,他连装都懒得装。他转开身,看着远处的波涛。

"你知道我是什么吗?"他说。

"什么?"

"我只是个普通人。"

"拜托。"

"我知道。谁不是普通呢?谁不想当普通人呢?除非他是个自以为

———————————

① 美国的一个海外援助组织。

是、狂妄自大的家伙。但我要告诉你。很久很久以来，大家都没有把我当作普通人，我也尽全力去做一个不普通的人，但我不是，我没什么特别之处，我也许有点小聪明，但不是聪明绝顶，我也没有什么崇高的心灵、远大的目标。我能接受这一点，但我不知道我周围的人能不能接受。"

皮特知道——错错离死期不远了。他从内心深处知道这一点。就像他对贝蒂·赖斯不好的预感。就像他能嗅到死亡的味道。尽管在一个患了乳腺癌的老年妇女身上，这种味道比在一个健康的年轻人身上要明显得多。皮特当时知道马修会死吗？可能，不过他当时年纪还小，还没有意识到，也不愿承认。几十年前的那天，当马修和乔安娜在密歇根湖边玩水，像美神转世般回过头看着皮特的时候，不就传达了这个信息吗？为什么是那时呢？因为他们是命中注定的情侣，因为他们正站在悬崖边上。乔安娜以后会成为相夫教子的家庭主妇，而马修会躺在圣文森特医院的病床上。当时才十二岁的多情的皮特已经看到了死亡真正的样子，那是他见过的最感人、最神奇的场景吗？从那以后，他又在寻找类似的场景吗？

错错会死于吸毒过量。他的这个结局不仅仅是皮特预料到了，就连海水和天空也都预料到了。他会被死神带走。他不能——也不会——找到任何能让他继续活下去的动力。

皮特在沙滩上站了一会儿，沙滩上还有其他人。然后，他脱掉鞋子和袜子，卷起裤腿，走进海水中，走到了错错身边。错错竟然在哭，哭的声音很轻，他边哭边看着远方的地平线。

皮特静悄悄地站在错错身边。错错转过身，以泪眼朦胧的微笑来欢迎他。

然后，他们好像吻在了一起。

梦境中

那个吻并不长。它充满了激情，但并没有完全而绝对的性冲动。两个男人能像兄弟那样接吻吗？皮特觉得他们现在就是这样。没有舌头的动作，也没有动手动脚。他们只是吻着，时间不短，但只是一个吻。错错的呼吸很轻柔，还带着一丝甜味，皮特虽然心里很乱，但还是担心自己的呼吸会不会太粗，会不会带着一股中年人的味道。

他们在同一时间把嘴唇分开了——没有人在前，也没有人在后——他们微笑着看着对方，只是微笑着。

皮特感觉还不错，他甚至一点都没有觉得违背了什么道德，不过如果旁人看到了（他迅速看了一眼四周——没有人）肯定不会这么想的，大概会觉得他们有些猥琐吧。他觉得陶醉、兴奋，一点也不觉得羞愧。

吻过之后，他揉了揉错错的头，好像刚刚那只是个无心的恶作剧。然后，他们转过身，淌着水朝沙滩走回去。

他们赤着脚走到草坪上，错错首先开口了。皮特倒宁愿保持沉默。

"那么，皮特·哈瑞斯，"他说，"我是你的第一个吗？"

"呃，是的。但我肯定不是你的第一个了，是吗？"

"我还吻过其他三个男人。所以，你是第四个。"

错错停下脚步。皮特继续往前走了两步，发现他停下了，便走了回来。错错用深邃的泪眼看着他。

"从我小时候起，就对你有种特别的感觉了。"他说。

别跟我说这些。

"不会吧？"皮特说。

"你第一次到我们家来的时候。我坐在你膝盖上，你给我念《大象巴巴》的故事。你觉得当时我们之间真的有那么纯真吗？"

"当然是。天呐，你那个时候才四岁呀。"

"但是我却有一种很温暖的感觉，我自己也不明白。"

"所以说，你是同性恋喽。"

错错叹了口气。"只有对你，我才是同性恋。"他说。

"拜托。"

"你觉得接受不了，对不对？"

"有点。"

错错说："我只是想告诉你。然后我们就可以，我也不知道。如果你不想再提起，我们以后就再也不提了。"

皮特等着。让我们把一切都谈个透吧，哪怕我不得不假装沉默。

错错说："我和那些男人在一起的时候，心里想的都是你。"

"你大概是把我当你父亲了。"皮特说，但他说这句话的时候却有点心痛。

"这么说就没事了吗？"

"只是……我也不知道。是怎么回事就怎么回事吧。"

"如果你不想，那我再也不会吻你了。"

我到底想要什么？主啊，你告诉我吧。

他说："我们不能的。我大概是这个世界上唯一一个你不能拥有的男人。哦，应该还有你的父亲。"

这么说会不会让错错感到压力了？他这种欲望是不是和他的个人经历有关呢？

错错点点头。不知道他到底是同意皮特的说法，还是在默认。

什么样的人会去追求自己的亲姐夫呢？

绝望的人。

什么样的人又会任由这事情发展下去呢？什么样的人会像皮特这样任由他吻那么久呢？

也是绝望的人。

他和错错一言不发地走回波特的家。

卡罗尔在花园里迎接他们，她是那么热情，又有点紧张，皮特甚至有那么一刻在想，她是不是一直在偷看？她并没有偷看。这只是她的习惯，她对客人向来都那么热情。

"我觉得我会买下它的。"她说。

"太好了。"皮特回答。然后又补充道，"你知道这个缸只是从格罗夫那里暂时借来的吧？主要是为了给姓陈的夫妻先看看。格罗夫自己还想来看看实地效果。"

卡罗尔一边眨着眼睛，一边点着头听皮特说话。她很熟悉这行的规矩——她知道，有些艺术家对买家也是会进行考察的。

"我希望我能使他满意。"她说。

"我敢肯定你会的。"

她转过身看着那口大缸。"这个太漂亮了，太有个性了。"她说。

错错又走到花园里面去了，他就像一个孩子，对大人之间的谈话没有半点兴趣。他捡起一支薰衣草，拿到鼻子底下嗅了嗅。

卡罗尔坚持让盖斯开车送他们回市区，皮特先是假意推辞了一下，然后便欣然接受了。是，他是个懦弱的人，他不想和错错一起坐城铁回家。他们一路上要谈些什么呢？

问题是：在经过了那个冲动的插曲之后，我们还是要一起坐进汽车，或一起坐上火车。

盖斯的存在能打破尴尬的沉默。谢谢你，卡罗尔，谢谢你，盖斯。

于是，他和错错肩并肩坐在这辆宝马车的后座上，沿着令人宽慰、再正常不过的九十五号公路行驶，周围全是开着车的人，他们中绝大多数，应该都没有吻过自己的小舅子吧？

皮特应该是嫉妒他们？还是可怜他们？

应该两者兼有。

他突然心中冒出一股怒火，他气自己胖墩墩的女儿，气他冷冰冰的妻子，气优塔，气该死的卡罗尔·波特，气盖斯的假模假式和他爱尔兰人特有的小红耳朵，气每个人、每件事，除了坐在他旁边的这个迷茫的男孩子，这是唯一一个他应该生气的人，他不可思议地主动吻了皮特（是他主动吗？），然后又说出那么不可信的恭维他的话。（那是恭维吧？）皮特不知道错错说的到底有多少句真话，多少句假话（只有上帝能帮你了，皮特·哈瑞斯）。因为你希望他说的是真话，他说的也可能是真的，在你给四岁的他念《大象巴巴》的时候，他可能真的就依恋上你了。皮特从来没有想过有人会如此依恋他吧？是的，他很有魅力，他长得很帅，但他只是个普通人，他一直就是个普通人，一个站在花园里看着楼上阳台的普通人。他是美的仆人，但他不是美本身，那是错错的角色，就好像那曾是瑞贝卡的角色一样。

瑞贝卡也曾是美的化身。

皮特的愤怒来得快，去得也快，现在，他从内心深处又涌上了一阵哀伤，他看着错错表情严肃的侧脸（他希望错错没有发现），他那贵族气的鹰钩鼻，浓黑的卷发搭在苍白的前额上。

这就是皮特想从艺术中得到的东西。是不是？一种病态的灵魂，一种置身于昙花一现的高贵中的感觉，某样东西（某个人）如一道闪光穿透了脆弱的肉体，是的，就像马奈笔下成了女神的妓女，它是一种褪去了多愁善感的美，因为错错从他自己的角度来说，也是堕落与圣洁的结合体（不是吗？），他如果真的成了他说他想成为的那种温和、聪明、善良的人，那他也就没有现在这样的魅力了吧？

那么，美——皮特渴望的美——应该是这样的：各种偶发的优雅、宿命和希望掺杂在一起的人性。错错应该也是有希望的，他一定有，如果他真对生活绝望，那他就不会有现在这样的神采，当然，他还很年轻，但在这个世界上，绝望而敏感的大多反而是年轻人，而老年人却总是选择遗忘。这就是伊森，别名错错，他没有什么羞愧心，过着一种荒唐的生活，吸毒上瘾，无法去期待自己应该期待的事。现在就应该把他做成铜像，才能将他那痛苦又生涩的灵魂、将他最后一段闪亮而残酷的青春永存，他已经开始明白了自己的情况，就和其他人一样，他的问题也很严重，但他必须先采取必要的措施，进入这个真实的世界，才能获得内心的安宁。

与此同时，他没有必要死。

盖斯在公寓楼前把他们放下了。再见，谢谢你。盖斯开车走了。皮特和错错一起站在人行道上。

"那好。"皮特说。

错错笑了，此时的他像个好色之徒。之前他泪眼朦胧的样子哪儿去了？

他说："就当什么事也没有发生吧。"

"到底发生了什么事呢？"

"你说呢。"

去你妈的，你这个长不大的孩子。

"我们不能在一起。"

"我知道。你是我的姐夫。"

错错，你怎么突然变成了正义的化身？

"我喜欢你。"皮特说。糟糕，太糟了。

"我也喜欢你。很明显。"

"你能告诉我你到底想要什么吗？我的意思是说，你想告诉我多少就告诉我多少。"

"我就想在沙滩上吻你一下。你别太小题大做了。"

小题大做？到底是谁小题大做？

皮特说："要装作什么都没有发生过，我觉得我做不到。"

"呃，你也不用娶我的。"

年轻人。残忍、刻薄又绝望的年轻人。他们总是会赢，是不是？我们虽然尊重马奈，但我们在画中看到的并不是他的裸体。他只是一个留着大胡子的男人，站在画架后面，表达着自己对美的敬意。

"那好，我们进去吧。"

"你先走。"

这一切到底是怎么发生的？皮特怎么会站在自家的公寓楼前，全心全意地希望错错能再次对他表白爱意，好让自己有一个斥责他的机会。在波特家的草坪上，他是不是太被动了？他是不是错过了一个最关键的机会？

但到底是什么机会呢？

人类是多么愚蠢啊！我们本可以激起星辰的怜悯，却只是敲打着木桶让小熊起舞①。

他们进去了。什么话都没有说。

瑞贝卡已经到家了，她在厨房里做晚饭。皮特突然觉得她什么都知道了，她早早回家就是为了和他当面对峙。但这样的担心显然是荒谬的。瑞贝卡走到门口，把手在牛仔裤上擦了擦，吻了一下错错的脸，又吻了吻皮特的双唇。

"我做了点意大利面。"她说。然后又对错错说，"你给我记住，我可不是老妈。我做家务还是很能干的。"

"就算是老妈，也不完全是老妈。"错错说。

"你们俩自己去倒杯红酒，"瑞贝卡一边说，一边朝厨房走去。"还有二十分钟就好了。"

她是一个有活力、有能力的女人，但她丈夫和她亲弟弟却在沙滩上接吻了。皮特并没有忘记这件事，但一看到她的时候，还是……

"我去倒酒。"错错说。要正常，要正常，要表现得正常。

"格林威治那边的事情进展如何？"瑞贝卡问。

你绝对想不到在格林威治发生了什么。

"非常好。"皮特说。非常好？他现在是怎么了，突然之间变成了狄恩·马丁吗？他又补充了一句，"我敢肯定她会买下来的。我只要让格罗

———————————

① 福楼拜《包法利夫人》中的句子，原文是"语言就像破水壶，敲打它发出的声音只能让狗熊跳舞，但我们却奢望借此来感动星辰"。

夫去那里看看，同意卖给她就好了。"

"太好了。"

错错递给皮特一杯红酒。当他把酒杯递给他时，他们的手碰到了，错错是不是朝他使了个眼色？应该不是。但如果不是，就更可怕了。

瑞贝卡从厨房桌上拿起她自己喝了一半的酒。"为了卖个好价钱。"她说。有那么一刻，皮特以为她是在讽刺自己。

他也举起杯。"为了下学期的学费。"他说。

"如果她回去念书的话。"瑞贝卡答道。

"她当然会回去的，相信我。整天干着把酒水卖给醉鬼的活儿，会让大学在她眼里重新可爱起来的。"

要正常，要正常，要表现得正常。

瑞贝卡已经计划好了晚上的节目。她不仅做了晚饭，还借来了《八部半》的影碟。这个简单的举动让皮特知道，她今晚想让错错好好放松一下。他知道，她觉得有点内疚，因为过去几天，她满脑子想的都是关于杂志社收购的事情，她觉得自己忽略了错错。

他们三个一起度过了一个普通的夜晚，皮特觉得他们的表演都非常棒。他们一边吃饭，一边讨论着关于买卖的事情（艺术、杂志社）。错错（皮特才发现错错竟然还有这样的才能）还惟妙惟肖地模仿了卡罗尔·波特一番——她点头的样子、她热切的目光，还有她在听别人说话，或者说假装听别人说话时发出的嗯嗯的低语。皮特似乎意识到——也许错错并不像别人认为的那样，一天到晚都是以自我为中心。他说的很多话应该都是发自内心的（这是皮特心里一种充满浪漫的幻觉吗？）——比如说，他说他一直都爱着皮特的时候，大概就是真心话。虚荣的皮特啊，从来都是你追别人，如果这辈子有一次是别人来追你，该是一件多么奇怪又多么美好的事啊。瑞贝卡对杂志社未来的前景做了一番推测，说那个大老板也许会在蒙大拿发展起了不起的文化事业来，这个时候，错错和皮特突然站在同一战线，开起了瑞贝卡的玩笑：说不定他会把诗人赶到足球场上喂狗熊，说不定他会去卖冰雕——虽然错错和皮特都不是很幽默的人，但这并不重要，重要的是这是男人和女人之间的较量，虽然瑞贝卡并没有表现得很在意，但她知道，她当然知道的，她过后会在床上找皮特算账的。

他们一起看了《八部半》，这部电影还是那么好看，一边看一边还喝完了第三瓶红酒。这个时候，他们就像是电视广告中那种幸福的一家人，大家都坐在沙发上，专心致志地盯着电视机屏幕，暂时脱离了自己的生活，进入屏幕中的新生活。男主角马切洛·马斯楚安尼开着摩托车，女主角克劳迪娅·卡汀娜坐在后面搂着他的腰。马塞洛·马斯楚安尼领着他认识的每个人在一艘报废的宇宙船下围着圈跳起了康加舞。

电影结束了，瑞贝卡去厨房拿甜点。皮特和错错并肩坐在沙发上，错错亲热地把一只手搭在皮特肩头。

"你好。"他说。

"喜欢这电影吗？"皮特说。

"你爱我吗？"

"嘘——"

"点点头就可以了。"

皮特犹豫了一阵儿，然后点了点头。

错错低声说："你真是个可人儿。"

可人儿？对错错这样一个孩子来说，"可人儿"到底代表着什么意思呢？

回答：这是个年轻的词汇，一个年轻人的词汇，皮特一时间仿佛看见了他们俩在一起生活的场景——互相戏弄，互相恼恨，但还是比较温和的（在大多数时候），来自浪漫而不可思议的古希腊的一对彼此了解但举止粗鲁的伙伴。错错是个大大咧咧、没羞没臊的家伙，他会坐在姐姐的沙发上表达对姐夫的爱意。他们能幸福地生活在一起吗？门儿都没有。

皮特低低地说了句："我不是个可人儿。"

"好吧，但你真的很美。"

真是尴尬，错错的这句赞美让他觉得很受用。

然后，瑞贝卡拿着甜点回来了。咖啡和巧克力冰淇淋。

他们吃完冰淇淋，有一搭没一搭地交谈了两句后，就上床了。皮特和瑞贝卡要去睡了。错错说他要回自己的房间，再看一会儿《魔山》，所以，他们相互淡淡地道了声晚安，错错便抱着那本又厚又重的大书回了自己房间，就像是托马斯·曼本人，像一个得不到爱的灵魂。

皮特和瑞贝卡回到卧室，肩并肩仰面躺着。他们小声地说着话。

瑞贝卡说："你觉得他今天过得开心吗？"

你绝对想象不到。

"难说。"皮特回答。

"你真好。"

"什么意思？"

"能这样忍受他。"

天呐，别谢我。

"他是个好孩子。"

"说老实话，我真不知道他到底是不是个好孩子。他心地很善良。你也知道，我算是放不下他了。"

是啊，还用说嘛？

现在大概正是时候——说不定是最后的时机——赶紧告诉她，他又在吸毒了。这样才能解决问题，是不是？他只要告诉了瑞贝卡，瑞贝卡就会把错错送去戒毒所的。他知道肯定是这样的。错错已经把他们的耐心都磨光了，瑞贝卡现在大概已经下了决心。只要皮特现在能告诉她实情——他就能摆脱错错了，而摆在错错面前的只有两个选择，要么接受姐姐们的安排（朱莉会坐下一班火车从华盛顿赶来，而萝斯会不会从加利福尼亚州坐飞机赶来则说不准），要么再次逃跑，自生自灭。显然，再没有可以妥协的第三条路了。姐姐们都已经受够了。

皮特说："我们都放不下他了。"

就在这时，他明白了。他想做，他要做，做一件不道德、不负责任的事。他想让错错这个孩子自取灭亡。他想残忍一回。或者说（更委婉地说），他不想做个理智的人，不想当那种负责任的好人，那种会做正确的事、去正确的地方，会把铁丝和锡箔、破地毯做成艺术品卖掉的人。他想生活在另一个更加阴暗的世界，哪怕只是一会儿——比如布莱克的伦敦，库尔贝的巴黎，在这些地方，只有普普通通、没有任何天赋的人才会循规蹈矩。但皮特·哈瑞斯，天知道你并不是天才，错错也不是，也许你们俩正好可以越一下界，也许你一直在等这样一个机会，因为他们都说，生命充满了惊喜，你的惊喜并不是慧眼识出了一个天才的年轻艺术家，而是找到了一个让你心动的年轻男人，这个男人是你妻子的翻版，是那个追求者不断的里奇蒙德美女的翻版，那个女孩子还狠狠地戏弄了一个羞辱了她姐姐的混蛋。瑞贝卡还是很好，但她现在已经不是那个女孩了。现在皮特捧在手里的，是逝去的青春、荒唐的生活、自我牺牲和对死亡的恐惧，他一会儿看到马修和纽约市一半的男人搞在一起，一会儿又看到了那个早已不存在的瑞贝卡。他心中好像在燃烧一团可怕的火焰。皮特在为这些已经消失的人悲伤，在为自己没有任何危险和激情的生活悲伤，悲伤了很久很久。是的，他会做的，是的。他和错错不会也不能再接吻了，但他知道曾经的那个吻意味着什么，那是一种让人恐慌的心醉神迷，这个机遇（也不知道说是机遇适不适合）将会颠覆他的生活。

瑞贝卡说："我就是想让你知道，我很感谢你。你和我结婚的时候，大概没有料到会有这些麻烦吧？"

"我料到了。我和你结婚的时候就料到了。这是你的家人。"

皮特，你娶的不只是她，而是她的家族，对不对？这就是她的魅力，瑞贝卡不仅仅是她自己，她还包括了她的过去，她那可爱的菲茨杰拉德小说般的过去，以及她那离经叛道、奇奇怪怪的家人。

"晚安。"她说。

她睡着了。她的美不容置疑，还有她的人格魅力。皮特觉得一阵羡慕。她当然也有自己的烦恼，但她是那么自信，只担心现实问题，绝不庸人自扰。她在这个世界上游刃有余。看看她那白皙、高贵的额头，还有她那精致的眉毛。看看她那曲线柔美的嘴，如一对玲珑的括弧——这张嘴曾嘲笑过胶原蛋白美容术。她会勇敢地活下去，在这个艰难的世界上干下一番事业，用她那毫不畏缩、直截了当的爱去爱那些她爱的人。

看来，他在晚饭时开的关于蒙大拿的幼稚玩笑，瑞贝卡似乎并不打算报复了。她大概察觉到了（是这样吗？），他犯了更严重的错误。

"晚安。"皮特回答。

皮特梦见他在画廊的某个地方拉屎了（哦，人的潜意识真是不知羞耻），他想趁着没人看见之前赶紧打扫干净，但他却找不到那堆屎了，他知道它应该就在那里。在某个地方。他突然醒了，在半梦半醒之间，他看到一个陌生的女人，应该是贝蒂·赖斯，这个女人告诉他，他们在很多年以前就都已经离开了，最后，他醒了，他觉得这更像是他脑海中一个危险、不安分的念头，而不是一个梦。还只有两点十五分，还不到他平时失眠的时间。但他还是起床去喝酒、去找安眠药。在客厅里……他一定是疯了，居然还想错错会不会像上次一样，赤身裸体地在客厅里等他，这也太同性恋了，这怎么可能不是同性恋？皮特多想再次看到他的身体，就像罗丹雕塑那样的身体，年轻灵活的身体，有着结实肌肉的身体，淡粉色的皮肤下面还能看到浅蓝色的血管，迷惘的眼神，还有那大大的脚掌。但错错此刻在睡觉。在门的另一侧……什么？什么声音都没有，错错是在睡觉吗？如果他能睡得着，那就让他见鬼去吧。皮特应该进去吗？他当然不应该进去。他给自己倒了一杯伏特加，从药柜里拿出安眠药，走到窗户边，街对角四楼的那个人居然也站在窗口，皮特从来没有看见过他，这大概就是此人每晚失眠的时间了。皮特现在看他看得很清楚，他客厅的灯全开着。他年纪很大，大概有七十五岁左右，粉色的头皮上飘着雪白的头发。他穿着一件蓝色的 T 恤衫，下半身应该穿着睡裤（但他腰以下被窗户遮住了）。他并不高大威猛，靠在窗户玻璃前，用一个大大的陶瓷杯喝着什么东西。为什么偏偏是今晚，皮特终于看到这个和他一起失眠的同伴了，这难道是老天的什么安排吗？应该不是，只不过今天皮特失眠的时间比往常早，所以才正好看见他。他不知道那个老头是不是看见了自己，他怎么可能没看见呢？但他即便看到了，也没有任何表示，皮特并不指望他会朝自己挥手（在纽约，两个衣冠不整的男人是不可能互相挥手的），但可以点点头，或是挪动一下，表示他看到了。但他什么举动都没有，就像皮特压根儿不存在，皮特突然想（难道安眠药已经开始起作用了？），说不定自己真是隐形的，他也许是自己的一个鬼魂，他已经在睡梦中死了，现在他的鬼魂爬起来看着对面七十多岁的自己，还在深夜的窗前站着。也许死人并不知道自己是死的。但这当然只是幻觉，也许是那片药让皮特醒着就开始做起梦来了，可它们那令人昏睡的力量呢……但也许那真是很多很多年以后的他自己，他的另外一个自我，在他自己的世界里醒着，也许他也有一个很能睡的妻子，皮特忍不住想——到了这个年纪，还在深夜的窗口看着外面空无一人的街道，你难道不应该在……在哪里呢？在巴黎？还是在北太平洋某处海滩上的帐篷里？如果你真在这些地方，难道就不会在深夜的窗口充满期待地朝外眺望了吗？（他有期待吗？如果有，他在期待什么呢？）

皮特从窗口转开，在这样的场景下，他是不是应该有所领悟呢？但他没有。

他终于看到了街对面悲伤的失眠老人（那应该不是皮特老了以后的样子，他太邋遢了），却什么都没有领悟到，他走到错错的卧室门口，轻轻、轻轻地把门推开了。

他到底有多疯狂？

还不是很疯狂。如果瑞贝卡醒了，发现他在错错的房间里，他可以说出一百个理由来。我听到他在哼哼，我怕他是生病了，不过只是做了个噩梦，大家都接着睡吧，没事了。

门静悄悄地开了，一点声音都没有。在里面：错错睡得很熟，他的气息好像混合了某种草本洗发水和一点点雪松的香气，还带着男孩子的汗味儿，有点酸，有点咸。是的，他睡得很熟，不知道在做什么梦。他的身体盖在毯子下面，是一个漆黑的影子。

皮特以前也曾站在这里，当时睡在房间里的还是碧儿。碧儿晚上哭的时候（他们搬到这儿的时候碧儿十一岁，所以她还是个小婴儿的时候并没有在这个房间），他会来看她，他突然想到——这是不是一种父子之间的感情？可能错错并不是瑞贝卡的转世，而是碧儿的化身？错错就像是一个皮特可以管教得更好的孩子，他是那么英俊，那么敏感——皮特能拯救他吗？他吸毒上瘾，他失去生活的目标是因为（可能吧，谁知道呢）出生在泰勒家族的时间太迟了吗？是因为父母已经变成了古怪又固执的老人，所以才造成他现在的性格吗？因为碧儿，老实说，也是个难管的小孩，任性又固执，没有好奇心，对念书没有兴趣，或者说，对什么事都没有兴趣。皮特难道不是错错的精神恋人，而应该是他失去已久的父亲吗？

他在与碧儿的相处上到底有多失败？为什么他总是急于把自己的事情献上圣坛？他认为在这件事上女儿也有一定的责任，这样的想法很卑鄙吗？

错不在孩子身上。他们不该受谴责。困惑的父母才是罪魁祸首，他们每说一句话都会加重一份罪孽。

他关上门，回去睡觉。

躺在床上，他做了更多的梦。梦醒的时候，他只记得一些片段：他在切尔西区到处乱走，不记得自己的画廊到底在哪里；他被一群恐怖的人追着跑，不是警察，但比警察更可怕。第二次醒来的时候，是他平常失眠的时间——四点零一分。瑞贝卡在他身边翻了个身，嘟囔了两句。她也醒了吗？没有。她是不是察觉到了什么？怎么可能察觉不到呢？

这就是一个两难的选择了：比瑞贝卡怀疑他更恐怖的就是瑞贝卡完全没有怀疑他，瑞贝卡对他的低落情绪是很敏感的。难道她已经适应了他的沮丧和彷徨，觉得那不再重要了？还是瑞贝卡觉得他本性就是这样的呢？

皮特脑海中突然冒出一个想象的画面：他和错错在某个地方的一间小屋里，也许是在希腊（哎，这奇怪的想象力啊），他们一起看书，就是看书，没有发生性关系，他们会分别和别人发生关系，但他们之间是纯精神的恋爱，就像一对父子，没有普通情侣间的积怨，也不会像家人一样冲着对方发火。

好吧，让这想象再持续一会儿吧。接下来会怎么样呢？错错大概迟早会爱上一个女孩（或者男孩），然后离开吧？他肯定会的。没有别的可能了。

问题是：如果在那样一个山边的小屋，看着窗外的树林和溪水，被错错抛弃，也应该还不错吧！你的生活平淡而空虚，你虽然年纪大，但还不老，为什么不朝着未知的方向迈开新的一步呢？

答案是：他不愿意。他希望能在自己身上发生一些离奇、轰动、丑闻性的大事。他可以——他必须——给自己一个惊喜。

一个被忽视的事实是：飞蛾扑火并不是被火焰所吸引，它们是被火焰另一侧的光所吸引，它们飞到火焰中，瞬间化为乌有，因为它们太想到那光亮中去了。

他站起来，走到浴室，又拿了一片安眠药。两个房间里睡的都是他爱的人，也许还有他自己不安分、不死心的灵魂，在那一刻，他也许真的可以在自己不知道的情况下安然死去，从而开始一个游魂的新生。

回去睡吧。

过了十分钟左右的清醒时间之后，第二片药的药力终于发挥作用了。

第二天早上，错错不见了。他的床铺得整整齐齐，衣服和背包不见了。

"这个小混蛋。"瑞贝卡说。

她比皮特先起床，皮特吃了两片安眠药，还是很有效的。他起床以后，发现瑞贝卡悲伤地坐在错错的床边，好像在等一辆巴士，带她去一个自己并不特别想去的地方。

"走了？"皮特站在门口问。

"好像是的。"她回答。

他应该是在他们俩都睡着以后，偷偷溜走了。

是，都是那些安眠药的错。如果皮特没有吃药，他应该能听到他离开的动静。

然而，如果你听到了，你觉得你会怎么办呢？

瑞贝卡和他到处乱翻，想看看错错有没有留下什么纸条，但他们都知道，不会有的。

瑞贝卡无助地站在客厅中间，双手垂在两侧。

"这个小混蛋。"她又说了一遍。

"他已经是个大人了。"皮特只能这么说。

"虽然他的身体已经长得像个大人，但他只是个被宠坏的小孩。"

"你就不能放手让他走吗？"

"你觉得我还有别的选择吗？"

"没有。我觉得你没有。你给他打电话了吗？"

"打了。你觉得他会接吗？"

这就是了：最终的解决方案。错错逃走了。一切都解决了。谢谢你，错错。

但是，当然，皮特也心碎了。

当然，皮特很希望错错能回来。

他突然涌上一阵悲伤和烦恼，就像一股电流。

瑞贝卡说："昨天发生过什么事吗？"

咔嚓一声。他感觉脑子里的血往上涌，头晕目眩。

"没什么特别的事啊。"他回答。

瑞贝卡呆呆地走到沙发边，坐下了。她就像一个在医院候诊室等待的病人。毫无疑问——这就像他们又一次失去了碧儿。那时，他们开车送她到巴德以后，回到家，心里一半是麻木的空虚，一半是解脱（他们都没能把这种感觉说出来）。再也听不到她的埋怨和生气了。但他们又开始了一种新的担心，因为她不在身边，所以这种担心更强烈，但同时也更压抑了。她现在完全要靠她自己了。

"也许现在真的、真的是时候不去管他了。"她说。

皮特感觉血都冲到了自己耳朵里，他根本没听见她在说什么。她怎么可能还不明白呢？他一时对她十分生气。因为她太不了解他了。她不知道，他才是错错一直以来所关注的对象，这个英俊漂亮的孩子在过去的二十年一直在迷恋着他。（皮特决定，目前他要相信错错对自己的爱都是真心的，他在卡罗尔·波特家草坪上说的每一句话也都是真的。）随着错错的消失，皮特对他的怀疑也消失了。

他走过去，坐在她身边，伸出一只胳膊搂住她肩膀，他不知道她能否察觉到他的背叛，她怎么可能没听到他内心的躁动呢？

"你不能替他生活。你明白的，是不是？"他说。

"我知道。我明白。但是，他以前从来没有这样消失过。他总是会告诉我他在哪里。"

好吧。她还是觉得自己是他最特别的朋友。他喜欢她，胜过了对朱莉和萝斯的喜欢。

多么愚蠢的人类啊！

他们静悄悄地坐了一会儿。随后，也没有什么可做的了，他们便穿好衣服去上班了。

维多利亚·黄的作品展已经布置好一半了，谢谢你，优塔。皮特站在展厅里，手里端着每天早上必喝的星巴克咖啡（优塔在自己的办公室里，做着各种杂事）。黄的作品风格还是差不多——现在再改变风格已经不合适了。有一个展台（一共五个展台）已经完全布置好了：是一个电视机屏幕（现在没打开），打开以后，会播放一个十秒钟的视频，视频中是一个肥胖的中年黑人男子，他急匆匆地走着，一副成功人士的打扮，他的头发剪得很短，穿一套样子不错但也不贵的灰西装，手上拎一个米黄的公文包，显然这个公文包要比西装贵一些，但已经很旧了，他难道不知道，你是不能提着这样一个破旧的公文包去参加会议的吗？他是觉得这样显得自己很酷（但其实并不是），还是买不起新的？这个男人走在费城的大街上，和他周围的行人没什么区别，突然风吹来一个塑料袋，他灵活地躲开了。整个视频就是这样。

维多利亚在旁边的架子上摆了很多周边货品，用灯光照着。包括以这个男人的形象为原形制作的小人偶（她让人在中国定做的），印着他头像的T恤衫、钥匙链、午餐盒等等，还有和他一模一样的衣着行头，就好像他是某个大明星一样。还有，这一季的新创意，给孩子穿的万圣节服装。

这个创意不错。有点讽刺的意味，但让人觉得很亲切，这种平民明星的概念，按照沃霍尔的手法，应该能引起所有人的共鸣吧。这个想法很聪明。它包含了一些讽刺和屈尊的感觉，但本质上，它是一种致敬（如果你认识维多利亚·黄，你就会非常清楚这一点的）。每个人在属于自己的小小星球上，都是明星。那些真正的明星，那些形象被做成人偶、印到午餐盒上的明星反而是次要的——我们都很熟悉布拉德·皮特和安吉丽娜·朱莉，但当我们走在费城的街道上，赶着去开晨会，躲着被风吹来的塑料袋时，我们对这些明星的喜爱也就靠边站了。

但是，这没有让皮特产生任何感觉。现在没有。今天没有。他现在正需要……更多。比这个绝妙点子更多的东西。比那个泡在水缸里的恐怖鲨鱼更多的东西，比这个走在大街上以简洁的方式代表着明星的男人更多的东西。比这一切都更多的东西。

赶紧去办公室吧，要给别人发发电子邮件了。还得打几个电话。

你在哪里，错错？

十八封新的电子邮件，写信的人都认为自己的事是急事。但只有一件事是皮特非做不可的：给格罗夫打电话说说昨天的交易。

"嗨，我是格罗夫，请你留言。"

他当然又是一个从来不会马上接电话的人。

"嗨，鲁伯特，我是皮特·哈瑞斯。卡罗尔·波特很喜欢你那口大缸，在我看来，她肯定会买的。给我打个电话，我们约个时间，我带你过去看看。"

然后，好吧，给维多利亚也留言吧。

"嗨，维多利亚，我是皮特·哈瑞斯。你的展览看起来好极了。你明天大概中午的时候过来，把剩下的都布置好，好不好？我等不及想见你了。祝贺你。这次展览一定会非常漂亮的。"

他现在不想回邮件。也不想再给任何人打电话了。

那副被划坏的文森特的画在办公室里靠墙放着。切口垂下来一点点，隐隐露出里面的帆布。皮特走到画旁边，小心地扯着包装纸的一角，好像是它也能感觉到疼痛一样，他把切口拉开了（反正这幅画已经毁了，修复不好了，接下来就是保险公司的事了）。包装纸很厚，是上了蜡的牛皮纸，很难撕开。撕开的声音很低沉，有点性感。

他打开的只是一幅平庸的画作。菲里普·加斯顿的色调，直接仿效自杰拉德·里奇特的刮擦和晕染技法。一幅低劣的仿作。

皮特走近优塔的办公室。她正对着电脑，皱着眉头，右手端着一杯清咖。

她说："你觉得黄的作品怎么样？"

"挺好。你猜我刚刚做了什么？"

"我洗耳恭听。"

"我把文森特的那幅一团糟的画全部撕开了。"

她用阴沉的眼神看着他。"你不应该撕开的。"

"反正已经毁了。他不可能来修复了。"

"到时候很难跟保险公司的人解释啊，你也知道他们是怎么做事的。你能告诉我你为什么要这么做吗？"

"出于好奇。"

"那么，你找到了什么呢，好奇先生？"

"只是一幅拙劣的习作而已。"

"你不是在开玩笑吧？"

"当然不是。"

"好吧。那个小混蛋。"

优塔和瑞贝卡难道在本质上是同一个女人吗？他是娶了两个相同的女人吗？

"这下有些事情就要改变了，你觉得呢？"他说。

"应该是吧。"

"应该？"

"这些艺术品本来就是一个抽象的概念。让观众觉得下面有什么好东西，但又不让他看到……"

"就像是薛定谔的猫。"

"你这个比喻太妙了。"

"我觉得我们不应该再继续给他做代理了。"

"是不能继续代理了，"优塔说，"他的东西本来就无人问津。"

皮特的手机忽然响起了勃拉姆斯的乐曲。未知号码。"我得接一下。"他一边说，一边走到了办公室外面狭小的走廊里。

会吗？有可能吗？

"你好。"

"嗨。"

真的是。

"你在哪儿？"

"和一个朋友一起。"

"什么意思？"

"意思就是，我和一个朋友住在一起。他叫比利，他住在威廉斯伯格，我没有住在什么地下的毒窟。"

真的，错错，我们为什么要去关心你有没有住在地下室里吸毒呢？

皮特说："那你一切都好喽？"

"我不知道这算不算都好。我挺好的，你懂我的意思吧。你呢？"

噢噢，谢谢你的问候。

"还行吧。"

"我想见你。"

"为什么？"

"我们应该谈谈。"

"好吧，是应该谈谈。你知道瑞贝卡有多担心你吗？"

电话那头是短暂的沉默，只有呼吸声。

"我当然知道。"错错说，"你觉得我难道想让她担心吗？"

"你要是走的时候，给她留个纸条什么的，她就不会那么担心了。"

"那我应该在纸条里写些什么呢？"

去你妈的，你这个被宠坏的小东西。

"也对，"皮特说，"我们是应该谈谈。你想到我的画廊来吗？"

"要不另外找个地方见面吧？"

"你想去哪里？"

"第九大道上有一家星巴克。"

好吧。星巴克。那可是公众场合，没有什么私密的包厢，对不对？也没有什么见不得人的，星巴克就星巴克，为什么不行呢？

"好。什么时候？"

"要不，四十五分钟之后？"

"不见不散。"

"好。"

他挂断了电话。

"是维多利亚打来的吗？"优塔在她的办公室里问。

"不是。只是个不相关的人。"

皮特走回自己的办公室，被撕烂的包装纸下面，仍然还是那幅文森特的画。

如果皮特能够站在这里，久久地注视着这幅劣作，会是个很浪漫的场景吧，是不是？但皮特集中不了自己的注意力。如果说这幅画是要表达一种隐喻，那也只能说这种手段并不高明。这只不过是一个二流艺术家的小把戏而已。仅此而已。

皮特还有别的事要思考。

错错到底在想什么？四十二分钟之后，在他妈的第九大道上的他妈的星巴克咖啡店里，到底会出现怎样的场景呢？错错是不是要说，他已经不能再忍受这样逃避下去了？他会请求皮特和他一起私奔吗，把一切都抛下，去往……去往那希腊的小屋，或是柏林的公寓？如果错错真想这样，皮特会怎么说呢？

好的。他很有可能会说好的，上帝保佑他吧。他完全不会去想最后的结局会是怎样。他早已经准备好了，只需要一点鼓励，他就能抛下自己的生活，没有人，在他所认识的所有人中，没有人会同情他的。

皮特开始回电子邮件。要正常，要表现得正常些。他不想去注意时间，但电脑屏幕右下角的那个时间显示当然会每隔一分钟就跳一下。还有二十六分钟，维多利亚到了。他听到优塔把她带进来，他走到展厅去迎接她。

微笑。保持微笑。

维多利亚很热情，也有点古怪，她是个华裔女子，个子很高，剪一头短发，总是喜欢戴大大的环形耳环和巨大的卷边围巾。

"你好，才女。"皮特说，"你的作品看起来好极了。"

他和维多利亚齐轻轻地迅速拥抱了一下。吻了一下脸颊，但嘴唇并没有真的碰到脸。

她说："你是不是觉得我开始变得老套了？"

优塔是一个真正具有职业精神的人，她说，"你还是有很好的作品。这些都各有不同。当你的风格需要有更大的变化时，你会知道的。"

"你会告诉我的，对不对？"维多利亚对皮特说。她不喜欢女人。

"我们会的。"皮特回答。"你现在做的完全正确，顺便说一句，你这次的展览一定会引起轰动的。相信我。"

维多利亚露出一个半是乐观、半是疑惑的浅笑。实际上，她是皮特所有签约艺术家中，最没有不切实际的幻想的一个。她身上有种小女孩的气质，她很严肃，也很紧张，充满了期待，就像一个小女孩要把自己的布娃娃都换上新衣，把它们都放在舞台上，她带着一种骄傲和尴尬的情绪把这些娃娃拿给大人看，每一次都会害怕得不到大人和上次一样的表扬。（有点做作吧？）这样一来，皮特是会更喜欢她的作品呢，还是会更不喜欢维多利亚这个人呢？

"准备好开工了吗？"皮特说。

"嗯。"

"你想喝茶吗？"她是喝茶的。

"好的，谢谢。"

皮特去沏茶，优塔朝他投来一个充满感激的眼神。为什么优塔要去给一个看不起自己的女人倒茶呢？

皮特走进储藏间，咖啡和茶都放在这里，他把电水壶打开。在这里，还存放着各个艺术家的画，准备拿给有兴趣的客户看，这些画都用塑料袋小心地包好，都贴上了标签。皮特和优塔把这里管理得井井有条。

这不是某种隐喻吧，是吗？画家们画好了画，让它们静静地等在这个房间里，直到某个人表示出对它们的兴趣。这并没有什么不对。也没有什么好伤心的。

但是，皮特很想从这里走出去。

但他不能，他还没有那么极端，他必须等水烧开，他还要给维多利亚沏一杯绿茶。

在展厅里，维多利亚和优塔正在讨论关于第二个展台的布置，展台将会放在展厅的北角。皮特把茶递给维多利亚，她用双手接了过去，好像在接什么贡品。

"谢谢你。"

"不客气。"

皮特说："我要出去一下，马上回来。"

他避开了优塔充满疑惑的眼神——皮特从来不会"出去一下"，做什么优塔不知道的事。他们之间从来没有秘密。

"那一会儿见。"优塔说。

你这个可悲的家伙，还要在厕所停一下，整整自己的头发，看看牙缝里有没有塞什么东西，然后才敢出门。

那就走吧。如果你再不回来了怎么办？你能想象优塔对别人说，他去了哪里居然都没有跟我说吗？是的，当然能。

他故意迟到了七分钟，因为他不能忍受等在那里，当然，错错也有可能迟到不止七分钟，皮特在脑海深处也想过，如果他迟到了七分钟，错错已经走了怎么办，他来了然后又走了，这时他突然涌上一阵疯狂又恐慌的感觉。他走到星巴克那熟悉的大门前，心里又是期待，又是害怕。他期待了这么多年，在心底期待了那么久，希望自己能获得自由，能重新找回那些花在工作和朋友（实际上，他好像也没有什么真正的朋友，大概优塔算一个——这到底是怎么回事——他年轻的时候曾经有那么多朋友）身上的时间。

他推了推两扇玻璃门中的一扇，居然是锁着的（为什么在纽约，大家总要把两扇门中的一扇锁上呢？），他有点尴尬，从另一扇没锁的门走了进去。上午的星巴克人不多，但也差不多坐满了一半的地方，有三三两两成群的女人，还有两个对着笔记本电脑的年轻人，这大概是全市最划得来的地方，4.4 美元买一杯咖啡，就可以在这里坐上一整天。

后面靠窗的座位上，坐着错错。

"嗨。"错错说。真的，他还能说些什么呢？

皮特说："很高兴看到你。"是不是有点讽刺的味道？

错错已经买了一杯咖啡（大杯的卡布奇诺，皮特不可能注意不到）。他说："你要喝咖啡吗？"

皮特说要。实际上他并不想喝，但如果手上什么饮料都没有，坐在错错的对面会显得很奇怪。他走过去排在队伍后面（他前面有两个人，一个胖胖的黑人女孩，还有一个梳着大背头、穿着毛衣的男人，这两个普通人完全有可能出现在维多利亚的那些 T 恤衫和午餐盒上，但他们并没有）。皮特耐心地排队，耐心地等着这难挨而又普通的一刻快些过去。

他点到咖啡以后，回到错错的桌子旁，觉得自己点的小杯脱脂拿铁是个错误，同时又极力想甩掉这个奇怪的想法。

错错当然还是很冷静。在这个普通的场合下，他那种王子般的帅气就显得更加突出了。他的鼻子像罗马人一样高耸着，大大的棕色眼睛像迪斯尼动画片里的主人公。额头上还有一缕灰发。

桌子旁边的地板上，放着他来纽约时背的背包。

皮特俯下身。他至少还要保留一些尊严。

他说："你把瑞贝卡吓死了。"

"我知道。对不起。我今天会给她打电话的。"

"你能不能先说说，你为什么要走？"

"你觉得是为什么？"

"我是在问你。"皮特说。

"我不能住在那里，一如既往地做自己的事情，当作什么都没有发生过。"

"等一下。难道不是你当时说要当作什么都没有发生过吗？"

"我是慌了。天呐，皮特，我们马上要走进家门，和姐姐一起吃饭了，我难道要在家门口扑进你的怀抱吗，能吗？"

皮特的喉咙深处冒出一种可怕的、令人陶醉但又充满危险的感觉。瘾君子大概都是有点脾气的吧。那么，确实还是发生了什么的。这个男孩，这个年轻时瑞贝卡的翻版，这个优雅而充满渴望的碧儿的翻版，这个活生生的艺术品，是在表白着自己的爱吧。

"不能，"皮特说，"你不能。"他的声音是不是在发抖？可能吧。

一阵短暂的沉默。有那么一刻，就一刻，皮特后悔了。他不能这样。瑞贝卡和碧儿什么错也没有，他不能这样对她们，瑞贝卡会多么伤心啊（而碧儿，很有可能从此恨她的父亲一辈子，但她可能正想这样，反正她已经恨他很久了）。他突然觉得头晕目眩。他很想做一件说不出口的事。从此以后，他再也不会觉得自己是个好人了。

"你告诉她了吗？"错错问。

什么？

"当然没有。"

"你不会告诉她，对吗？"

"嗯，我们应该谈一谈，你觉得呢？"

"请你不要告诉她。"

然后，皮特好像是这样说了。

"错错，我对你是有感觉的。我想你。我梦到了你（其实并没有，你梦到拉屎，梦到被人追赶，但你要这么说也可以）。我不知道我是不是爱上了你，但我确实对你有种感觉。老实说，我想我再也回不到以前的生活了。"

错错很平静地听着这一切。只有他的眼神，透露着一点什么。它们闪烁着一种朦胧的光。此时，他那略微有些生气的目光第一次使他显得有点愚蠢。

他说："我说的，是关于吸毒的事。"

噢。

一种可怕的醒悟在皮特头顶盘旋，但他没有完全确定。他全身都起了鸡皮疙瘩。脑子越来越热。有那么一刻，他以为自己又要吐了。

他听到自己说："你担心的是我会不会告诉她你又吸毒了？"

错错很明智，并没有作出回答。

那么，这就是威胁了。他被设套了。掉入了一个圈套。你，皮特，只要不提我吸毒的事，那我，错错，也绝不会说我们接吻的事。

皮特好像又在说："那么，那些话都是你编的喽？那些……"

别哭啊，你个笨蛋。别在这个冷漠的男孩子面前哭，别在星巴克里哭。

"哦，不是。"错错说，"我一直就对你有好感，这一点我是不会撒谎的。但你是我的亲姐夫啊。"

确实，我是你的亲姐夫。我以为会发生些什么呢？

你以为会有一种强大的力量带你走出现在的生活，进入一个全新的人生。你相信会这样的。

"对不起。"皮特说，他这么说是什么意思呢？他对不起的是谁呢？

"不用对不起。"

"好吧，我并不是要对不起。你现在打算怎么办？"

"我想去加利福尼亚。我有朋友在那里的海湾区。"

你想去加利福尼亚。你有朋友在海湾区。海湾区，甚至都不是旧金山。

"你去那里干什么？"皮特觉得自己的声音好像是从很远的地方传来的。他灵魂出窍，他的魂魄就站在他背后。

"我有个朋友是做计算机图表的，他想找个合作伙伴。我的计算机水平还不错。"

你的计算机水平不错。你会去海湾区，和一个朋友一起做计算机图表。你并不想去希腊的某个山顶小屋，和一个老男人谈一场短暂的恋爱，然后再和他拜拜。这种情形你连想都没有想到过。

你只是想让我不告诉你姐姐吸毒的事。你需要一个要挟我的把柄，才能确保我会保密。

"听起来还不错。"那个声音从皮特左肩后面的某个地方传来。

"你保证,你不会告诉瑞贝卡?"

"如果你能保证在走之前跟她道个别。"

"我当然会去和她道别。我会告诉她,我今天早上之所以离开是因为我有点惭愧,因为昨天我发现自己并不想成为一个艺术经纪。她会理解我的。"

她会。她会理解的。

皮特说:"说什么都好。"

"你对我太好了。"

太好。也许吧。或者说,我太愚蠢了,竟然相信了你的话,但陷入爱情的人不都是这样吗?我们什么时候会接到从海湾区打来的电话,通知我们你吸毒过量的死讯呢?

"没什么,"皮特说,"毕竟都是一家人。"

然后,就真的没什么可做的了,只有离开。他们在第九大道和第十七大街的路口道别,这个微风习习的乏味路口。正好一个塑料袋被风吹过,飘过他们的头顶。

皮特说:"那你今晚会回家吧?"

错错调整了一下背包的背带。"如果你不介意的话,我觉得我还是等下去瑞贝卡的办公室,在那里和她道别。"

"在家里连一个晚上都不愿意多待了?"

背带调整好了,错错朝皮特露出一个泪光闪闪的眼神,也许这是最后一次了。

"我再也忍受不了像昨晚那样的情况了,"他说,"你能吗?"

谢谢你,错错,谢谢你承认了我们之间确实发生了一些什么的,确实。你大概也觉得有些羞愧了吧。

"大概吧。你觉得……"

错错等着他说完。

"你觉得，你这么匆忙地离开，瑞贝卡不会觉得奇怪吗?"

"她已经习惯了。她知道我是这样的。"

是吗? 她真的知道在你那迷人的魅力之外，你还是一个卑鄙，或者至少说是个比较肤浅的人吗?

也许不知道吧。对瑞贝卡来说，错错不也是一件艺术品吗，就像错错对皮特来说（曾经）一样。他难道不应该保持这样吗?

"那好吧。"皮特说。

"我会从加利福尼亚给你打电话的，好不好?"

"你要怎么去那里?"

"坐汽车去。我没什么钱了。"

你不会坐汽车的，错错。瑞贝卡不会让你坐汽车的。她首先会不让你去，但当她明白她阻止不了你，阻止不了你做任何你想做的事的时候（当然，她并不知道你到底在做什么），她就会拿起电话，帮你买一张飞机票。你和我都清楚的。

"那一路顺风。"

这些就是你道别的话吗?

"谢谢。"

他们握了握手。错错走了。

事情就是这样的。皮特曾以为他会不顾一切地走掉，以为他会这样毁了他人的生活（当然也包括他自己的），因为激情是超越一切的，无论那种激情是多么虚幻、多么错误，所以别人也将对他无可指责。历史不也同情那些悲剧性的爱侣吗，比如盖茨比，比如安娜·卡列尼娜，历史原谅了他们，尽管也毁灭了他们。可是皮特，你只是个站在曼哈顿无名角落里的小人物，必须自己原谅自己，自己毁灭自己，因为没有人会来帮你完成这个任务。你的头顶上没有画着树叶般的金星，只有凉爽的四月午后的灰暗天空。也没有人会把你的样子做成铜像。你和所有被这世界遗忘的的普通人一样，在耐心地等待着一辆可能永远也不会来的火车。

除了回去工作，他还能怎么样呢？

至少，他得出了一个结论——什么都不会发生。他想到这一点的时候，觉得有些苦涩，又有些轻松。他回到了自己的生活（但已经和以前不一样了），他很有希望在工作上大展宏图（格罗夫说不定会和他签约，如果像他这样的艺术家都来了，谁知道还会有谁跟在他后面呢？），他隐隐觉得，他和瑞贝卡很有希望再次获得幸福。满满的幸福。

问题是……

问题是，他能看到所有事情最后的完美结局。他的画廊终于成为了一流的画廊，他和瑞贝卡重新开始了平静的生活。他会做到的。

天气变冷了，今天早上的天气预报就这么说来着——会有一次反季的降温。但皮特却并没有因为心情的原因觉得格外冷——他的自控力很好。他也没有那么失魂落魄，他还是注意到了街上熙熙攘攘的人群：大家都是行色匆匆，五个女孩子袅袅婷婷地走成一排聊天（他绝对不会，我跟她说过了，你的手提包，瑞塔和戴芙娜和茵妮），别的路人根本插不过去。一个穿着入时的女人正在垃圾桶里翻易拉罐。还有边走边笑的人，边走边看商店橱窗的人，边走边打手机的人。这就是这个世界，即便有某个男孩让你丢了脸，你还是生活在这个世界上。

他回到画廊的时候，维多利亚的第二展台就快布置好了。优塔和那几个男孩（也许他永远都没法解雇他们了，因为总有一些需要他们做的急事冒出来，是不是？）正在整理摆放周边商品的展柜，维多利亚带着她一贯的少女般的惊讶表情看着——看那儿，竟然变成了这个样子！

优塔说："你回来了。"其实她的意思是，你到底去了什么鬼地方？

"我回来了。"他回答，"看上去不错。"

"我们正要去吃午饭。"优塔说，"今天晚上九、十点钟之前就能布置完了，我觉得。"

"很好，非常好。"

他走进自己的办公室。那幅被划坏的文森特的画还在这里，这幅没什么特别意义的画。他坐在桌子边，想着自己应该做点什么。有很多事需要他去做。

过了一会儿，优塔来了。

"皮特，怎么了？"

"没什么。"

"快说。"

告诉她吧。总得告诉某个人。

他说："我好像是爱上了我妻子的弟弟。"

优塔大概一辈子都在练习处乱不惊的艺术。"那个小孩？"她说。

"是不是很悲哀？"他说，"我是多么愚蠢、多么悲哀、多么可怜。"

她歪着头，看着他，好想他突然被烟雾笼罩了起来。"你是在告诉我你是同性恋吗？"

他突然想到在卡罗尔·波特家草坪上的那一幕，那个时候，皮特对错错说，"那么，你是同性恋喽。"是的，但又不是。没那么简单吧。

他对优塔说："我也不知道。我的意思是说，如果我不是同性恋，怎么会爱上一个男人呢？"

"放松点。"优塔说。

她把重心放在一只脚上，扶了扶自己的眼镜。要开始上课了。

她说："你想跟我说说吗？"

"你想听吗？"

"当然想听。"

那好。那就说吧。

"没发生什么。就是一个吻。"

"一个吻就代表发生了什么。"

阿门，老大姐。

"老实说，我觉得我爱上的是……我不知道我说这个的时候会不会笑出来。我觉得，我爱上的是一种美，这个男孩身上体现的一种美。"

"你一直爱的都是美的本身。你真的很好笑。"

"我是。我很好笑。从这个方面来说，确实如此。"

"你知道吗，皮特……"

她的口音，她那可爱的、永不落幕的浓重口音，好像随着这沉重的时刻，变得越来越明显。

"你知道吗，如果你爱上的是一个年轻女孩，事情就简单多了。可怜的家伙，你从来不走简单的路。"

天呐，优塔，我太爱你了。

"你觉得我是在逃避什么吗？"

"不是吗？"

"我是爱瑞贝卡的。"

"这不是重点。"

"那你觉得重点是什么？"

她停下来，又扶了扶眼镜。

"有人曾说，你能想象得到的最可怕的事大概就是已经发生的事。这话说得很滑头。不过也很有道理。"

"你想听最精彩的部分吗？"皮特说。

"我一向爱听最精彩的部分。"

"他其实是在耍我。"

"他当然是在耍你。他不就是个小孩吗？"

"还有更精彩的。"

"我听着呢。"

"他还威胁我。"

"太像十九世纪的风格了。"她说。

"我发现他又在吸毒，所以，他引诱了我，威胁我不准把他吸毒的事告诉瑞贝卡。"

"哇！他胆子不小啊。"

她的语气中是不是有一种隐隐的崇拜？

不管是不是，皮特都明白了：他，皮特，就是一个漫画书里的角色。他怎么可能会想到是错错真的爱上了他呢？他是一个被人玩弄于鼓掌之上的傻瓜。他很容易上当受骗，因为他空虚寂寞、爱慕虚荣。

我们本可以感动星辰，却只是敲着木桶让狗熊跳舞。

"我是个傻瓜。"他说。

"你确实是。"她回答。

优塔走到他的桌子旁边，伸出一只手，搂住他的肩膀。只有一只手，轻轻地搂着，但这对优塔来说已经很不简单了。她不是一个喜欢拥抱的人。

"你又不是头一个在爱情里犯傻的人。"她说。

谢谢你，优塔。谢谢你，我的朋友。但这样是不够的，是不是？光有安慰是不够的，在我看来，我就是一个可怜又可悲的普通人，在独自伤心地跳舞。

如果我能在你面前嚎啕大哭一场，也许我会好受一些。但即便我想这么做，即使你能容忍我这样做，我也不能。我的内心都已经干涸了。我感觉肚子里像是塞进了一团毛发和沥青。

"是啊，"他说，"我不是。"除此之外，他还能跟她说些什么呢？

这一天剩下的时间匆匆过去了。九点一刻的时候，整个展厅都布置好了。泰勒、布兰奇和卡尔都已经回家了。皮特和优塔、维多利亚站在展厅的正中间。

"不错，"优塔说，"会是一个很好的展览。"

他们周围的墙壁和地板上是维多利亚塑造的五个平民英雄形象：一个是穿着外套的黑人男子；一个是在钱包里找零钱付停车费的中年妇女；一个是胖胖的尖脸女孩，她正拿着一个小小的白色塑料袋（里面应该是她午餐要吃的面包圈，绝对是）从面包店里出来；一个是长得像老鼠的亚裔小孩，十二岁左右，滑着一块滑板；还有一个是西班牙裔女子，推着一个双人婴儿车，车里她的两个双胞胎正在哭个不停。视频播放着，展厅里的三个黑色喇叭也放着贝多芬的《第九交响乐》，放了一遍又一遍。相关商品摆在架子上：有 T 恤衫，有玩偶小人，有午餐盒，还有万圣节服饰。

"还不错吧？"维多利亚问。

"相当不错。"皮特告诉她，但这句话他大概对任何一个艺术家都会说。

该把视频和喇叭都关了，然后关灯回家。明天会有一些经纪人来，还有很多重要的大客户。《艺术论坛》会在下周登出相关报道。愿老天保佑你在这个艺术的世界里步步高升，维多利亚。如果我能成功地签下鲁伯特·格罗夫，也许你就不会离开我另请高明了。

要装作很在乎的样子。要尽量装得郑重其事。

如果你在自己的人生故事里，都已经不是英雄了，那你该怎么办呢？

你晚上还是会下班，回到家中妻子的身边，是不是？你们边吃晚餐，边喝上一杯马提尼。你们看书，或者看电视。

你就像布吕盖尔画里不起眼的伊卡鲁斯，淹没在一张巨大画布的角落里，而在这张画布上，有人在耕作田地，有人在喂养牛羊。

优塔说："要不我们一起去吃晚饭吧？"

嗯。不行，真的不行。今晚不行。不能坐在一家餐厅里说啊说的，哪怕对方是善良又低调的维多利亚·黄。

他说："要不你们俩去吧？"他对着维多利亚又说了一句，"我最近有点不舒服，我得早点休息，明天才能以最佳状态去迎接你的粉丝。"

她怎么能反对呢？

优塔又朝他投来一个老师般的目光。他可以走了吗？

她说："我们可以随便吃点，你知道的。"

"我就是个随便的人，"皮特回答。哈哈哈。"真的，等到开幕的那天晚上，我们再好好吃一顿，不醉不归。但现在，我真的想回家睡觉了。"

"既然你这么说，那好吧。"优塔回答。

"那你们先走吧，"皮特说，"我还想在这里待几分钟。我想一个人在展厅里看看。"

有谁能反对呢？

优塔和维多利亚拿了她们的外套，和皮特一起站在门口。

维多利亚说："谢谢你做的一切，皮特。你太好了。"

谢谢你，维多利亚，你也是一个善良又正直的人。好奇怪，这些最单纯的品德反而是最重要的。

优塔说："如果有需要，只管给我打电话，好吗？"

"当然。"

她紧紧地握了一下他的手。就像他当时站在那只鲨鱼前面，紧紧握住贝蒂的手一样。

谢谢你，优塔。晚安。

那么，你终于独自留在这里了，周围是五个过着平常一天的人，音响里放着伦敦交响乐团演奏的贝多芬《第九交响乐》的开场曲，一遍又一遍。

这些人是怎么得到救赎的，又是怎么失望的？在他们身上会发生什么，他们现在怎样了？也许什么都没有发生。还是做着琐碎的事情，去上班，那个男孩子还要去上学，大家都在晚上看看电视。或是做点别的什么事。谁知道呢？他们每个人当然都有一个内在的自我，不仅是伤痛和希望，而是一种内在，贝多芬也许会把它叫做灵魂，那是我们身上留下的一种余火，是简单的生命所在，都纠结在梦和回忆中，但又不止梦和回忆，不止那些时刻（过马路的那一刻，离开面包店的那一刻），那是一种无限，在这个属于你的宇宙中，你一直都在，而且也永远都会滑着滑板，或者在包里找零钱，或是带着哭闹的孩子回家。莎士比亚不是曾经说过，我们小小的人生就是一个梦。

皮特现在很想睡觉。睡啊，睡啊，好好地睡上一觉。

或者哭一场。哭一场应该不错，可能不错，能够发泄心情，但他的内心已经干涸，他觉得这种感觉更像是消化不良，而不是绝望悲伤。

他是个既可怜又可笑的小人物，不是吗？

再看看你的展厅吧，这些东西可能卖得出去，也可能卖不出去。但它们最终都会被取下来，被另一个展览所取代。格罗夫，如果你足够幸运的话，拉哈提，如果你……不那么幸运的话。不是说拉哈提的东西不好，那些费尽心力画出的加尔各答的小幅风景画都很精致，皮特也很喜欢它们（他真的很喜欢），但他就是不怎么红（小幅画就是没有大幅画卖得好），还算好，皮特不用把他的作品拿走给格罗夫腾地方。皮特觉得自己会继续这样下去，他能接受就这样当一个二流的艺术经纪，受人尊敬，但别人绝对不会敬畏他。如果能签下格罗夫，你（大概）就能跻身一流行列；签不下格罗夫（说真的，如果格罗夫想去签一家更大的画廊，你能怪他吗?），你大概以后永远都只能这样了（你已经有差不多十年都是这个样子了），你的职业生涯从此盖棺定论，既算不上成功，也算不上失败，你不会被社会忽视，但也不会被牢记。

维多利亚的五个平民主角在周围绕啊绕。贝多芬的音乐在耳朵里胜利地回响着。此刻，错错大概正坐在跨越美国大陆的飞机上，俯瞰着下面的夜景。

如果能在这里，在画廊的地板上，在五个随意的陌生人中间睡上一觉，应该感觉不错，他们一遍又一遍地重复着生活中一个短暂的插曲，而这个插曲可能他们现在自己都已经不记得了。

关上屏幕，关掉音乐，关灯回家吧。

但是，你还是想留在这里。这也许算不上什么伟大的艺术品，但已经够完美了，你觉得很安慰，你希望待在这里，过了今晚，等那些买家来看过之后，你也许就不会觉得它是这么完美了。

他选择了五个普通人中的一个，那个拿着破公文包的黑人男子。这个家伙有点矫揉造作，描了眼线的眼睛显得不太正经，皮肤是那种死沉沉的深褐色，西服是枪管灰的人造革，亮晶晶的，很是庸俗。偶像崇拜会导致低级趣味，不是吗? 即使是那些镀着亮铬、镶着玻璃眼珠的圣母玛利亚，或是金碧辉煌的佛陀，不也一样吗？肉身，真实又鲜活的肉身，胜过一切刻意的雕琢。

什么样的画家最有可能把皮特现在的样子画下来呢？肯定是弗朗西斯·培根吧，是吗？他会把皮特画成那种有着粉色皮肤的裸体中年男人，摆出一种很痛苦的姿势。皮特还想象着自己的样子被做成了青铜雕塑。是，他就是这么虚荣。

我们本可以感动星辰，却只是敲打木桶让狗熊跳舞。

然而，能够拥有一只木桶来跳舞，也是件了不起的事——并不是一无所有呀。哪怕那只狗熊就是你自己。

皮特回到家时，瑞贝卡已经在床上了。不过是九点半刚过。

她蜷着身子，朝着墙壁，裹在被褥里。皮特一时联想到了印第安女人，裹在睡袋里，睡在火堆旁。

她知道了。错错把一切都告诉她了。皮特一时感觉失去了平衡，就好像脚下的地板开裂了。他要抵赖吗？那很容易的。因为错错向来说谎成性，皮特可以冠冕堂皇地为自己辩护。可如果他说谎，那这个谎言就会一辈子缠住他，错错也会因为他的谎言而被人一辈子指责。皮特拼命克制住想要转身离开的冲动，离开这间公寓，逃往……哪里呢？到底是哪里呢？那个地方又有什么在等着他呢？

他走进房间。还是多年前他们在巴黎跳蚤市场上买来的那几盏台灯。床头的墙壁上，还挂着三幅特里·温特斯的画作。

"嗨，"皮特终于开了口，"你不舒服吗？"

"只是累了。错错今天走了。"

"是吗？"

这样装疯卖傻是不是太明显了？瑞贝卡能嗅出他身上不忠的味道吗？

她没有转过身来看着他。

"去了旧金山。"她说，"有人在那里给了他一份工作，好像是这么回事。"

皮特尽量保持正常的声音和动作，尽管他已经忘记自己正常时是什么样子了。

"什么样的工作？"

"电脑制图。别问我更多了。我甚至搞不清这究竟能不能算是一份工作。"

"你觉得他为什么会突然想做那样的事呢？"皮特问道，同时觉得脊背上起了一阵凉意。杀了我吧，瑞贝卡。给我最后的审判吧。我们都知道他为什么会突然去旧金山。我就站在你面前呢，我是个真正的罪人。冲我吼吧，把我踢出去吧。对我们俩来说，这也许是种安慰。

瑞贝卡说："我觉得他这次是想改变自己。我真这么觉得。"

"也许现在应该接受他可能永远都不会改变这样的现实了。"皮特试探性地说。

"也许是吧。"

她的声音听上去无限悲伤。皮特走过去，坐在床垫边上。他轻轻地，轻轻地，伸出一只手去搂住她盖在被子里的肩膀。

如果坦白一切，会不会更像男子汉呢？当然会的。至少，他该有这么点自尊。

他说："错错会挑起别人的欲望。别人会回应他。"

这样的开场白太模糊了。不过毕竟是个开场白。继续吧。

她说："对他自己来说，这样可不好。"

准备好了吗？开始吧。

"他今天下午跟你说了什么？"

皮特不知道他是否会撒谎。他不知道自己的未来会是什么样的。他只得无助地等着，看看自己究竟会坦白到什么程度。

"他确实跟我谈了些事情。"她说。

哦，终于来了。别了，我的生活。别了，我的台灯和画作。

皮特尽量保持平静。

"我觉得我明白的，不是吗？"

那么，把真相说出来吧。他要说出真话。至少，他还能做到这个。

她说："他说他爱我，但他要和我分开一段时间。我那么宠爱他，似乎妨碍了他的成长。"

真的吗？等一下。真是这么回事吗？就这些吗？

"好吧，也许他是对的。"皮特说。她难道听不出他声音里的动摇吗？

"事实是……"

皮特迟疑了。他仿佛听见了窗户上的一阵沙沙声，好像有人在轻轻地敲窗。下雪了。天气预报是准的，风吹着一阵薄薄的飘雪。

瑞贝卡说："他崇拜我，等等，等等，但他需要独立的生活。"

哦。

看来，也许错错觉得没必要要挟他。也许他知道即使说了别人也不会信。或许——那样更糟——把大家都拖下水后再甩头离开，他会觉得有种成就感。也许他是在戏弄他们两个，看看自己会不会成功。

瑞贝卡转身看着皮特。她的脸色苍白，还有一层汗水的光泽。

她说："我悟出了一些道理。"

"什么？"

"我一直活在一种糟糕的幻想里。"

那么，终于还是来了。她一直活在幻想中，幻想她有一个忠实的丈夫，虽然也有缺点，但不会，永远也不会，犯下皮特所犯的错误。

"嗯?"他说。

"我以为如果我能使错错幸福,奇迹就会发生。"

"什么奇迹?"

"我也会觉得幸福。"

他的肚子搅动起来。

他还以为她活得很幸福呢。

"我想你现在一定很失望吧。"他对她说。

"是的,"她说,"我很失望。你知道为什么吗?"

他保持沉默。

她说:"当错错告诉我他要为一份虚无缥缈的工作去旧金山,并求我给他买张机票时,我并没有很生气。老实说,我是很生气,我当然生气啰,但还有别的原因。"

"什么?"皮特从没觉得自己像此时这么愚蠢过。

"我很嫉妒他。我讨厌我自己。我不想做一个给他开支票的成熟理智的女人。我想做一个生活乱糟糟的年轻人,我不知道该怎么说。也许是想要自由吧。"

不,瑞贝卡,你并不想要自由。你想要生活继续下去。我才是那个想要自由的人。我才是会干出难以启齿的行为的人。

"自由。"他说。他的声音很空洞,连他自己都觉得陌生。

瑞贝卡,你可不能有这样的幻想。这样的幻想是属于我的。

一阵沉默。他听见雪花拍打在窗棂上。他觉得他快要失去意识了,快要昏厥了。

他听见自己机械的声音,"你想离开我吗?"

"是的,"她回答,"我觉得我想。"

什么?什么?不。你,瑞贝卡,你是个幸福的人——一个装满了幸福的人。你对我们欣欣向荣的生活很满意呀（尽管偶尔也会觉得无聊）；而我，皮特，才是那个想要逃离你的人；你是我不想伤害的人。

"亲爱的。"他说。仅此而已。

"你也不幸福，对吗？"她说。

他没有回答。是的，是的，他当然不幸福，但是不幸福是属于他的领地呀，她没有权利觉得不幸福，她是个意志坚定的女强人，她能承受伤害，但她没有权利觉得不幸。她是那个，当然是出于好意，想要留住他的人。

他说："你是在告诉我，你想要和我分居吗？"

"我很抱歉。我已经考虑了很久。"

多久？你到底假装幸福了多久呢？

"我不知道说什么好。"

她坐了起来，紧紧地盯着他。她的目光很凝滞。她说："我似乎在心里和自己订了一个协议，那就是如果我能使错错幸福，那么我自己也能得到幸福。"

"你不觉得这有点……"

她笑了起来，空洞的笑声。"荒唐？是的。"

"你真的会因为错错搬去了旧金山就离开我吗？"

"我不是离开你，"她说，"我们应该称之为放弃，你和我。我们会说永别了。"

皮特曾把自己的婚姻称为堡垒，它难道真的就这么不堪一击吗？难道他所有的秘密，他那些不着边际的猜测，他的甜言蜜语和山盟海誓，难道真的都是多此一举吗？难道他们中的一个只要简单地说句……该结束了，一切就会灰飞烟灭了吗？

他的脸色阴沉下来。他觉得透不出气来。

"瑞贝卡，"他说，"跟我解释一下吧。你是在告诉我你决定和我分手了，就因为你那个不负责任的弟弟去旧金山做电脑制图的工作。"

"他不是去做电脑制图的工作，"她说，"他只是想换个地方继续吸毒。"

"随他去好了。"

她审视着自己的指甲。突然，她猛地把食指放进了嘴里，狠狠地咬下去。

"我真是个十足的白痴。"她说。

"住口，别这么说。"

她的脸上起了一种仓皇、凶猛的表情。

"我一直以为我营造了一个错错愿意来住的地方，"她说，"因为他是一个迷失了方向的小孩。我知道我们家应付不了他，我是说外人也许觉得我们家很浪漫，但其实遇上了什么事，我们就无能为力了。而现在，我似乎觉得自己并不是真想这样。我想要成为错错那样的人。我想成为一个问题孩子。我想成为一个必须让人照顾的孩子。"

皮特想扇她耳光。他真那么想。

他说："难道我没有照顾你吗？"

"我不是故意说得那么冷酷的。对不起。"

皮特只得这么说："别道歉了，接着说吧。"

"我觉得自己在这里像个陌生人，皮特。有时候，我回到家里会这么想，谁住在这里呢？我是爱你的，确实爱你。"

"你确实爱我。"

我们在一起吃了那么多顿晚饭，度过了那么多周末，难道都不算什么吗？

"不，我真的，真的爱你，可是我……我心里乱成了一锅粥。我觉得我和我所爱的一切越来越疏远了。"

她再次咬自己的手指。

"别咬手指。"皮特说。

"我是个糟糕的母亲。对所有的人来说都是的。我帮不了碧儿，也帮不了错错。我只是个知道如何模仿大人的孩子。"

皮特尽力保持清醒。他该对她说什么呢，他想对她说什么呢？她想要为她失落的弟弟营造出一个避风港的所有努力都毁在了她那个糊涂丈夫的手上，她丈夫还赶走了错错，不是因为爱，而是因为要保守秘密，他能这么说吗？他该告诉她这些年来她的那些想法都是错误的吗，该告诉她那个伤心的事实，她以为的那个年轻王子不过是个一文不值的小混混，他巴不得从她为他建造的圣殿里逃出去吗？

我们建造了宫殿，就是为了让年轻人去搞破坏，去劫掠它的酒窖，在它挂着花毯的阳台上尿尿，难道不是吗？

看看碧儿。他们不是以为她会喜欢住在索霍区吗？以为她成年后会喜欢穿着香奈儿的紧身短裙在某个乐队里弹琴吗？他们想过没有，他们是想让她幸福的欲望最终成为在她窗口张牙舞爪的恶魔吗？

我们曾送给别人他们真正需要的礼物吗？

他怎么会忘记了瑞贝卡想要过自己的生活呢，忘记了她的自我意识并不以他的意志为转移呢？

"你并不糟糕，"他说，"你只是个凡人。"

她说："难道你不想自由吗？"

"不，我不知道。我爱你。"

"以你的方式。"

以你的方式。他的灵魂起了一阵波澜，一种难以忍受的哀伤占据了他的心灵。他让所有的人失望了。他充耳不闻，他有眼无珠，他一直过着浑浑噩噩的生活。

"我们不该分居，"他说，"至少不是现在。"

"你认为我们该这样继续下去吗？"

他克制着没有说出这句：是的，我们就应该这样。我们应该继续我们的生活。

如果错错对他点头了，他不是也会离开她吗？

他现在想做的事是：把藏在心里的事情都坦白出来，然后上床睡觉。等到一觉醒来，发现他那个不可理喻的老婆还陪在他身边。他多想这样啊。

最后，她说："我觉得，我们可以试一试。"

他点点头。

那么，就是这样了？对别人的怜悯，难道就真的那么重要吗？去爱、去原谅、去容忍，真的很重要吗？

当然不会这么简单。要关心别人，设身处地地为他人着想，也没那么简单。对圣人或是一对圣人般的情侣来说，它很重要（如果说这个世上真有圣人存在的话），但它只是生活的一方面，人的生活总是充满谜团，也总他妈的令人心碎。

但是，它还是意味着什么。

贝多芬的音乐还在播放。

瑞贝卡已经不是绝代佳人了。时间一刻不停地掠夺我们，我们恳请它对我们慈悲一些，但它却掠夺得愈发厉害了。你瞧瞧瑞贝卡那张疲惫的脸。这张脸将会一天一天干瘪下去（皮特也一样），将再也不会引起任何人，包括可怜的麦克或是自恋的错错的兴趣。她有一缕黑色的头发垂到了苍白的额头上。

在这一刻，他们就像是站在某个车站里的一对不知名的夫妇，拥在一起，在温暖的大厅里，等待着火车的到来。

灰色的小雪花转啊转，飘啊飘，飘到了窗玻璃上。

皮特看着窗外的飞雪。哦，你这个小人物。你毁了你的家，不是因为激情，而是因为疏忽。你居然还自以为是个危险分子。你是个罪人，但你所犯的无非是些微不足道的过失，并没有什么惊天动地的出轨情节。你的失败是最最卑微、最最平庸的——因为你没有关心别人的生活。

在那窗户的外面，贝蒂·赖斯正端着一杯红酒，和她的丈夫说笑。错错则在半空中，看着飞机座位上小屏幕里的浪漫喜剧片，膝上放着那本摊开的《魔山》。碧儿正从吧台后面的冰箱里拿出冰块，想着自己好像已经厌倦了现在的工作，也许她应该去旅行，也许她应该……去某个地方。某个别的地方。优塔站在自己卧室的窗前，抽着烟，想着那些空白的画布。

雪花飘进了卡罗尔·波特家花园的那口大缸里，落在草坪上，落在盛开的花瓣上。一阵风吹过空落落的花园，白色的雪片在银色的夜幕中飞旋着。

没有人在那里看到这一幕。整个世界还是照常运行，它向来就是我行我素的。这个世界对来了又去的小人物、对有着各自喜怒哀乐的灵魂、对生命短暂的花园和砂石小路、对雕塑般的年轻男子、对那口盛满雪花的大缸，都没有任何兴趣。

这是今年的最后一场雪。过了今晚，昼与夜都会渐渐暖和过来，波特家花园紫杉树上的小花苞会吐露花蕊。

在这里，在这个寒冷的夜晚，皮特和瑞贝卡在他们熟悉的卧室里。

皮特心头升起了一股情绪，就像一株小草被一只无形的手连根拔起，而不是灵魂的飞跃。他感觉到如毛发般的根茎从他的肉体里拔了出来。他仿佛脱离了自我，脱离了他的肉身，他那具悲伤又愤怒的肉身，脱离了那个目光冷漠、衣着花哨的平民英雄。但如果说他是个小丑般的人物，那么（上帝保佑）他同时也可以说是一个助理祭师，一个爱情的追求者，他那微不足道、平凡的小小逾越也不过是为了取悦上帝，不管他献给上帝的这份礼物有多么愚蠢，多么别扭。他可以看见飞扬的雪花，他可以从窗外看见室内，这是一间朴素的卧房，恶劣的天气摧残着它，但至少现在，对皮特和瑞贝卡来说，它就代表了一个家，直到别的地方来取代它为止。如果他死去，或者说，如果他此时走出房间走进外面那个黑暗的世界，瑞贝卡会依然感觉到他的存在吗？她会的。他们毕竟一起生活了那么久。他们一次次地努力，又一次次地失败，也许说到底，他们除了再次努力外别无出路。

他看着她。

她在哀伤中显得神采奕奕，既羸弱不堪，又楚楚动人，她那独特的个性彰显在苍白而宽阔的额头，雅典娜般飞扬的眉毛，灵动的灰眼睛，线条强硬的嘴，几乎男性般的突出的下巴。她在这里，就在这里；她看上去就是这样的。她不是自己年轻时代的失败拷贝。她就是她自己，完全是她自己，瞧她那专注而又憔悴的神情，无可比拟，独一无二。

"你觉得呢？"她问。

她的声音低沉，略微有些粗糙，有些含混，如用一根枝条在沙滩上写字。她依然保留着一丝古老的里奇蒙德乡音，如果你仔细听的话，经过悠长岁月的打磨，她的声音充满了一种令人惊讶的温柔力量，使世间的刺耳乐声都不得不开始"思考"起来。

这就是你的艺术，皮特。这就是你的生活（尽管你妻子也许会离你而去，尽管你活得那么疲惫）。这就是你的女神，她总是变啊变，你不可能把她做成铜像，因为她已经不是你刚刚走进门时看见的那个她了，也不会是十分钟以后的那个她。

或许一切都太迟了。或许皮特还有机会。

他吻了吻瑞贝卡，轻柔地，吻在她干裂的嘴唇上。

"是的，"他说，"我觉得我们还可以再试试。我这么觉得。真的。"

然后，他开始告诉她所发生的一切。

著作权合同登记号　图字 01-2012-8824

BY NIGHTFALL by MICHAEL CUNNINGHAM
Copyright：© 2010 by Mare Vaporum Corp.
This edition arranged with BRANDT & HOCHMAN LITERARY AGENTS，INC.
through Big Apple Agency，Inc.，Labuan，Malaysia.
Simplified Chinese edition copyright：
2011 SHANGHAI ELEGANT PEOPLE BOOKS LTD. CO

图书在版编目（CIP）数据

夜幕降临/（美）坎宁安（Cunningham，M.）著；王一凡译. —北京：
人民文学出版社，2013

ISBN 978-7-02-009660-2

Ⅰ.①夜… Ⅱ.①坎… ②王… Ⅲ.①长篇
小说-美国-现代 Ⅳ.①I712.45

中国版本图书馆 CIP 数据核字（2013）第 008505 号

选题策划：雅众文化
责任编辑：马爱农
文学统筹：薛鸿梅
　　　　　姜向明
装帧设计：Kid'.i

夜幕降临
（美）迈克尔·坎宁安　著
王一凡　译

人民文学出版社出版
（100705　北京市朝内大街 166 号）
山东临沂新华印刷物流集团有限责任公司印刷　新华书店经销
字数：204 千字　开本：880×1240 毫米　1/32　印张：8
2013 年 5 月北京第 1 版　2013 年 5 月第 1 次印刷
印数 1-8000
ISBN 978-7-02-009660-2
定价：26.00 元